STEPHEN PILE

Dumm gelaufen statt gut gegangen

Buch

Der erfolgloseste Banküberfall der Welt.
Die schlechteste Fahrstuhlmusik aller Zeiten.
Der langweiligste Tag der Geschichte.
Die höchste Fußballniederlage.
Und, und, und …
In diesem Buch geht schief, was schiefgehen kann!
Stephen Pile hat die schönsten, schrägsten und schusseligsten Missgeschicke aller Zeiten aus aller Herren Länder gesammelt.
Lang lebe die Schadenfreude!

Autor

Stephen Pile arbeitete lange Jahre als Journalist, gründete den »Not Terribly Good Club of Great Britain« sowie das »First International Nether Wallop Arts«-Festival. Eine Woche nach der Gründungssitzung des Festivals traf er seine zukünftige Ehefrau, bekam drei Kinder mit ihr, wurde TV-Kritiker und hat seither sein Haus nicht mehr verlassen.

Besuchen Sie uns auch auf
www.facebook.com/blanvalet und
www.twitter.com/BlanvaletVerlag

Stephen Pile

DUMM GELAUFEN STATT GUT GEGANGEN

Die peinlichsten und absurdesten
Missgeschicke aller Zeiten

Deutsch von Wolfgang Thon

blanvalet

Die Originalausgabe erschien 2011 unter dem Titel
»The Ultimate Book of Heroic Failures«
bei Faber and Faber Limited, London.

MIX
Papier aus verantwortungsvollen Quellen
FSC® C014496

Verlagsgruppe Random House FSC® N001967
Das für dieses Buch verwendete FSC®-zertifizierte Papier
Holmen Book Cream liefert Holmen Paper, Hallstavik, Schweden.

1. Auflage
Deutsche Erstausgabe Februar 2014 bei Blanvalet Verlag,
München, einem Unternehmen der
Verlagsgruppe Random House GmbH

Umschlagmotiv: © Johannes Wiebel | punchdesign,
unter Verwendung eines Motivs von Shutterstock.com
Redakion: Kerstin Kubitz
wr · Herstellung: sam
Satz: Uhl + Massopust, Aalen
Druck und Einband: GGP Media GmbH, Pößneck
Printed in Germany
ISBN: 978-3-442-38209-5

www.blanvalet.de

INHALT

»Wenn alles andere schiefgeht, kann man immer noch durch spektakuläre Fehler unsterblich werden.«

J. K. Galbraith

EINFÜHRUNG

»Fürs Versagen spricht eine Menge.
Es ist interessanter als Erfolg.«
Max Beerbohm

Erfolg wird überbewertet.

Wir jagen ihm hinterher, obwohl uns täglich vor Augen geführt wird, dass unser wahres Talent genau im Gegenteil liegt. Inkompetenz – darin sind wir richtig gut. Sie unterscheidet uns von den Tieren. Wir sollten sie schätzen lernen. Erfolgreiche Menschen sind alle gleich. Man kennt das ja – Antrieb, Siegeswille, Entschlossenheit… einfach viel zu langweilig, um sich länger damit zu befassen. Wer hingegen etwas so richtig vergeigt, der tut es auf seine höchst persönliche Weise. Um etwas scheitern zu lassen, braucht man Geschick, Elan, Talent, perfektes Timing und echte Klasse.

Meine Auswahl

Wie der stolze Kapitän einer Olympiamannschaft stehe ich jetzt in den Katakomben und warte darauf, meine Auswahl in die Arena hinauszuführen. Hier ist das A-Team, die Crème de la Crème, Götter in Menschengestalt, ausgewiesene Experten, die in ihrer jeweiligen Disziplin so schlecht waren, dass sie wie Silvesterraketen durchs langweilig-graue Firmament gezischt sind. Nie zuvor konnte man so vielen Helden auf einmal begegnen. Wenn ich mir die Aufstellung anschaue, sehe ich dort die Größten aller Zeiten. Hier den schrecklichen Criswell, dort den unerträglichen Murrell, da den unvergesslichen Molina oder den schändlichen Stinky Holloway.

Die ganze Bande ist angetreten.

Die Menge johlt, und Hüte fliegen in die Luft. Falls mich bei dem ganzen Lärm noch jemand hören kann, wäre jetzt wohl der Moment gekommen, um hervorzuheben, dass wir in einer Ära großer Errungenschaften leben, in einem Goldenen Zeitalter. Weltrekorde purzeln, und die Anforderungen steigen und steigen.

Wir alle hatten geglaubt, die vierhundert Fahrstunden, die Pat Farley bis zur erfolgreichen Führerscheinprüfung brauchte, könnten nicht mehr übertroffen werden. Aber nein! Dank der erhabenen Sue Evan-Jones aus Bristol wissen wir jetzt, dass vierhundert Stunden Kleinkram sind und dass Mrs. Farley nicht annähernd ausgelotet hat, was in dieser Disziplin möglich ist. Der Rekord für die häufigsten Notrufe während eines einzigen Schiffstörns steigerte sich von vier auf monumentale elf, und Frances Toto erreichte eine neue Bestleistung mit der Zahl unentdeckt gebliebener Mordversuche am nichts ahnenden Ehemann (es waren sieben).

Da ich all diese Dinge notwendigerweise im internationalen Vergleich betrachte, muss ich leider mitteilen, dass der Wettbewerb in der Kategorie »Am häufigsten bei der Führerscheinprüfung durchgefallen« aufgrund der Weltbestleistung der Koreanerin Cha Sa-soon beendet wurde, weil nicht zu erwarten ist, dass sie jemals übertrumpft werden kann.

Die Bestmarke für den schnellsten Platzverweis bei einem Fußballspiel liegt zurzeit bei einer Sekunde nach Spielbeginn, und der schlechteste Angler wartet schon seit vierzig Jahren darauf, dass endlich ein Fisch anbeißt. Nach Jahrhunderten der Demokratie gab es endlich die erste Wahl, bei der kein Einziger seine Stimme abgab. Als schlechtestes Rennpferd galt bisher ein prächtiges britisches Tier ohne jeden Sportsgeist, inzwischen wurde es aber von einem höchst aufregenden Gaul aus Puerto Rico nachhaltig deklassiert.

Die erstaunliche Welt des Verbrechens hört nicht auf, uns zu verblüffen. Der schlechteste Räuber brachte seinem Opfer einen hübschen Gewinn, und auch die Polizei trägt einen beachtlichen Teil zur Statistik bei.

Die schlechteste Wettervorhersage aller Zeiten führte zur vorübergehenden Beurlaubung des Fernseh-Wettermannes, der erst wieder antreten durfte, als das Wetter etwas zuverlässiger geworden war; und die schlechteste Predigt aller Zeiten hatte zur Folge, dass die Kirche bis auf die Grundmauern niederbrannte.

In der Rugbyliga muss man jetzt erst mal an der Mannschaft Runcorn Highfield vorbeikommen, die es geschafft hat, den langjährigen Rekord der Mannschaft aus Doncaster für die meisten Niederlagen in Folge zu schlagen.

Der Film mit dem schlechtesten Kassenerfolg aller Zeiten kam zeitgleich mit dem ersten Harry-Potter-Film in die Kinos. Erweisen wir ihm endlich die gebührende Ehre.

Kann es jeder schaffen?

Dieses Buch huldigt außergewöhnlichen Menschen – aber lassen Sie sich davon nicht entmutigen. Es handelt sich dabei zwar um Höchstleistungen, um die Spitze des Eisbergs, aber die hier Verewigten haben in ihrem Gebiet lediglich ein Potenzial erkundet, das in jedem von uns schlummert. Die Leute fragen sich bisweilen: »Kann ich auch in irgendetwas so richtig grottenschlecht sein?« Aber klar, selbstverständlich. Natürlich können Sie das!

Auch Sie können diesen Traum leben. Diese Kunst steht jedem offen, und es ist problemlos möglich, stundenlang ohne jeden blassen Schimmer dazustehen. Ich selbst habe jedenfalls kein Problem damit und auch sonst niemand, den ich kenne. Das Tolle daran ist, dass schon einige wenige freie Minuten ausreichen, um sich in dieser Kunst zu üben – die Mittagspause zum Beispiel (denken Sie nur an den ehrenwerten Matthieu Boya aus Kapitel 15).

Die hier ausgebreiteten einzigartigen Glanzleistungen kommen aus allen Ecken der Welt – von Worthing bis Wisconsin, von den Äußeren Hebriden bis zum Nordpol. Ländergrenzen zählen dabei ebenso wenig wie Klassenschranken. Selbst Queen Mom macht mit. Auch kommen ständig neue Disziplinen hinzu, und mit großer Freude dürfen wir nun auch Syrien begrüßen, das sich neuerdings mit einem Jedermann-Rekord schmücken darf: Weltweit unerreicht ist die Odyssee jenes syrischen Autofahrers, der sich unter dem Einfluss seines Navigationssystems in unendlichen Weiten verfuhr.

Wir schulden aber auch der großen amerikanischen

Nation unseren Dank, die sich zwar von eigenen Erfolgen auf diesem Feld recht unbeeindruckt zeigt, deren Begabung jedoch unübertrefflich ist. *Moose Murders* (Elchmorde) darf ohne jeden Zweifel als »Das schlechteste Broadway-Stück aller Zeiten« gelten. Wir haben es für dieses Buch anhand zeitgenössischer Kritiken rekonstruiert, um das ganze magische Bühnengeschehen für uns alle noch einmal nachvollziehbar zu machen. Darüber hinaus hat das Land der Gründerväter als Antwort auf William Shakespeare den unsterblichen Ed Wood hervorgebracht, der in weiten Kreisen als schlechtester Filmregisseur aller Zeiten gilt und der gewissermaßen das Grundmuster vorgibt, das wir Nachfolgenden mehr oder weniger geschickt variieren: In ihm vereinigten sich Enthusiasmus und ein unerschütterliches Selbstvertrauen mit einer umfassenden Talentlosigkeit zu einer Mischung, wie es sie in jeder Generation – wenn überhaupt – vielleicht nur ein einziges Mal gibt. Das Resultat ist ein Werk, das so furchtbar schlecht ist, dass es andererseits schon wieder ganz wundersam wirkt und auf ewig unvergessen bleiben wird.

Talent ist Glückssache, doch dieser große Künstler führt uns vor Augen, dass es keines Fünkchens davon bedarf, um die erstaunlichsten Werke hervorzubringen. Ein Kritiker brachte es auf den Punkt, als er feststellte, dass seiner ungetrübten Inkompetenz wahre Kunst zu verdanken sei. Mr. Wood ist der Einzige unter allen Lebenden und Toten, der es in diesem Buch auf drei Einträge bringt, womit er sich auch eine besondere Würdigung im 9. Kapitel verdient hat.

Braucht man eine besondere Ausrüstung?

Bei dieser Tätigkeit zur Steigerung der Lebensqualität bedarf es nur weniger Hilfsmittel. Es gibt Leute, die nicht mehr dazu benötigen als eine Familienportion Hähnchennuggets von Kentucky Fried Chicken. Anderen reicht ein Fahnenmast. Aber auch Pferde haben im Lauf der Geschichte für spektakuläre Gelegenheiten gesorgt. Sie sollten jedoch nicht vergessen, wie wichtig dabei die Fähigkeit zu improvisieren ist.

Versuchen Sie es zu Hause, auf der Arbeit oder 3500 Meter über Los Angeles in einem Liegestuhl, der an Heliumballons hängt. Man kann es auf der Bühne versuchen, in einem Hotel oder sogar mitten auf einem Acker mit zwei flüchtigen Schweinen.

Unsere Lebensweise ist bedroht

Wie bei den Massai ist auch unsere althergebrachte Lebensweise bedroht. Es dürfte Massaikrieger allerorten interessieren, dass es auf jener weit draußen im Meer gelegenen britischen Insel einmal eine Frau namens Maggie Thatcher gab, an die sich die Älteren von uns gewiss noch erinnern. Im Jahr 1980 hielt diese Dame eine völlig abstruse Rede, aus der hervorging, wir wären jetzt eine Insel des Erfolgs und nicht mehr eine des Scheiterns.

Diese Frau hat uns unser Geburtsrecht gestohlen. Jetzt ist unser Land von Leuten überschwemmt, die uns unermüdlich einreden wollen, sie würden Höchstleistungen vollbringen – egal ob das stimmt oder nicht. Inzwischen kann man in diesem Land sogar seinen Lebensunterhalt als Meinungsmacher oder als Guru für Öffentlichkeitsarbeit damit verdienen, uns weiszumachen, dass alles wunderbar läuft, auch wenn das offensichtlich gar nicht stimmt. Diese Leute werden in Wirklichkeit dafür bezahlt, unsere Fehler zu vertuschen. Aber warum? Wozu soll das gut sein?

Wir werden uns nicht mundtot machen lassen.

Zurück zu den Ursprüngen

Es wäre ein fundamentales Missverständnis dieser menschlichen Notlage, davon auszugehen, dass sich am Ende alles irgendwie einrenken wird. Glückseligkeit erwächst nicht allein aus der Einsicht, dass Dinge aus dem Ruder laufen können – man muss auch genießen können, wenn es so weit ist.

Jahrelang wurde uns eingeredet, dass nur der Erfolg zählt, aber dann braucht zum Beispiel in Großbritannien nur jemand wie John Sergeant mit dem Tanzen anzufangen, und schon erhebt sich die ganze britische Nation von den Stühlen, um ihn zu unterstützen. Der schlafende Riese erwacht, und wir entdecken unsere alten Stärken neu.

Dieser herausragende Mann (um ehrlich zu sein, er ist unser Top-Tänzer) konnte beim besten Willen keinen Walzer tanzen und tauchte plötzlich in diesem perfektionistischen Fernseh-Tanzwettbewerb auf. Woche für Woche verdammten die Juroren seine exquisiten Rumbas und verlangten seinen sofortigen Rausschmiss. Woche für Woche stimmten die Zuschauer mit überwältigender

Mehrheit dafür, ihn in der Show eine Runde weiterkommen zu lassen, und schickten seine exzellent tanzenden Rivalen nach Hause.

Nicht unerwähnt bleiben soll auch Maurice Flitcroft, der schlechteste Golfer der Welt, der ähnliche Reaktionen auslöste. Gegen Ende seiner Karriere reichte es völlig aus, einen Brief an »Maurice Flitcroft, Golfer, England« zu adressieren, damit er den Empfänger erreichte.

Und so was passiert nicht nur in Großbritannien. Als Eric »der Aal« Moussambani während seiner Schwimm-Olympiaqualifikation vor lauter Aufregung praktisch unterging, erhob sich die ganze Welt zum Applaus. Als die Jamaikaner an den Olympischen Winterspielen teilnahmen, als Letzte ins Ziel fuhren und aus ihrem Rennbob stürzten, klingelte augenblicklich das Telefon. Hollywood wollte einen Film über sie drehen.

Für mich ist der vorliegende Band der Höhepunkt eines langen Forscherlebens in meinem Fachgebiet. Mir ist, als sei eine Ewigkeit vergangen, seit ich 1978 im unkomplizierteren vor-digitalen Zeitalter den britischen »Nicht-so-richtig-gut«-Club gründete, mit mir selbst als tief ins administrative Chaos verstricktem Präsidenten. Um sich als Mitglied zu qualifizieren, reichte es schon, in irgendeiner Sparte nicht wirklich gut zu sein und an Versammlungen teilzunehmen, auf denen Leute über ihr Spezialgebiet referierten und Kostproben gaben. Wir verbrachten einige herrliche Abende miteinander, bei denen man herzerwärmende Gesprächsfetzen aufschnappen konnte (»Ja, Schafe sind schwierig« – Ein Nicht-richtig-guter-Künstler). Schließlich wurde ich als Präsident gefeuert, und als später einige tausend Aufnahmeanträge (sogar aus dem fernen Botswana) eingingen, beschloss der Club seine Selbstauflösung. Man kann das Ganze nur als weiteren Beleg dafür verstehen, dass die Menschheit das Schlechteste dem Besten vorzieht.

Jetzt hält uns nichts mehr in den Katakomben. Draußen locken die Vuvuzelas. Ich werde mein Team einlaufen lassen. Auf, auf, in den Untergang.

1

NEUE WELTREKORDE

Brasiliens schlechtester Fußballer
Der langsamste Kanalschwimmer
Das schlechteste Broadway-Stück aller Zeiten
Die erfolgloseste Fahrschülerin
Das schlechteste Rugbyteam der Welt
Der überlaufenste Bankraub
Die meisten gescheiterten Fahrprüfungen
Die größte Tordifferenz
Das schlechteste Rennpferd
Der größte Kinoflop
Die erfolgloseste Inszenierung beim
Theaterfestival Edinburgh
Der glückloseste Zocker
Der erfolgloseste Navigator
Die sinnloseste Wahl
Die größte Niederlage bei der Fußballweltmeisterschaft
Der schnellste Abgang von der Bühne
Das erfolgloseste Elfmeterschießen
Der schnellste Platzverweis
Der schlechteste Tennisspieler
Der langweiligste Tag

»Wieder versuchen. Wieder scheitern.
Besser scheitern.«

Samuel Beckett

Brasiliens schlechtester Fußballer

Das Ibis-Team aus Recife in Brasilien gilt gemeinhin als die schlechteste Profimannschaft, die auf diesem Planeten jemals einem Ball hinterhergelaufen ist. Sie haben es fertiggebracht, drei Jahre und elf Monate lang kein einziges Match zu gewinnen. »Es war ein großes Privileg, diesen Ruf zu haben«, erklärte ihr legendärer Mannschaftskapitän Mauro Shampoo, der zu Brasiliens schlechtestem Fußballer gekürt wurde. »Wir hatten sogar einen Fan-Club in Portugal, der uns wütende Telegramme schickte, als wir anfingen zu siegen.«

Dem wichtigsten Mann in der Sturmspitze des Ibis-Teams gelang es nur einmal im Laufe von zehn Jahren, ein Tor zu erzielen, aber von diesem Ausrutscher abgesehen blieb sein Rekord ohne jeden Makel. Er hatte das einzigartige und wiederholt unter Beweis gestellte Talent, über den Ball zu stolpern, auch wenn kein anderer Spieler in der Nähe war. »Dass er so ein furchtbarer Spieler ist, machte ihn berühmt«, erklärte seine Tochter. »Und jetzt ist es einfach so.«

Er ist auch die Hauptfigur in einem feinfühligen Dokumentarfilm mit dem Titel *Mauro Shampoo: Fußballer, Frisör, Mann*. Mit genau diesen Worten meldet er sich für gewöhnlich am Telefon seines Frisörsalons, dessen Wände mit Erinnerungen an seine wunderbare Karriere tapeziert sind.

Bis zum heutigen Tag ist Senhor Shampoo, der seine

Kinder Cream Rinse (Cremespülung) und Shampoozinho genannt hat, seinem der Siebziger-Jahre-Haarpracht Kevin Keegans nachempfundenen Haarschnitt treu, auch noch nachdem Keegan selbst seinen Irrweg erkannt hatte. In seinem Salon erkennt man ihn sofort, weil er im Dezember immer ein nicht gerade überzeugendes Weihnachtsmannkostüm trägt. Das restliche Jahr über trifft man ihn dort in seinem Fußballdress von Ibis, komplett inklusive Stollenschuhen. So kann er zwischen zwei Haarschnitten immer wieder seine Ballkontrolle demonstrieren und den Kunden zeigen, dass er es noch genauso draufhat wie früher.

Der langsamste Kanalschwimmer

Der schnellste Schwimmer, ein aufgedrehter Bulgare, brauchte hastige sechs Stunden und fünfzehn Minuten, um hastig den Ärmelkanal zu durchqueren. Die Sorte Schwimmer, um die es uns geht, zieht es indessen vor, das Erlebnis in aller Ruhe auszukosten. Ganze siebenundachtzig Jahre lang hielt Henry Sullivan unangefochten mit beachtlichen siebenundzwanzig Stunden und fünfundzwanzig Minuten den Rekord für die langsamste Durchquerung. Nachdem er sich bei sechs vorangegangenen Versuchen der französischen Küste immerhin bis auf acht Kilometer genähert hatte, bevor er aus dem Wasser gefischt wurde, gelang ihm schließlich im August des Jahres 1923 der erfolgreiche Abschluss seines Vorhabens.

Als leuchtendes Beispiel hielt sich sein Rekord bis zum Jahr 2010, in dem Jackie Cobell aus Tonbridge in Kent die sagenhafte Zeit von achtundzwanzig Stunden und vierundvierzig Minuten hinlegte. »Die Klippen von Calais verschwanden ein paar Mal aus meinem Blickfeld, wenn mich die Gezeiten wieder hinauszogen«, erzählte Mrs. Cobell, die während ihres Vorbereitungstrainings mit Hilfe eines Magenbandes über fünfzig Kilo Gewicht verloren hatte.

»Ich liebe Herausforderungen«, betonte sie, »und ich könnte mir vorstellen, als Nächstes zur Gefängnisinsel Alcatraz zu schwimmen. Dort gibt es Haifische, was meinem Tempo durchaus förderlich sein könnte.«

Das schlechteste Broadway-Stück aller Zeiten

Das Stück *Moose Murders* (Elchmorde) von Arthur Bicknell floppte so kurzfristig und sensationell, dass es inzwischen in weiten Kreisen als schlechteste Broadway-Produktion aller Zeiten gilt. »Falls Ihr Name Arthur Bicknell lautet oder ähnlich klingt, ändern Sie ihn«, riet der Theaterkritiker des Fernsehsenders CBS.

Nach der ersten und letzten Vorstellung des Stücks am 23. Februar 1983 schrieb Frank Rich, der Kritiker der New York Times: »Von jetzt an gibt es zwei Gruppen von Theaterbesuchern auf dieser Welt. Die einen, die die *Elchmorde* gesehen haben, und die anderen, die nicht dabei waren. Diejenigen von uns, die Zeugen dieser Aufführung wurden, werden sich mit Sicherheit regelmäßig zu Erinnerungsabenden treffen, so wie es sich die Überlebenden der *Titanic* zur edlen Tradition gemacht haben.«

Das Stück, ein Mysterienspiel, verknüpft die Abenteuer von Snooks und Howie Keene, von Schwester

Dagmar, Stinky Holloway und ein paar weiteren Figuren, die das Schicksal in einer stürmischen Nacht in der Hütte »Zum Wilden Elch« stranden lässt, einem Gasthaus im Adirondack-Gebirge. Es geschehen ein paar Morde, Stinky versucht mit seiner Mutter zu schlafen, und ein Mann in einem Elchkostüm wird von einem vollkommen bandagierten Querschnittgelähmten angegriffen.

Zuerst ertönt ein Donnerschlag. Der Vorhang hebt sich und enthüllt eine Jagdhütte, die mit lauter ausgestopften Elchköpfen geschmückt ist.

Im ersten Akt geht es gleich zur Sache, als die hauseigene Band namens »Die singenden Keenes« auf die Bühne kommt und gleich mit ihrer Version von »Jeepers Creepers« loslegt. Die nur spärlich bekleidete Snooks Keene singt kreischend jenseits aller Tonleitern und wird dabei musikalisch von ihrem blinden Ehegatten begleitet, der auf der Elektroorgel herumhämmert, bis jemand den Stecker zieht. Dabei handelt es sich um den zuständigen Hausmeister Joe Büffeltanz, der eine indianische Kriegsbemalung trägt, aber mit unverkennbar irischem Zungenschlag spricht. Schon bald gesellt sich die wohlhabende Hedda Holloway zu ihnen. Sie ist die neue Besitzerin der Herberge. Sie wird begleitet von ihrem Ehemann Sidney, einem fast völlig bandagierten Querschnittgelähmten, der auf den Rollstuhl angewiesen ist. Seine Pflegerin, Schwester Dagmar, ist verführerisch in schwarzen Satin gekleidet, bellt herum wie ein Nazi und lässt ihren Patienten draußen im Regen sitzen, wann immer sich die Gelegenheit dazu bietet.

Neben ihrem drogenvernebelten ödipalen Hippiesohn Stinky hat Mrs. Holloway auch noch eine junge Tochter namens Gay, die immerzu im Partyfummel herumläuft. Als man sie darüber informiert, dass ihr Vater den Rest seines Lebens im Rollstuhl vegetieren wird, kräuselt sie nur das Näschen und erwidert: »Wie ein Vegetarier? Ich halt's im Kopf nicht aus!« Dann fängt sie an zu steppen.

Kurz vor der Pause zieht Stinky ein Set Spielkarten aus der Tasche, wohl damit die Schauspieler – vielleicht auch das Publikum – sich mit etwas beschäftigen können. Mitten im Spiel erlischt das Licht, und der erste von mehreren unerklärlichen Morden geschieht.

»Selbst der erste Akt der *Elchmorde* bereitet den Zuschauer nur unzureichend auf das vor, was im zweiten Akt noch folgen wird«, schrieb Mr. Rich. Der letzte Höhepunkt des Stücks ereignet sich, als Mrs. Holloway ihrer Tochter Gay aus Gründen, die niemals ganz klar werden, einen vergifteten Wodka-Martini serviert. Als das junge Mädchen mitten in ihrer Shirley-Temple-Stepptanznummer zu Boden geht und röchelt, lacht sich ihre Mutter halb tot und applaudiert.

Die ursprünglich besetzte Hauptdarstellerin sollte mit diesem Stück nach vierzigjähriger Bühnenabstinenz ihr Comeback feiern, sie hatte es jedoch vorgezogen, bereits nach der ersten Generalprobe wieder aus dem Projekt auszusteigen.

Anlässlich des fünfundzwanzigsten Jahrestages der ersten und letzten Aufführung erfuhr das Stück seine Wiederbelebung als Konzeptkunst-Performance. »Der Broadway hat seine Chance gehabt und versaubeutelt«, erklärte der Künstler.

Die erfolgloseste Fahrschülerin

Es war eigentlich klar, dass Pat Farley mit ihrer Leistung den hart umkämpften Spitzenplatz auf diesem Feld nicht lange würde behaupten können. Als sie in Ashburton, Devon, endlich ihre Fahrprüfung bestand, war sie bereits eine erfahrene Autofahrerin und hatte während ihrer vierhundert Fahrstunden (die sie umgerechnet über 5000 Euro gekostet hatten) fast 10 000 Kilometer zurückgelegt. Doch im Februar 1997 wurde ihr Rekord nachhaltig von der begnadeten Sue Evan-Jones aus Bristol gebrochen, die 1800 Stunden und siebenundzwanzig Jahre benötigte, bis sie ihre Prüfung bestand und den Führerschein bekam, der sie – den Kurs in Hypnotherapie eingerechnet – am Ende umgerechnet über 23 000 Euro gekostet hatte.

Während ihres Erfolgslaufs hatte sie zehn Fahrlehrer verschlissen und den Überblick darüber verloren, wie oft diese sie angefleht hatten, den Wagen anzuhalten. In der ganzen Zeit hatten sie nur drei Mal genug Zuversicht gewonnen, um sie zur Prüfung anzumelden.

Bei der ersten Fahrprüfung trat sie die Kupplung statt der Bremse und pflügte durch eine abgesperrte Baustelle. Bei ihrem zweiten Versuch schnitt sie einen Polizeiwagen, der mit Blaulicht und Sirene an ihr vorbeiwollte. Schließlich geriet sie an Nick George, ihren letzten Fahrlehrer, der ihr ein ganzes Jahr lang wöchentlich vier Gratisfahrstunden erteilte, weil er ihren Fall als seine persönliche Herausforderung betrachtete.

Das schlechteste Rugbyteam der Welt

Das Team von Runcorn Highfield stellte einen neuen Rekord in der Rugbyliga auf, als es den Männern gelang, zwischen November 1988 und März 1991 köstliche fünfundsiebzig Partien hindurch keinen einzigen Sieg einzufahren. Die längste Periode in dieser Zeit wurden sie dabei von ihrem charismatischen Spielertrainer Geoff Fletcher angeführt. Niemand wusste genau, wie alt er war, aber er hatte die Angewohnheit, seine Perücke vor dem Spiel in der Umkleidekabine aufzuhängen.

Aus Australien kehrten Runcorns Talentscouts mit dem einzigen einarmigen Spieler zurück, der es jemals in die Profiliga schaffen sollte. Einmal streikte das gesamte Team, buhte gemeinsam mit dem Publikum die eigene Ecke aus und forderte eine Erhöhung der Verliererprämie. Das Management hatte ihnen lediglich eine Erhöhung der Siegprämie angeboten, was in Anbetracht der Fakten geradezu grotesk war. Runcorn schickte eine neue Mannschaft aus Reservespielern aufs Feld und dazu auch gleich den neuen Trainer, einen neununddreißigjährigen wiedergeborenen Christen, der für das Spiel seinen Vorruhestand abbrach, aber schon nach elf Minuten wegen tätlicher Übergriffe des Platzes verwiesen wurde. Sie verloren 92:2.

Runcorn pulverisierte mühelos den damaligen Rekord von vierzig verlorenen Spielen in Folge. Diesen Rekord hatte Doncaster aufgestellt, ein Verein, der nicht nur als erster Verein überhaupt, ungeachtet der Sportart, im Jahr 1980 sein ganzes Team zum Verkauf anbot, sondern in einer Fernsehdokumentation auch noch zu Protokoll gab, dass es den Spielern in dem ganzen Matsch auf dem Feld oft nicht gelang, die eigenen Vereinstrikots zu erkennen, was zur Folge hatte, dass man sich oft genug gegenseitig angriff. Nachdem eine Flitzerin vor einer internationalen Begegnung in Twickenham oben ohne quer übers Spielfeld gelaufen war, versuchte Doncaster mittels Zeitungsanzeigen eine Frau mit mindestens 106 Zentimeter Oberweite zu finden, die für sie das Gleiche auf dem Vereinsplatz Tatty's Field abziehen sollte. Man wollte noch ein letztes Mal versuchen, die Massen anzulocken. Als sich jedoch keine Bewerberinnen fanden, setzte der Teammanager Tom Norton nach: »Wir sind auch gern bereit, uns mit allem ab 96 Zentimetern zu begnügen.«

Der überlaufenste Bankraub

Im Oktober 1994 konnten sich die überraschten Angestellten einer Bank in Abai, Paraguay, nur noch die Augen reiben und gut aufpassen, als ihre Bank zeitgleich von zwei verschiedenen Räuberbanden überfallen wurde. So etwas hatte es auf der ganzen Welt noch nie gegeben. Die Gangster teilten die eher geringe Menge Bargeld, die sich an diesem Morgen im Safe befand, gerecht unter sich auf. »Sie dürften sich bei ihrer Flucht durch den Haupteingang ziemlich giftige Blicke zugeworfen haben«, spekulierte ein Polizeisprecher hinterher.

Die meisten gescheiterten Fahrprüfungen

Cha Sa-soon aus Südkorea setzte im Jahr 2009 eine neue Weltbestmarke, als sie zum 959. Mal durch die Fahrprüfung fiel. Sie war bereits 771 Mal gescheitert, als sie den Entschluss fasste, künftig jeden Tag zur Prüfung zu gehen.

Zum ersten Mal wagte sie sich im April 2005 in der Jeonbuk-Führerscheinstelle der südwestlich gelegenen Stadt Jeonju an die theoretische Prüfung. »Sie versuchte im Grunde«, erläuterte ein Beamter der Behörde, »möglichst viele Fragen und Antworten auswendig zu lernen, ohne zu begreifen, worum es darin eigentlich ging.«

Die Zukunftsaussichten trübten sich etwas ein, als es Mrs. Cha im November 2009 schließlich gelang, den theoretischen Teil der Prüfung abzuschließen. Es gab allerdings keinen Grund zur Sorge, denn bei der anschließenden Prüfung ihrer Kenntnisse der Verkehrsregeln scheiterte sie vier Mal, genau wie bei der praktischen Fahrprüfung, die ebenfalls vier Mal erfolglos blieb. In Anerkennung ihrer Leistung schenkte ihr Hyundai ein Auto für umgerechnet etwa 13 000 Euro. Außerdem durfte sie in einer Serie von Fernsehspots mitspielen, die zur besten Sendezeit liefen. »Für mich ist das kein Problem«, kommentierte Mrs. Cha. »Nachdem ich beschlossen hatte, jeden Tag zur Prüfung zu gehen, da war das so, als würde ich wieder zur Schule gehen. Und die Schule hatte mir schon immer sehr gefehlt.« Ihr koreanischer Name bedeutet übersetzt übrigens »Fahrzeug«.

Die größte Tordifferenz

Über ein Jahrhundert lang hielt das Fußballteam von Bon Accord eine Schlüsselposition in der Welt des runden Leders. Schließlich war es ihnen im Jahr 1885 gelungen, in einem Spiel der schottischen Liga gegen den Rivalen Arbroath 36:0 zu unterliegen. Ihre Niederlage wurde jedoch im Oktober 2002 vom Verein Stade Olympique de L'Emyrne zurück in die Bedeutungslosigkeit gekickt. Bei einem Oberligaspiel der Madagassen gegen den heimischen Erzrivalen AS Adema gelang es ihrem Torhüter, 149 Tore nicht zu halten. Die Bilanz wird sogar noch beeindruckender, wenn man weiß, dass es sich dabei ausschließlich um Eigentore handelte.

Die in Top-Form spielenden Athleten von Stade Olympique hatten das Ballgeschehen von Anfang an völlig unter Kontrolle. Zwischen dem ersten und dem 149. Tor gelang es keinem Spieler der gegnerischen Siegermannschaft, den Ball auch nur ein einziges Mal zu berühren. Gleich beim Anstoß flankten die Stürmer von Stade Olympique den Ball zu den eigenen Verteidigern, die ihn sofort an ihrem Torwart vorbei ins Tor kickten. Die so außer Gefecht gesetzte gegnerische Mannschaft aus Adema konnte nur noch stehen bleiben und dem Geschehen amüsiert zusehen.

Die alles entscheidende Aktion war auf der Trainerbank von Stade Olympique ausgeheckt worden. Den Anlass hatte der Schiedsrichter eines vorangegangenen Spiels geliefert, gegen dessen Fehlentscheidungen zuungunsten Stades man auf diese besondere Weise protestieren wollte.

Das schlechteste Rennpferd

Der unbezwingbare Quixall Crossett errang im Jahr 1998 nach einer ununterbrochenen Serie von beeindruckenden 103 Niederlagen den Titel des schlechtesten Rennpferdes der Welt. Die Pferderennzeitschrift *Racing Post* beschrieb das Tier als »bedenklich langsames Pferd, das Gefahr läuft, zum Publikumsliebling zu avancieren«.

Der Besitzer und Züchter des Pferdes bemerkte dazu: »Ich habe ihn an einigen der schlechtesten Rennen teilnehmen lassen, die es überhaupt gibt. Er hat zwar nicht gerade ein Läufer-Gen, aber er springt ganz gern ein bisschen herum.« Irgendwann wurde Quixall Crossett dann aufs Altenteil geschickt, weil der Jockey-Club nicht länger bereit war, das Pferd für Rennen zuzulassen. Schließlich zeige es immer weniger Interesse daran, sich auf dem Rennplatz irgendeinem Wettkampf zu stellen.

Davor hatte Amrullah die Spitzenposition unter den Minusrekorden besetzt – ein Pferd, das es fertiggebracht hatte, aus vierundsiebzig Rennen in Folge als Verlierer hervorzugehen. Es hatte einen eigenen Fan-Club, und als es aus dem aktiven Renngeschehen ausschied, schaffte es diese Meldung sogar bis in die Hauptnachrichten der BBC.

Leider sind britische Pferde aber auch nicht mehr das, was sie einmal waren, und so besetzt inzwischen ein puertoricanisches Tier namens Doña Chepa den hart umkämpften Platz am hintersten Ende der Rangliste. Zur Feier von Doñas 125. letzten Platz in Folge wurde ihrem Trainer Efrain Nieves im Jahr 2007 auf der Rennbahn von Camarero eine Gedenktafel überreicht.

Der größte Kinoflop

An den Januar 2006 erinnert man sich zu Unrecht als den Premierentermin von *Harry Potter und die unendlichen Fortsetzungen*. Leider lenkte dieser Film die Aufmerksamkeit von einem anderen Streifen ab, *Offending Angels*, der in derselben Woche in die Kinos kam und der Film mit dem schlechtesten Einspielergebnis der Kinogeschichte werden sollte.

Dieser Film hatte alles. Es gab eine tolle Story mit zwei machomäßigen, müßiggängerischen Jungs, die in einer WG zusammenleben und ab und zu mal nach draußen gehen, um Cricket zu spielen. Gott hat Mitleid mit ihnen und schickt ihnen zwei Schutzengel hinunter, die Zeke und Paris heißen und die beiden zu einem tugendhaften und strebsamen Leben anhalten sollen. Zum Glück war Paris mal ein Delfin und Zeke in ihrem früheren Leben sogar ein Eichhörnchen, wodurch sich die göttliche Intervention als etwas komplizierter als geplant erweist. Am Ende verlieben sich alle.

Wenige Tage, bevor der Film abgedreht werden sollte, hatte der indische Hotelier, der eigentlich die Hälfte der Finanzierung übernehmen wollte, per Fax mitgeteilt, dass das Geschäft geplatzt sei. Im folgenden Durcheinander ging zweimal die Schnittfassung und zweimal die Tonspur des Films verloren.

Die Filmkritik fühlte sich durchaus inspiriert, über den Film zu schreiben – etwas, was sich Filmschaffende eigentlich erhoffen. Der *Guardian* schrieb: »Die Regie war gerade in der Mittagspause, und die Drehbuchskizze hätte wohl noch viermal überarbeitet werden müssen, bevor irgendetwas Brauchbares dabei herausgekommen wäre.« Die Zeitschrift *Total Film* räumte ein: »Der Gerechtigkeit halber soll die Szene im chinesischen Restaurant nicht verschwiegen werden, die tatsächlich etwas Humor aufweist. Was im Gedächtnis bleibt, sind allerdings die betuliche Sexszene und das verheulte Finale.«

In einem Kino in Croydon blieben während der einwöchigen Spielzeit der Filmvorführer und die Kartenabreißerin die einzigen Zuschauer. In ganz Großbritannien waren weniger als zwanzig Leute dazu bereit, Geld für ein Ticket auszugeben. Nach Abzug der Umsatzsteuer und des Anteils für die Kinos spielte der Film an den Kinokassen umgerechnet knapp 20 Euro ein. Als die DVD herauskam, wurde sie zum begehrten Sammlerobjekt, weil man mit ihr ein Stück Kinogeschichte erwerben konnte. »Meine Einkünfte könnten sich dadurch sogar noch verdoppeln«, hoffte der unerschütterliche Regisseur.

Die erfolgloseste Inszenierung beim Theaterfestival Edinburgh

Die Empty Space Theatre Company* machte ihrem Namen alle Ehre und stellte 1988 beim Festival in Edinburgh einen neuen Zuschauerrekord auf, als niemand kam, um sich ihr Stück anzuschauen. Mitglieder der Theatertruppe verteilten Dutzende von Freikarten, um wenigstens auf diesem Wege für etwas Publikum zu sorgen, aber selbst danach blieben die Zuschauer fern.

Der Theaterzettel hatte eindrucksvoll versprochen,

* Leerraum-Theater, A. d. Ü.

es handele sich um »eine Parabel für Blinde«. »Blinde, glückselige Figuren aus dem Mittelalter tanzen auf Brueghels unausweichlichen Graben zu, während in einem mythischen Osten Goldfischen die Augen herausgerissen werden, damit sie besser singen können.« Die Managerin der Truppe, Miss Amanda McClellan, räumte ein, dass selbst sie nicht gekommen wäre, wenn sie den Text vorher gelesen hätte.

Mr. Gerald Purfield, der ein paar ruhige Stunden hinter dem Kassenschalter verbrachte, erzählt, dass eines Abends sogar zwei Leute mit Freikarten aufgetaucht seien, man hätte sie jedoch versehentlich in eine andere Inszenierung geschickt.

Der glückloseste Zocker

Auf Mr. Mick Bates aus Wellington in Shropshire wurden im August 1996 nationale Zeitungen aufmerksam, als durchsickerte, dass er in seiner gesamten Zockerkarriere keine einzige Sportwette gewonnen hatte. Seine große Zeit begann mit dem Versuch, sein Glück mit Wetten bei Hunderennen zu machen. Er musste dann mitansehen, wie der fragliche Hund mitten im Rennen stehen blieb, um sein Bein zu heben. Daraufhin wandte er sich Pferdewetten zu, doch leider fiel das Pferd, auf das er sein Geld verwettet hatte, mitten auf der Rennbahn tot um.

Sodann richtete er seine Aufmerksamkeit auf das Gebiet der Leichtathletik und vertraute dort dem auf der 100-Meter-Distanz normalerweise verlässlichen Linford Christie, der aber nach zwei Fehlstarts disqualifiziert wurde. Als Nächstes setzte er sein Geld im Dreisprung, gerade an dem Tag, als Jonathan Edwards sein erstes Formtief seit Jahren durchlebte. »Es war, als würde alles verhext, worauf ich mein Geld setzte«, erklärte Mr. Bates, der sein Augenmerk nunmehr auf den Fußball richtete. »Ich war so sicher, dass England in der Europameisterschaft versagen würde, dass ich in jedem Spiel auf die gegnerische Mannschaft wettete.« Er sah nacheinander Schottland, Holland und Spanien gegen England unterliegen.

Nachdem England im Finale durch ein Tor in der Nachspielzeit gegen Deutschland verlor, ging er zum Wettschalter, um seinen Gewinn zu kassieren. Dort wurde ihm aber mitgeteilt, dass bei Fußballwetten nur der Spielstand am Ende der neunzigsten Minute zählt.

Endlich entschloss er sich, seine große Begabung in den Dienst seines Heimatlandes zu stellen. Weil die britischen Olympiateilnehmer Tim Henman und Neil Broad im Tennisdoppel 1996 die Goldmedaille gewinnen sollten, setzte er auf ihre Gegner, die er tüchtig anfeuerte, obwohl er zum ersten Mal hoffte, sie würden unterliegen. Henman und Broad wurden schließlich vernichtend geschlagen. Und damit endete auch die Wettkarriere des größten lebenden Zockers.

Der erfolgloseste Navigator

Kein verirrter Seemann hatte bisher häufiger als vier Mal einen Notruf an die Seerettung abgesetzt. Dieser Rekord wurde im Sommer 2000 Geschichte, als Eric »der Navigator« Abbott während einer Kreuzfahrt durch die Irische See triumphale elf Mal nacheinander den Seenot-Rettungskreuzer anforderte. Der 65-jährige arbeitslose Anstreicher Mr. Abbott war erst im Juli 1999 mit seiner selbstgebauten Yacht in See gestochen. Er fühlte sich vom »ungerechten Besteuerungssystem« zu diesem Schritt gezwungen. Dort draußen auf dem Meer wollte er zu sich selbst finden.

Zum Glück hatte er als Navigationshilfe nur eine Karte des Automobilclubs dabei, weshalb er den Rettungskräften niemals auch nur annähernd sagen konnte, wo er sich gerade befand. Den Männern in der Notrufzentrale erzählte er: »Ich kann Berge sehen« oder: »In der Nähe brennt ein Licht.«

Der weltrekordwürdige elfte Notruf wurde erforderlich, als er eines Tages spontan und unangemeldet unter den Augen des Commodore vom Yachtclub Rhyl anlegen wollte, der ihm gerade eine Mitgliedschaft auf Zeit bewilligt hatte. »Wir hatten noch nie jemanden, der so schlecht war wie dieser Kerl«, gab der Commodore zu Protokoll.

Bei der Küstenwache von Holyhead erkannte man die vertraute Stimme des treuesten Stammkunden sofort, als er sich über Funk meldete. Anstatt sinnlos Zeit mit dem Seenotkreuzer oder mit Rettungsschlauchbooten zu vergeuden, versuchte man, ihn über Funk auf den richtigen Weg zu leiten. Trotz aller Mühen verpasste Mr. Abbott dennoch die Flussmündung mit der Anlegestelle. »Kartenlesen war wirklich kein Problem für mich. Nur die Sache mit der Hafeneinfahrt ging schief.«

Daheim in Northwich, Cheshire, teilte seine Tochter Julie den Reportern mit: »Mein Vater muss niemandem etwas beweisen.« Schlussendlich erklärte er sich dazu bereit, an einem zehntägigen Segelkurs teilzunehmen, den ihm die Royal Yachting Association zum Geschenk machte. Damit fand seine glanzvolle Karriere dann auch ihr unspektakuläres Ende.

Die sinnloseste Wahl

Seit Anbeginn der Demokratie warten wir auf die ultimative Wahl, in der kein einziger Kandidat auch nur eine einzige Stimme bekommt. In Pillsbury, North Dakota, war es am 10. Juni 2008 endlich so weit, als bei einer Gemeinderatswahl keine einzige Stimme abgegeben wurde – nicht einmal von den Wahlhelfern im Wahllokal. Somit geschah es zum ersten Mal, dass sechs Kandidaten ohne Gegenstimme blieben und trotzdem keiner von ihnen gewählt wurde.

»Wir haben alle einen Job und auch sonst genug zu tun«, sagte Darrel Brudevold, der Bürgermeister der kleinen ländlichen Gemeinde, der eigentlich vorhatte, sich selbst zu wählen, dann aber mit der Ernte beschäftigt war. Die Frau des Bürgermeisters betreibt die Poststelle und nebenbei auch noch einen Schönheitssalon, und so hatte auch sie zu viel anderes um die Ohren.

Der Gemeinderat tagt zirka fünfmal im Jahr. »Die Ratsmitglieder erhalten 48 Dollar jährlich, und ein Großteil des Geldes wird in Doughnuts angelegt, die man sich während der Sitzungen gönnt«, erklärte der Bürgermeister.

Als der Landrat nach der Wahl anordnete, dass die bisherigen Räte ihre Amtsnachfolger ernennen sollten, beriefen sie sich einfach wieder selbst auf ihre alten Posten.

Die größte Niederlage bei der Fußballweltmeisterschaft

1997 war das Jahr, in dem die Malediven erstmals an der Fußballweltmeisterschaft teilnahmen. Sie schafften es, frischen Wind in einen Wettkampf zu bringen, der sonst von defensiver, taktischer Spielweise beherrscht wird. Wenn sie an einem Spiel teilnahmen, war der Torregen garantiert.

Unersetzlich war beispielsweise ihre Mitwirkung an jedem einzelnen der Tore, mit denen der Iran sie 17:0 schlug, ein neuer Rekord. Gleichbleibende Leistungen sind ein Markenzeichen der maledivischen Auswahl, die gegen Syrien zwei Mal 12:0 unterlag.

Nach dem Match gegen den Iran trat die halbe Mannschaft der Malediven bei ihrem Coach Romulo Cortez an und forderte ihren Rückzug aus dem Ballsport. Erst mit viel Überredungskunst gelang es schließlich, sie wieder davon abzubringen. Dennoch verzichteten sie während der ganzen Weltmeisterschaft darauf, etwas so Egozentrisches wie ein eigenes Tor zu erzielen.

Angesichts der Leistung des samoanischen Teams verblassen die Leistungen der Malediven jedoch zur Bedeutungslosigkeit. Bei einem Qualifikationsspiel gegen Australien für die Weltmeisterschaft 2002 unterlag Amerikanisch-Samoa 31:0. Der Trainer hatte vor dem Spiel um göttlichen Beistand gefleht. »Angst trifft es nicht ganz«, sagte er. »Wir haben den Allmächtigen um Beistand gebeten, damit das Ergebnis nicht allzu hoch ausfällt.« Schließlich wurden so viele Tore geschossen, dass der Mann an der Toranzeige durcheinanderkam und die FIFA das Spielergebnis vom Schiedsrichter bestätigen lassen musste.

Der schnellste Abgang von der Bühne

Ein Vierteljahrhundert lang konnte niemand dem großen Schauspieler Alan Devlin mit seiner Begabung das Wasser reichen, bereits lange vor dem Ende eines Theaterstücks vorzeitig von der Bühne zu verschwinden. Drei Mal stellte er seine Meisterschaft durch einen vorzeitigen Abgang unter Beweis und gab seine erinnerungswürdigste Vorstellung 1987 im Gaiety Theatre in Dublin anlässlich einer Inszenierung namens *HMS Pinafore*. Er hatte gerade die Hälfte seines Textes abgeliefert, als er sich ans Publikum wandte. »Das ist doch alles sinnloser Bockmist. Ich geh nach Hause«, meinte er und sprang in den Orchestergraben, um das Weite zu suchen. »Spielt es doch selbst zu Ende!«, rief er noch.

Wirklich große Darsteller bleiben, auch wenn sie die Bühne bereits verlassen haben, noch lange im Bewusstsein, und Mr. Devlin machte da keine Ausnahme. Er war nach wie vor mit dem drahtlosen Mikrofon bestückt, sodass jeder hören konnte, wie er im benachbarten Pub eine Runde Drinks orderte.

Alle seine Abgänge passierten mitten im Stück, damit das Publikum eine Vorstellung davon bekäme, wie langweilig die Inszenierung ohne sein Einschreiten geblieben wäre. Im Januar 1998 wurde seine Leistung sogar noch überboten, als der unsterbliche Adrian Hood im Theater von West Yorkshire die Vorstellung seines Lebens ablieferte und einen neuen Weltrekord aufstellte, indem er bereits nach der ersten Zeile von John Godbers Stück *Weekend Break** seinen Bühnenabgang machte.

Er spielte die Rolle eines Stand-up-Comedians, der an Angstzuständen litt. Also trat unser Mann ins Rampenlicht und sprach: »Ich hasse es zu fliegen. Und wie!« Dann verließ er die Bühne und ließ sich den restlichen Abend lang nicht mehr blicken. Oh, er war gut! Er war sehr gut! Er traf ohne Umschweife mitten ins Herz seiner Rolle und vermittelte die stumme Essenz einer Angststörung durch eine perfekt ausgeführte Panikattacke.

Von da ab las der anwesende Autor den Text persönlich ein. John Sully, ein Stadtrat aus Leeds, der unter den Zuschauern saß, bemerkte: »Dem Publikum schien die Vorstellung sehr zu gefallen.« Auf jeden Fall war es ein unvergesslicher Abend.

Die Leute, die am nächsten Abend in die Vorstellung rannten, mussten zu ihrer Enttäuschung feststellen, dass Mr. Hood durchaus textsicher war.

Das erfolgloseste Elfmeterschießen

Elfmeterschießen ist eine recht neue Erfindung und der ungeduldige Ausdruck des Wunsches, ein Spiel ein für alle Mal abzuschließen, anstatt sich den Wonnen einer Wiederholung des Spiels hinzugeben. Einzig die Mickleover Lightning Blue Sox und die Chellaston Boys reagierten angemessen mit dem längsten und befriedi-

* *Freies Wochenende*, A. d. Ü.

gendsten Elfmeterschießen der Fußballgeschichte. Nachdem es 1988 in der Bezirksliga von Derby bei Spielende 1:1 gestanden hatte, verfehlten die ersten 62 Elfmeter ihr Ziel. Es war eine Sternstunde spektakulären Fußball-Entertainments, die ihr Geld wirklich wert war. Die Spieler glänzten mit allem, was sie draufhatten, und flankten, ballerten, lüpften und schoben den Ball gekonnt über die Latte.

Dann schaffte ein Junge namens Richard Smith einen Treffer für Chellaston. Dieser bedauerliche Zwischenfall stachelte das gegnerische Team nur noch mehr an, und John Blatherwick erzielte den Ausgleichstreffer für Mickleover. Chellaston drosch den nächsten Ball tapfer daneben, aber danach ging es nur noch bergab. Sam Gadsby, über den man kein weiteres Wort verlieren sollte, ruinierte am Ende alles durch einen Entscheidungstreffer.

Mit einer Dauer von 90 Minuten ist dieses Elfmeterschießen das erste, das ebenso lange dauerte wie die reguläre Spielzeit.

Der schnellste Platzverweis

Die Zeiten sind lange vorbei, in denen Giuseppe Lorenzo weltweit führend war. Der Spieler aus Bologna wurde erst nach gemütlichen zehn Sekunden vom Platz verwiesen. Zum Beweis, dass unsere moderne Welt schneller geworden ist, bekam Lee Todd bereits zwei Sekunden nach Beginn einer Wochenend-Kickerpartie gegen die Taunton East Reach Wanderers die Rote Karte. Als der Schiedsrichter zum Anstoß in seine Trillerpfeife blies, entfuhr Mr. Todd ein: »Leck mich am A…, das war laut«, was ihm den sofortigen Platzverweis einbrachte.

Es ging aber noch schneller, wie der unübertreffliche und bewundernswürdige Chris Glanville bewies, der im Dezember 1996 bei einem Match der Medway-Sonntagsliga als Auswechselspieler für Deanwood auf den Platz geschickt wurde. Er hatte gerade erst mit einem Fuß das Spielfeld berührt, als ihn der Schiedsrichter in der ersten Sekunde wegen des Tragens eines Ohrsteckers vom Platz schickte.

»Der Schiedsrichter hatte ihm gesagt, dass er das Ding abnehmen sollte, aber das ging nicht. Er hatte sich das Ohr gerade erst piercen lassen«, bemerkte dazu der Sekretär von Deanwood. »Er war einer unserer jüngeren Ersatzspieler, und unser Manager wollte ihm nur einen kurzen Auslauf verschaffen.« Das ist ihm geglückt.

Aber selbst das war noch nicht der Rekord, den sich Keith Gillespie von Sheffield United und Walter Boyd von Swansea City teilen. In zwei verschiedenen Spielen liefen sie jeweils aufs Spielfeld, prügelten unverzüglich einen gegnerischen Spieler und wurden sofort des Platzes verwiesen. In beiden Fällen befand sich der Ball gerade im Aus, und deshalb muss man rein technisch gesehen feststellen, dass sie bereits nach null Sekunden die Rote Karte sahen.

Der schlechteste Tennisspieler

Diego Beltranena wurde im August 2005 zum bedeutendsten Tennisspieler der Welt, als er heroische 54 internationale Begegnungen nacheinander verlor, in denen er insgesamt nur einen einzigen Satz für sich entscheiden konnte.

Erst im Jahr 2008 gelang es dem waschechten Briten Robert Dee, 54 Partien hintereinander gegen sich zu entscheiden, ohne einen einzigen Satzgewinn für sich zu verbuchen. Bedauerlicherweise verpasste er die Chance, einen neuen Weltrekord aufzustellen, als er schließlich dem Druck nicht mehr standhielt und das fünfundfünfzigste Match gewann.

Eine britische Zeitung erteilte ihm schließlich den ultimativen Ritterschlag, als sie ihn zum »Schlechtesten Tennisspieler der Welt« ausrief. Man kann kaum glauben, dass er diese Ehrung zurückwies und die Sache vor Gericht brachte. Dort machte ihm der Richter klar, dass er zweifellos der schlechteste Spieler sei, solange ihn niemand anders überbieten würde. Seine kaum nachvollziehbare Haltung macht allerdings deutlich, dass dieser Mann den Titel gar nicht verdient hat.

Der langweiligste Tag

Nachdem er dreihundert Millionen Daten in eine eigens konzipierte Suchmaschine eingelesen hatte, fand der britische Forscher William Tunstall-Pedoe heraus, dass der 11. April 1954 offiziell der langweiligste Tag des ganzen 20. Jahrhunderts war. An diesem Tag der Tage geschah so gut wie gar nichts. Es gab keinen Staatsstreich, keine Zusammenbrüche, keine Affen im Weltall. Der Fußballer Jack Shufflebotham von Oldham Athletic verstarb im Alter von neunundsechzig, und in Belgien wurde eine friedliche Wahl abgehalten. Es war außerdem der Geburtstag des Elektroingenieurs Abdullah Atalar, der sich später Forschungsgebieten wie beispielsweise dem »Design integrierter Schaltkreise und Linearisierung von Antennenverstärkern« zuwenden sollte.

Es hat den Anschein, als hätte es damals Pläne für einen Staatsstreich in Yanaon, einer ehemaligen französischen Kolonie in Indien, gegeben. Aber die Pläne zerschlugen sich. Stattdessen gab es schlafende Hunde, Kühe wurden gemolken, Kinder sprangen herum und wuchsen heran.

2
DIE WELT DER MACHER

Der erfolgloseste Survival-Vortrag
Der schlechteste Kriegskorrespondent
Der erfolgloseste Anklagevertreter
Die schlechteste Polarexpedition
Der erfolgloseste Elvis-Doppelgänger
Die erfolgloseste literarische Pilgerreise
Die massivste bewaffnete Überreaktion
Die misslungenste offizielle Brückeneinweihung
Die erfolgloseste Verkleidung I
Die erfolgloseste Verkleidung II
Der erfolgloseste Räuber
Die schlechteste kriminelle Vereinigung I
Die schlechteste kriminelle Vereinigung II
Das misslungenste Einschreiten
Bombenalarm
Die misslungenste Safer-Sex-Kampagne
Die am wenigsten überzeugende Bürgerbewegung

»Echtes Scheitern braucht keine Entschuldigung.
Es ist ein Selbstzweck.«
Gertrude Stein

Der erfolgloseste Survival-Vortrag

Alistair Emms war eingeladen worden, an der Allhallows-Schule, die bei Seaton in Devon etwas abgelegen hoch oben auf den Felsklippen thront, einen Vortrag zum Thema »Überleben in der Wildnis« zu halten. Er hatte noch etwas Zeit, und das Wetter war gut an jenem Tag im Oktober 1992; also beschloss er, sich vor seinem Vortrag kurz die Beine zu vertreten. Als er eine Stunde später noch immer nicht zurückgekommen war, wurde der Küstenschutz losgeschickt, um ihn zu suchen. Sie fanden zunächst keine Spur von ihm, also alarmierten sie die Polizei und forderten zwei weitere Einheiten des Küstenschutzes an. Nunmehr beteiligten sich vierzig Ortsansässige, fünf Polizisten, ein Spürhund und zwei Helikopter an der Suche. Es dauerte fünf Stunden, bis der unerschrockene Mr. Emms gerettet werden konnte.

Jeremy Willis, der Musiklehrer der Schule, erzählte, dass ein Team den Steilhang abgesucht, das ganze Gebüsch durchkämmt und ihn dabei schließlich entdeckt hatte. Mr. Emms wurde vom Rettungshubschrauber hochgezogen. Der Vortrag fand nie statt.

Der schlechteste Kriegskorrespondent

Der größte lebende Kriegsberichterstatter unseres Genres ist Phesheya Dube, der im März 2003 als »Unser Mann in Bagdad« für das Morgenprogramm von Radio Swasiland beschäftigt war. Er brachte höchst lebendige, spannende Augenzeugenberichte aus dem Irakkrieg. Sein Wirken wurde noch beeindruckender, als schließlich herauskam, dass er alle seine Reportagen aus einem Besenschrank in Mbabane, der Hauptstadt Swasilands, sendete.

In der Unübersichtlichkeit eines Kriegsgeschehens ist es oft nicht leicht, an bestätigte Fakten zu gelangen. Mr. Dube hingegen plünderte für seine Berichte andere Fernsehreportagen und scheint außerdem auch einige Soundeffekte zur Verfügung gehabt zu haben. Der Moderator im Studio sorgte sich häufig um die Sicherheit des Reporters. Einmal hatte er ihn angefleht, sich zum Schutz vor den Raketen in einen Unterstand zurückzuziehen. Als der Radiosender kurz den Kontakt zum Reporter verlor, bat der Moderator die Zuhörer sogar darum, für den Kollegen zu beten.

Kriegsberichterstatter, die sich tatsächlich im Irak aufhielten, brauchten Tage, um aus einem Landesteil in einen anderen zu reisen, aber Mr. Dube gelang es, zu sehr geringen Kosten völlig mühelos zwischen Bagdad und Basra hin und her zu pendeln. Das Leben im Kriegsgebiet war jedoch so stressig, dass gelegentliche Spaziergänge durch Mbabane nötig waren. Als er bei einer solchen Gelegenheit einmal am Parlamentsgebäude vorbeiging, kamen Parlamentsabgeordnete herausgelaufen, um ihm zu seinen spannenden Reportagen zu gratulieren und ihn davon zu überzeugen, besser nicht in den Irak zurückzugehen. Als sie noch am selben Nachmittag wieder seine Liveberichterstattung hörten, wurden im Parlament Fragen laut.

Große Radiosendungen dieser Güte lassen vor unserem inneren Auge ganze Welten erstehen. Soweit wir wissen, wäre es auch durchaus möglich, ein ganzes Radioprogramm in einem Besenschrank zu produzieren.

Der erfolgloseste Anklagevertreter

Nur wenige Verteidiger zeigten so viel Geschick darin, die Anklage zu widerlegen, wie Sir Harold Cassel. Seine größte Vorstellung gab er in den fünfziger Jahren während einer Verhandlung für den Bow Street Magistrat. Er hatte als Anklagevertreter einen Mann zur Verurteilung zu bringen, dem vorgeworfen wurde, ein Motorrad gestohlen zu haben. Gerade hatte er seine sehr überzeugende Anklageschrift vorgetragen, als er entdeckte, dass der Angeklagte keinen Verteidiger hatte. Da sprang er kurzerhand ein und bot seine Dienste an. Nun zerlegte er seine eigenen Argumente und schaffte es schließlich, den Mann freizubekommen. Nachdem das Urteil gesprochen war, bemerkte der zuständige Richter: »Der Staatsanwalt und der Verteidiger haben ihre Sache beide sehr gut gemacht.«

Im weiteren Verlauf seiner Karriere wurde Sir Harold ein nicht minder befähigter Richter. Zwei Angeklagten, die wegen eines Feuerzeugdiebstahls vor ihm antreten mussten, erklärte er: »Sie haben Glück, dass Sie vor dem schlechtesten Strafrichter Englands gelandet sind.«

Als er einmal den Fall eines Mannes verhandelte, der behauptete, durch Polizeihandschellen verletzt worden zu sein, ignorierte er den lautstarken Einspruch der anwesenden Polizisten und probierte die Handschellen an sich selbst aus. Irgendwann forderte er dann den Beamten dazu auf, ihm die Fesseln doch bitte wieder abzunehmen. »Aber Euer Ehren«, erwiderte der Polizist. »Das wollten wir Ihnen doch die ganze Zeit klarmachen. Wir haben die Schlüssel nicht.« Sir Harold nahm dann sein Mittagessen in Handschellen ein, während die Polizisten alles nach den Schlüsseln absuchten.

Die schlechteste Polarexpedition

Große Entdecker sind immer Menschen von enormer Entschlossenheit. Sie verfügen über Selbstvertrauen und weigern sich auch dann noch aufzugeben, wenn die anderen sagen, ihr Unterfangen sei aussichtslos.

Mit dem unsterblichen José María Molina an der Spitze verfügte die spanische Polarexpedition von 1982 über ein Höchstmaß dieser Charaktereigenschaften.

Nachdem sie erfolgreich eine Skitour in den Anden unternommen hatten, beschlossen in jenem Jahr vier Freunde, zu einer Polarexpedition aufzubrechen. Sie gingen davon aus, dass sich die Anden und der Nordpol wahrscheinlich nicht allzu sehr voneinander unterscheiden würden. Zuerst galt es, das ideale Transportmittel zu finden. Sollten es Schlittenhunde sein, Schneemobile oder Motorräder? Man entschied sich natürlich für Motorräder, auch wenn das bedeutete, 350 Liter Benzin mitnehmen zu müssen. Mit grenzenlosem Erfindungsgeist gesegnet konstruierten sie auch noch eigene Schlitten, die ungefähr so aussahen wie dreigeschossige Einkaufswagen auf Skiern.

Expertenrat holten sie erst gar nicht ein, und wenn er ihnen trotzdem angeboten wurde, schlugen sie ihn geschickt in den Wind. Erst als sie darauf hingewiesen wurden, dass sie mit klaffenden Gletscherspalten, tiefen Schluchten und gelegentlich auch mit gähnenden Abgründen rechnen müssten, zeigten sie sich zu gewissen Konzessionen an die Fachleute bereit. Sie packten eine enorme zweiteilige Brücke ein.

Das Büro der Gemeinde von Svalbard in Norwegen teilte ihnen mit, dass es völlig aussichtslos sei, inmitten von peitschenden Stürmen auf Motorrädern bis zum Nordpol vorzustoßen. Und erst recht mit dreistöckigen Einkaufswagen im Schlepptau. In der Gemeindeverwaltung ging man davon aus, man hätte sie von ihrem Vorhaben abgebracht. Doch kurz darauf erhielt der Bürgermeister einen Anruf und die Mitteilung, dass die Expedition auf dem Flughafen eingetroffen sei. Am 26. Februar 1982 stiegen die Männer in Begleitung eines Journalisten und eines Kameramannes aus dem Flugzeug – denn bei einer Expedition wie dieser möchte man natürlich alles festhalten. Fast alle Einwohner Svalbards machten sich zum Flughafen auf, um beim Ausladen der Ausrüstung zuzuschauen. Dabei stellte sich heraus, dass der Proviant für die Expeditionsteilnehmer nicht wie üblich in Plastikbehältern, sondern in großen Pappkartons verstaut war, deren Boden herausfiel, wenn sie auf dem Eis nass wurden. Die mitgebrachte Brücke zog bewundernde Blicke auf sich, und zahlreiche Schaulustige wurden Zeuge, als die Abenteurer versuchten, ihre Ausrüstung auf dem Parkplatz zu testen. Die Motorräder hatten keine Chance, die voll beladenen Schlitten auch nur von der Stelle zu bewegen. Als man sie ausräumte und anschob, fielen sie um.

Irgendwann sahen die Forscher ein, dass Schneemobile doch besser geeignet wären. Sie versuchten, ihre Motorräder zu verkaufen, aber niemand wollte sie haben. Die Verzögerungen dauerten bis zur Zeit der Eisschmelze, und die Expedition musste abgeblasen werden. Als Reporter nachfragten, ob es sie nicht manchmal genervt hätte, von allen Leute nur kopfschüttelnd angegrinst zu werden, erwiderten unsere Männer: »Nein, wir finden es nett, von lauter fröhlichen Menschen umgeben zu sein.«

Der erfolgloseste Elvis-Doppelgänger

Lil Thompsons Steakhaus in Tennessee veranstaltete den ultimativen Elvis-Doppelgänger-Wettbewerb, als der Sänger gerade auf dem Zenit seines Ruhmes war. Das Ereignis zog eine große Menschenmenge an, unter ihnen auch Elvis Presley persönlich. Dieser beschloss, am Wettkampf teilzunehmen, und setzte sich zunächst still nach hinten. »Die werde ich aufmischen«, sagte er zuversichtlich.

Lil hatte Angst, die Menge würde außer Rand und Band geraten, wenn herauskäme, dass er der echte Elvis war. Aber die Sorge war unbegründet. Elvis sang »Love me tender«, erntete höflichen Applaus und wurde Dritter.

Die erfolgloseste literarische Pilgerreise

Als großer Bewunderer von Rupert Brookes Gedicht »Das alte Pfarrhaus, Grantchester« wollte Reverend Roy Briggs die berühmte Uhr am Pfarrhaus in der Zeigerstellung fotografieren, die im Gedicht beschrieben wird:

»Zeigt die Uhr schon zehn vor drei?
Ist Honig für den Tee dabei?«

Im April 1993 reiste er fast 10000 Kilometer von seiner Gemeinde in Johannesburg bis nach Cambridgeshire, kam rechtzeitig in Grantchester an, fand das Haus, ging in den Garten und zückte seine Kamera. Die Uhr war um fünf nach eins stehengeblieben.

Die massivste bewaffnete Überreaktion

Im März rasten Einsatzfahrzeuge der Polizei mit heulenden Sirenen und blinkendem Blaulicht nach Rolvenden. In einer perfekten Demonstration raschen Eingreifens in Mannschaftsstärke besetzten sie das beschauliche Dorf in der Grafschaft Kent, nachdem beobachtet worden war, wie aus dem Fenster eines kleinen Landhauses geschossen wurde.

Über dreißig bewaffnete Polizisten umstellten das Haus und riegelten für zwei Stunden das ganze Dorf ab, während sie darauf warteten, dass sich der Verdächtige zeigen würde. Scharfschützen richteten ihre automatischen Gewehre auf das Gebäude, während ein Unterhändler der Polizei hinter einem Fahrzeug in Deckung ging und über Megafon verkündete: »Sie sind umzingelt. Kommen Sie mit erhobenen Händen heraus.«

Im Inneren des Hauses setzte währenddessen die achtundsechzigjährige schwerhörige Violet Hook Teewasser auf, entspannte sich im Küchenstuhl und bekam von alldem nichts mit. Irgendwann hörte sie aber doch noch eine der Durchsagen und trat vor die Tür. In der Hand hielt sie die Schreckschusspistole, mit der sie immer die Krähen vom Dach vertrieb. Sie wollte wissen, was denn das für ein Tumult da draußen sei.

Eric Lovell, ein Freund und Nachbar von Mrs. Hook, berichtet: »Alles war voller Polizisten, die ihre Waffen auf Violets Haus richteten. Ich wollte ihnen sagen, dass sie nur eine Schreckschusspistole hatte, aber sie befahlen mir, zu meiner eigenen Sicherheit wieder zurück in mein Haus zu gehen.«

Als die Polizisten schrien, sie sollte die Waffe fallen lassen, antwortete sie: »Nein, das mache ich nicht. Ich kenne Sie ja gar nicht. Außerdem will ich ausgehen und muss mich jetzt fertigmachen.«

Die misslungenste offizielle Brückeneinweihung

Im Jahr 1932 hatte sich eine größere Menschenmenge versammelt, um dabei zu sein, wenn der Premierminister von New South Wales eine Brücke einweihte. Jeden Moment sollte er eintreffen, eine Musikkapelle spielte, Flaggen wurden geschwenkt, und die Menge war schon ganz aufgeregt. Da erkannte Francis de Groot, ein Ire auf einem Pferd, seine Chance. Er galoppierte heran, zückte ein Schwert und schrie: »Im Namen des Volkes von New

South Wales erkläre ich die Brücke für eröffnet!« Dann zerschnitt er das Schleifenband, galoppierte auf die andere Seite und davon.

Als der Premier eintraf, bemerkte er die ungewöhnliche Ruhe und stellte fest, dass die Brücke bereits freigegeben war. Das fand er im Grunde gar nicht so tragisch, denn er war ein überaus beschäftigter Mann und hatte wahrlich wichtigere Dinge zu tun. Es dauerte ein wenig, bis man Mr. de Groot zu fassen bekam, aber nachdem man ihn endlich dingfest machen konnte, wurde er umgehend in ein Irrenhaus gesteckt. Dort untersuchten ihn mehrere Ärzte einen ganzen Tag lang, bis sie zu dem Schluss kamen, dass er vollkommen gesund war. Also verhängte man eine Geldstrafe von 4 Pfund für die Störung der öffentlichen Ordnung und weitere 2 Pfund für die Beschädigung des Schleifenbandes.

Die erfolgloseste Verkleidung I

Im September 1999 verhaftete die Polizei von Los Angeles eine völlig nackte Frau, die sich einen Eimer über den Kopf gestülpt hatte. Als sie gebeten wurde, ihren vielversprechenden Aufzug zu erklären, sagte sie, dass sie kurz nackt auf ihren Balkon hinausgetreten sei. Dabei sei die Balkontür hinter ihr zugefallen. Daraufhin habe sie sich – eine etwas verquere Idee – den Eimer über den Kopf gestülpt, um nicht erkannt zu werden, und sich aufgemacht, um Hilfe zu holen. Und sich dabei verlaufen. Das wäre sicherlich nicht jedem gelungen.

Die erfolgloseste Verkleidung II

Für eines der schönsten Beispiele transparenter Polizeiarbeit zeichnet Kommissar Dean Cunnington von der Albany Polizeiwache in London-Mitte verantwortlich, der 1997 einen Geistesblitz hatte.

Nachdem es seinen Kollegen nicht gelungen war, eine Hausdurchsuchung durchzuführen, weil der einzige Zugang zum Gebäude von einer verschlossenen Stahltür gesichert wurde, erwies sich Kommissar Cunnington als ein wahrer Verkleidungskünstler. Mit einem Scharfsinn, den auch ein Meisterdetektiv nur schwer übertrumpfen könnte, beschloss er, sich eine Postuniform auszuleihen.

Nunmehr als Postzusteller verkleidet, schlenderte er zur Tür und klopfte vernehmlich. »Wer ist da?«, rief eine Stimme von drinnen. »Hier ist die Polizei«, erwiderte Kommissar Cunnington.

Der erfolgloseste Räuber

Im März 1993 näherte sich ein Räuber Roger Morse aus Winnipeg, Kanada, und rief: »Gib mir dein Portemonnaie!« Bis hierhin handelte es sich um einen sehr traditionellen Raubüberfall, bei dem der Räuber zwanzig kanadische Dollars erbeutete. Eher unkonventionell war es, dass nun Mr. Morse seinerseits den Räuber anschrie: »Gib mir mein Portemonnaie zurück!« Wir erreichen jetzt unerschlossene und experimentelle Gefilde. Das unorthodoxe Ansinnen brachte den Räuber völlig aus dem Konzept, er gab versehentlich seine eigene Geldbörse zurück, flüchtete vom Tatort und überließ seinem Opfer zusätzliche 250 Dollar.

Die schlechteste kriminelle Vereinigung I

Die kurze, aber vielversprechende kriminelle Karriere Michael Smiths fand im Juni 1995 ein abruptes Ende, als sein Komplize plötzlich seine Meinung änderte und ihn festnahm. Mr. Smith hatte gerade einen Angestellten von William Hills Wettbüro in Whitechapel, East London, um umgerechnet circa 900 Euro erleichtert, als ihn sein Partner bei dem Überfall plötzlich in den Schwitzkasten nahm und festhielt, bis die Polizei eintraf. »Ihn überkam ein Sinneswandel«, erklärte sein Verteidiger später dem Gericht.

Die schlechteste kriminelle Vereinigung II

Bei einem Überfall auf einen Plattenladen in Detroit im Dezember 1994 rief Clive Robertson: »Keine Bewegung!« Als sein Komplize dann nach der Kasse griff, schoss er ihm in den Fuß.

Das misslungenste Einschreiten

An einem sonnigen Oktobermorgen des Jahres 1995 lungerte ein Mann in Dublin verdächtig vor einer Zweigstelle der Allied Irish Bank herum, bis ein Sicherheitsmann mit einem Koffer voller Geld herauskam.

Der junge Mann fing an herumzubrüllen, zog eine Waffe, erschoss den Wachmann, griff sich das Geld und hastete zu einem Motorrad, das, von einem Komplizen gesteuert, bereits mit heulendem Motor auf ihn wartete.

Als sie abbogen, handelte nur ein einziger Mann: unser Held. Ein vorbeifahrender Van-Fahrer hatte die ganze Aktion beobachtet und stellte sich mit seinem Renault dem flüchtenden Motorrad in den Weg. Die beiden Ganoven wurden auf die Motorhaube eines in der Nähe parkenden Wagens geschleudert. Sie standen unverletzt wieder auf und starrten den Van-Fahrer entsetzt und ungläubig an.

Entsetzt und ungläubig schauten auch der Regisseur, der Tontechniker, der Kameramann und alle anderen, die etwas mit *Crimeline* zu tun hatten, einer überaus erfolgreichen irischen Fernsehserie, in der man einen alten Bankraub nachstellen wollte, um die Polizei bei der Aufklärung des Falles zu unterstützen. »Manchmal ist es besser, sich herauszuhalten«, kommentierte die *Irish Times*.

Bombenalarm

Im Winter 1992 wurde vor einem Armeestützpunkt in Bristol ein verdächtig aussehendes Paket entdeckt. Die Standortkommandantur rief die Polizei, die wiederum Bombenentschärfer der Armee anrief, welche das Paket in die Luft sprengten. Später stellte sich heraus, dass das Paket Infoblätter enthalten hatte, auf denen erklärt wurde, wie man verdächtige Pakete identifiziert.

Die misslungenste Safer-Sex-Kampagne

Im Februar 1999 musste der Marketingchef der Gesellschaft für Familie und Gesundheit in Johannesburg einräumen, dass ihre letzte Safer-Sex-Kampagne das Risiko einer Infektion mit Geschlechtskrankheiten oder einer ungewollten Schwangerschaft dramatisch erhöht hatte.

In Zusammenarbeit mit Regierungsstellen waren Tausende von Faltblättern auf Zulu, Xhosa, Englisch, Sotho und Afrikaans verteilt worden, in denen eine Comicfigur namens »Johnny, das Kondom« vor den Gefahren ungeschützten Geschlechtsverkehrs warnte. Die Regierung hatte ein Gratiskondom beigesteuert.

»Für die Verteilung hatten wir eine Billigfirma unter Vertrag«, sagte Mr. Nowitz und gestand ein, dass alle Kondome perforiert worden waren, als man sie an die Faltblätter heftete.

Die am wenigsten überzeugende Bürgerbewegung

»Väter für Gerechtigkeit« hieß eine Aktionsgruppe, die dafür eintrat, geschiedenen Vätern mit genügend Verantwortungsbewusstsein bei Sorgerechtsstreitigkeiten die gleichen Rechte wie den Müttern einzuräumen. Nachdem drei Mitglieder der Aktionsgruppe versucht hatten, im Batman-Kostüm über das Tor von Downing Street zu klettern, um ein Mehlbombenattentat auf den Premierminister zu verüben, verkündete ihr Gründer Mart O'Connor jedoch im Jahr 2006 die Auflösung der Gruppe.

»Ich glaube, dass Väter noch nicht für den Wandel bereit sind, den wir sehen möchten«, sagte er, nachdem er zu der Überzeugung gelangt war, dass Mütter einfach reifer seien.

Während ihres dreijährigen Bestehens sprühten Mitglieder von »Väter für Gerechtigkeit« lila Farbe an den Amtssitz von Familiengerichten, außerdem verursachte ein Aktivist einen 45-minütigen Verkehrsstau, als er im Spiderman-Kostüm auf einen 50-Meter-Kran kletterte. Sie ketteten sich bei einer juristischen Fachtagung mit Handschellen an die Familienministerin Mrs. Margaret Hodge und verkündeten öffentlich ihren Plan, den fünfjährigen Sohn des Premierministers zu entführen. Außerdem hockten sie drei Tage lang auf dem Dach des Obersten Gerichts.

»In Wahrheit wurde unsere Organisation schon seit Jahren von Frauen geführt«, ergänzte Mr. O'Connor und lobte deren Organisationstalent.

3
PROFIS AM WERK

Wie man seinen Job erledigt

Der übereifrigste Securitymann

Der schlechteste Hafenlotse

Die misslungenste Feier

Die hohe Schule der Gastlichkeit

Die erfolglosesten Feuerwehrleute

Der unbefriedigendste Rechtsstreit

Die unwürdigste Reaktion auf eine abgelehnte Bewerbung

Unternehmergeist

Der schlechteste Zeitungsbesitzer

Das schlechteste Einkaufserlebnis

Ein Museum, das den Besuch lohnt

Der schlimmste Pub

Das erfolgloseste Aftershave

Der erfolgloseste Marketing-Gag

Der erfolgloseste Handwerkerauftrag

Der schlimmste Name für ein Restaurant

Das misslungenste Lockangebot

Der schlechteste Fahrplan

Die erfolgloseste Sitzung eines Komitees

»Wenn du vierzig wirst und noch nie gescheitert bist,
dann fehlt dir was.«
Gloria Swanson

WIE MAN SEINEN JOB ERLEDIGT

Der übereifrigste Securitymann

Die Spitzenposition auf diesem Gebiet hält Carl Shimmin, der im Mai 1991 der Königin von England die Zufahrt zur königlichen Pferdeausstellung der Windsors verwehrte. »Tut mir leid, meine Liebe, aber ohne Aufkleber kommen Sie hier nicht rein«, beschied er die Monarchin und hob den Arm, um den schwarzen Vauxhall Carlton anzuhalten, den die Königin auf der Siebenhundert-Meter-Strecke ab Windsor Castle selbst gefahren hatte.

»Ich dachte, das sei eine nette alte Oma, die sich verfahren hatte«, meinte er später und wies darauf hin, dass es nun einmal auf die Aufkleber ankomme und dass es seine Aufgabe gewesen sei, sie zu kontrollieren. Die Queen öffnete nur das Wagenfenster und sagte: »Ich glaube, wenn Sie es überprüfen, werden Sie feststellen, dass ich hineindarf.«

»Die Queen schien nicht im Mindesten verärgert zu sein«, konnte er bei dieser Gelegenheit feststellen. Alle Mitfahrer lächelten vergnügt, denn einem echten Original seines Kalibers begegnet man nicht alle Tage.

Der schlechteste Hafenlotse

William Lee Murrell hatte seine Berufung richtig erkannt, als er im März 1860 in Port Phillip, dem Hafen von Melbourne, als Hafenlotse anheuerte. Am Ruder des Dampfschiffes *Barwon* zeigte er schon früh sein Talent, als er mit zwei anderen Schiffen kollidierte. Es handelte sich dabei keineswegs um Zufallstreffer, denn schon ein Jahr später rammte er am Ruder der SS *Balclutha* zwei weitere Schiffe, von denen eines, die SS *Aphrasia,* sank, und das andere, die SS *Minna*, auf Grund lief.

Das war ein vielversprechender Anfang, aber selbst unter diesen Vorzeichen hätte niemand geahnt, was noch kommen würde, als man ihm 1864 die Verantwortung für das Ruder der *Southern Cross* übertrug, einem nagelneuen Dampfschiff, das ihn immer wieder zu Höchstleistungen inspirierte. Bei einem Wendemanöver zerstörte er den ganzen Anleger Queens Wharf. Nur ein Jahr verging, bis er dasselbe Schiff wieder in denselben Anleger rammte, dessen Reparatur gerade erst abgeschlossen worden war.

Um seine Vielseitigkeit unter Beweis zu stellen, wechselte er für kurze Zeit ans Ruder der *Alhambra,* die er beim Wenden in die Seitenwände der *Southern Cross* krachen ließ.

Aber erst jetzt begann sich sein wahres Talent zu entfalten. Wieder an Bord der *Southern Cross,* riss er bei einer Kollision deren Antriebsschraube ab. Zwei Jahre später setzte er die *Alhambra* auf Grund. Dann rammte er die *Macedon* in die *Catherine Jane* und später die *Black Hawk* ins Heck der *Sir Harry Smith*. Es darf nicht unerwähnt bleiben, dass er beim Manövrieren mit der *Dandenong* noch einmal der *Alhambra* in die Seite fuhr, womit ihm, was dieses Schiff betrifft, ein lupenreiner Hattrick gelang.

Verblüfft wurden die anderen Seeleute nun Zeuge, wie Mr. Murrell dann in seine reifste und produktivste Schaffensphase eintrat. Zwei Tage nach ihrem Stapellauf setzte er die *Leura* auf Grund und rammte sie nur einen Tag später noch einmal seitlich, als er mit der *Tamar* anzulegen versuchte. Sechs Tage später setzte er die *Lady Darling* auf Grund. Danach gelang es ihm, die Schiffsschraube der *Ringarooma* abzureißen, als er mit dem Schiff anlanden wollte – ein Missgeschick, das ihm bei dieser Gelegenheit bereits zum zweiten Mal innerhalb zweier Monate widerfuhr. Danach krachte er mit der *Omeo* in die *Tamar*, strandete mit der *Easby* und der *Adela*, stieß noch einmal mit der *Leura* zusammen und setzte diese nach sechs Monaten wieder auf Grund. Zwei Wochen später fuhr er die Propeller der *Rodondo* ab und schaffte es, die *Southern Cross* zum rekordverdächtigen fünften Mal außer Gefecht zu setzen.

Als dieser einzigartige Seemann sich im Jahr 1892 aufs Altenteil zurückzog, war ihm sein Platz in der Geschichte der Seefahrt sicher.

Die misslungenste Feier

Als 1987 im Rahmen einer erfolgreichen Kampagne zur Unfallverhütung im Kraftwerk High Marnham einhundert unfallfreie Tage gefeiert werden sollten, ordnete der Chef Mike Johnson an, die offizielle Flagge zu hissen.

Als ein Wachmann die Flagge am Fahnenmast hochzog, löste sich eine Rolle am Flaschenzug und schlug ihn bewusstlos. »Stimmt schon«, bestätigte Mr. Johnson später. »Wir haben einen Bock geschossen.«

Die hohe Schule der Gastlichkeit

Mit einer meisterlichen Demonstration ordentlicher Hotelführung brachte Herr Erwin Wagner die Pension Kaiserblick in Sol ins Gespräch. Um sicherzustellen, dass seine Gäste während ihres Österreichaufenthaltes im Mai 1994 genügend Schlaf bekamen, schickte er sie alle um 21 Uhr ins Bett.

Edna King, eine pensionierte Schullehrerin aus Leamington Spa, legte Wert auf die Feststellung, dass es sich bei den Gästen um eine äußerst friedfertige britische Reisegruppe mittleren Alters handelte. »Er kam hereingestürmt und brüllte ›Einundzwanzig Uhr – Feierabend. Sie sind mit Essen fertig. Ab in die Zimmer.‹ Dabei schlug er auf den Tisch, und es sah aus, als würden ihm gleich die Augen aus dem Kopf platzen. Wir konnten es kaum glauben.«

Weil ihre lange Reise sie ermüdet hatte, ließen sich die Gäste nicht auf Diskussionen ein und gingen zu Bett. Am nächsten Tag fühlten sie sich sehr ausgeschlafen und waren fest entschlossen, diesmal länger aufzubleiben.

Am zweiten Abend forderte der eifrige Herr Wagner abermals, dass seine Gäste um neun Uhr ins Bett gingen. Als sie sich weigerten, schloss er sie im Speisezimmer ein und rief die Polizei.

Einer der Urlauber versuchte jetzt einzuschreiten, um

dem Spuk ein Ende zu machen. Da hob der Besitzer mit großem Geschick eine der Türen aus den Angeln, setzte den Gästen mit vorgehaltener Tür nach und trieb sie in ihre Zimmer.

»Als wir sagten, dass wir nicht so früh ins Bett wollten, drehte Herr Wagner völlig durch«, sagte Mrs. King. »Er behauptete, wir benähmen uns rüpelhaft, dabei hatte ich nur Limonade und Tee getrunken.«

Als ihn der Reiseleiter zur Rede stellte, meinte Herr Wagner: »Das ist mein Hotel. Wenn ich sage ›Einundzwanzig Uhr‹, heißt das auch ›Einundzwanzig Uhr‹. Hier ist kein Platz zum Rumsitzen und Reden. Ich kenne doch die Engländer. Sobald ich im Bett bin, trinken sie Whisky und Gin.«

Die erfolglosesten Feuerwehrleute

Als sie im März 2000 einen kleinen Teppichbrand im Schlafzimmer in der ersten Etage ihres Hauses in Virginia bemerkte, rief Cecilia Perry die Feuerwehr.

Bis zu deren Eintreffen gelang es ihr, das Feuer mit der Hilfe von Nachbarn und einigen Eimern Wasser selbst zu löschen. Als schließlich zwei Löschzüge konkurrierender Feuerwachen eintrafen, war der Brand bereits erstickt.

Weil sie fest entschlossen waren, tapfere und männliche Taten zu vollbringen, marschierten beide Mannschaften ins Haus und löschten den Teppich noch einmal, bis schließlich ein Streit darüber ausbrach, welcher von beiden Mannschaften der Notruf eigentlich gegolten hatte.

Während der nun ausartenden Diskussion zertrümmerten die Feuerwehrmänner Möbelstücke und schleuderten sie im Erdgeschoss des Einfamilienhauses durch die Gegend. Captain Chauncey Bowers, der Sprecher von einer der beiden Feuerwachen, überschlug, dass das Feuer allein einen Schaden in Höhe von ungefähr 1500 Dollar und die Feuerwehrleute einen Schaden in Höhe von circa 3000 Dollar verursacht hatten.

Der unbefriedigendste Rechtsstreit

Mustafa Yildirim reichte 1939 im Auftrag eines Klienten eine Klage in einer Grundstückssache ein. Er wollte klären lassen, ob ein kleines Grundstück im Westen der Türkei seinem Klienten gehörte oder angrenzenden Dorfbewohnern. Natürlich war er zufrieden, als ein Appellationsgericht den Anspruch seines Klienten neunundfünfzig Jahre später bestätigte.

»Es war mir bestimmt, diesen Fall abzuschließen«, erklärte Mr. Yildirim der Anatolischen Nachrichtenagentur im Juni 1998. Dann wies er darauf hin, dass er wohl allein feiern müsste, weil keiner der sechs Kollegen, die mit dem Fall zu tun gehabt hatten, keiner der fünfzehn Richter, die bei den Anhörungen zugegen waren, keiner seiner Klienten, keiner der Dorfbewohner, die von dem Fall betroffen waren, und auch kein Kläger und Beklagter noch unter den Lebenden weilte. Es war allerdings auch niemand mehr da, der ihm sein Honorar hätte zahlen können.

Die unwürdigste Reaktion auf eine abgelehnte Bewerbung

Nach einem Bewerbungsgespräch abgelehnt zu werden ist eine ganz normale und alltägliche Lebenserfahrung, genau wie eine Kündigung, eine betriebsbedingte Schließung oder eine letzte Mahnung. Worauf es ankommt, ist, wie man damit umgeht, und Larry Walters setzte 1982 einen neuen, hohen Standard, als seine Bewerbung als Pilot bei den Luftstreitkräften der US Air Force keinen Erfolg hatte.

Um ihnen zu beweisen, dass sie eine falsche Entscheidung getroffen hatten, tat er das unter diesen Umständen einzig Richtige. Er kaufte in einem Army-Laden fünfundvierzig ausgemusterte Wetterballons, füllte sie mit Helium und band sie an seinen Liegestuhl, in den er sich mit einem Luftgewehr setzte, um damit auf die Ballons zu schießen, wenn er landen wollte. Anstatt sich nun aber sanft in die Lüfte zu erheben, wie er es eigentlich vorgesehen hatte, zog er steil bis auf 3,4 Kilometer Höhe hinauf und mitten hinein in die Haupteinflugschneise des Flughafens von Los Angeles.

Vierzehn Stunden später gelang es einem Rettungshubschrauber, ihn am Ende eines Seils wieder zurück auf die Erde zu befördern. Vom Rettungsteam nach dem Grund seiner Aktion befragt, antwortete er: »Ein Mann kann doch nicht einfach nur tatenlos herumsitzen.«

UNTERNEHMERGEIST

Der schlechteste Zeitungsbesitzer

Investoren erwerben gerne Zeitungshäuser, um Einfluss zu nehmen und um eingeschüchterte Journalisten nach ihrer Pfeife tanzen zu lassen. Einen spannenden Bruch mit dieser Tradition riskierten im März 1993 die Journalisten der *New York Post*, die ihren neuen Besitzer auf der Titelseite mit der Schlagzeile »Wer ist dieser Spinner?« begrüßten.

Der beliebte Chefredakteur des Blattes war schon am ersten Tag gefeuert worden, weshalb die anderen Journalisten in der Redaktion sich selbst überlassen blieben. Auf der Titelseite war ein Porträtfoto des Zeitungsgründers Alexander Hamilton abgedruckt, dessen Augen ein paar digital hineinretuschierte Tränen zierten. Im Inneren des Blattes bestand der gesamte Nachrichtenteil aus Angriffen der Zeitungsmitarbeiter auf Schwachstellen des neuen Besitzers Abe Hirschfeld – der sogenannte Parkhauskönig.

In der zehnseitigen, vernichtenden Reportage beschuldigten sie ihn unter anderem, einmal eine Angestellte der New Yorker Stadtverwaltung so lange in ihrem Büro eingesperrt zu haben, bis sie ihm ein Abgaszertifikat für eines seiner Parkhäuser ausgestellt hatte. Außerdem machten sie bekannt, dass er sich nicht nur mit Einstein und Gott verglichen, sondern auch noch versucht hatte, einundsiebzig Zeitungsmitarbeiter zu entlassen, weil sie dagegen rebellierten, den Gedichten seiner Frau einen Platz in der Zeitung zu verschaffen.

Mr. Hirschfeld räumte ein, nichts vom Zeitungsgeschäft zu verstehen, und dachte laut darüber nach, den ganzen Laden zuzumachen und an seiner Stelle ein neues Parkhaus zu errichten. Am nächsten Tag brachte das Blatt ein Foto von Mr. Hirschfeld auf der Titelseite. Die dazugehörige Schlagzeile lautete: »Verzieh dich!«

Die gesamte Auflage der Zeitung war im Nu ausverkauft und wurde zum gefragten Sammlerstück. Sogar der Boss war zufrieden. »Genau so hatte ich es geplant«, sagte er. »Noch nie hatte jemand ganze zehn Seiten in der *New York Post*. Und Rom wurde auch nicht an einem einzigen Tag niedergebrannt.«

Das schlechteste Einkaufserlebnis

Nur wenige haben so viel dafür getan, unsere ungesunde Einkaufslust zu bändigen, wie Sohan Singh, der im Januar 1998 ein neues Kapitel der Geschichte des Einzelhandels schrieb, indem er als erster Ladenbesitzer allen Kunden Hausverbot erteilte. »Sie haben kein Benehmen, und sie machen Krach«, erklärte er.

Mr. Singh, der sich selbst als »Mann mit Prinzipien« versteht, hatte bereits Kinderwagen, Haustieren, Rauchern und Menschen mit ungehobelter Ausdrucksweise den Zutritt verwehrt, als er zu dem Schluss kam, dass es nur einen Weg gab, der Flutwelle ungebührlichen Benehmens entgegenzuwirken. Man musste sie alle aussperren. Wer jetzt noch etwas im Glenthorpe Store im

Bezirk Burmantofts von Leeds einkaufen wollte, der musste durch das Ladenfenster spähen, bis er das Gewünschte gefunden hatte, und eine Klingel betätigen, um durch eine kleine Klappe in der Eingangstür hindurch bedient zu werden.

»Es ist unbegreiflich«, wunderte sich Kathryn Little, die gegenüber wohnte. »Aber er hat ohnehin nicht sonderlich viele Kunden.«

Ein Museum, das den Besuch lohnt

Sollten Sie in Ihrem Leben nur ein einziges Museum besuchen, dann achten Sie darauf, dass es Louis Tussauds Wachsfigurenkabinett in Great Yarmouth ist. Im Jahr 2003 huldigte ihm der *Daily Mirror* als dem »schlechtesten, und wir meinen *schlechtesten* Museum der Welt«. Das sind wahrhaft große Worte, aber dafür hat das Museum auch eine Menge zu bieten.

In Madame Tussauds Wachsfigurenkabinett in London, das von Louis' berühmterer Großmutter gegründet wurde, müssen sich Prominente stundenlang in Gips verpacken lassen, damit ihre Figur und ihre Gesichtszüge langen Touristenschlangen präsentiert werden können. Da tut es gut zu hören, dass die Berühmtheiten nicht wirklich bereit sind, dafür auch nach Great Yarmouth zu kommen. Aus diesem Grund werden die Wachsmodelle nach Fotos oder aus der Erinnerung angefertigt.

Das amüsante Ergebnis sind einhundertfünfzig großartige Wachsfiguren von Stars, gekrönten Häuptern, Politikern und Sportlern, die – wenn überhaupt – nur wenig Ähnlichkeit mit den Personen aufweisen, die sie darstellen sollen. Die meisten von ihnen sind mit Namensschildchen versehen, die in der Mehrzahl der Fälle auch nötig sind zur sicheren Identifizierung.

Prince Charles hat da einen ungekämmten, buschigen Haarschopf; der irische Fußballer George Best wird oft mit dem jungen Dustin Hoffman verwechselt. Diana Dors, die blonde Sexbombe und Schauspielerin aus den fünfziger Jahren, wirkt eher unscheinbar und hat gelbe Zähne, dafür hat man Lady Di einen strohblonden Mopp auf den Kopf gepflanzt, der gut zu einem Samstagsnachmittags-Wrestler aus den 1970er-Jahren passen würde. Allesamt sind sie in Kleidung gehüllt, der das gewisse Etwas von Textildiscountern anhaftet.

Peter Hayes, der inzwischen schon über achtzig Jahre alt ist, betreibt dieses illustre Museum bereits seit mehr als fünfzig Jahren. »Wir haben ein paar sehr schöne Stücke, und ich würde sagen, Prinzessin Diana ist die Krönung der Sammlung.«

Ein draußen angebrachtes Schild rät: »Die Wachsfiguren sind am besten als Momentaufnahmen ihrer Zeit zu verstehen.« Einer charmanten Nachlässigkeit hinsichtlich ihrer Aktualisierung ist es geschuldet, dass all die herrlichen Figuren aus den siebziger und frühen achtziger Jahren stammen. So sind diese wundervollen Modelle viel mehr als nur Wachsfiguren. Sie sind ein Kunstwerk, eine Zeitkapsel und ein eindringliches Lehrstück über die Vergänglichkeit des Ruhmes. Wer war noch gleich Sam Fox? Und wer Max Boyce?

Anlässlich einer eher beunruhigenden Anwandlung von Modernisierungsplänen wurden im Jahr 2008 siebzig Wachsköpfe zur Auktion gegeben, die nicht mehr in der ständigen Ausstellung Platz gefunden hatten. Bei einigen von ihnen gelang nicht einmal Mr. Hayes und seinen Museumsangestellten die richtige Zuordnung. »Die Künstler hatten sie nicht mit Namensschildern versehen, vermutlich wusste damals sowieso jeder, wer es sein sollte.«

Der schlimmste Pub

Im Jahr 1995 wurde der *Polar Bear* in Soho vom Stadtmagazin *Time Out* zur schlimmsten Kneipe Londons erklärt. Die Umsätze stiegen sofort um siebzig Prozent. Als schließlich draußen vor dem Pub ein Transparent befestigt wurde, das mit »Der schlimmste Pub im West End« beschriftet war, konnte man kaum noch einen Platz im Inneren ergattern.

Der Zeitschriftenartikel, dessen Autor versucht hatte, das einzigartige Ambiente des Pubs in Worte zu fassen, stellte nicht nur die neun ständig flimmernden Fernseher oder die große Zahl an Flipperautomaten heraus, sondern auch die Tatsache, dass sich auf den Damentoiletten alle Sitze gelöst hatten. Das Grundthema der hinreißenden Inneneinrichtung wurde mit »Dschungel« umrissen, was die aufblasbaren Affen, die Schlangen und die Plastikfolie erklärte.

»Dieser Pub ist ekelhaft«, meinte ein dreißig Jahre alter irischer Buchmacher namens Alan, während er seine Zigarette auf dem Teppich austrat. »Der Teppich ist ranzig, der Tresen müsste mal abgewischt werden, die Deko ist Mist, und außerdem ist es sehr teuer. Aber die Stimmung ist klasse. Der Laden ist voll von Durchgeknallten, die einen draufmachen wollen.«

Bass Taverns, der Besitzer des Pubs, war hocherfreut. »Eigentlich hatten wir eine Totalrenovierung geplant, aber jetzt müssen wir wohl noch mal darüber nachdenken«, erklärte ein Sprecher.

Das erfolgloseste Aftershave

Der beste Herrenduft für Menschen unseres Geschmacks ist das exquisite Ieuan No. 14. 1995 hatte eine trendige Parfümfirma die Markteinführung eines neuen Aftershaves beschlossen. Unerschrocken benannten sie es nach Ieuan Evans, dem walisischen, international spielenden Rugby-Flügelstürmer. Das Produkt wurde aber schon bald wieder vom Markt genommen. Nur dreißig Flaschen konnten verkauft werden, weil Frauen nicht wollten, dass ihre Männer wie ein Rugbyspieler riechen.

Er ist inzwischen der exklusivste Duft der Welt, denn nur dreißig Menschen wandeln auf diesem Planeten, die danach riechen, und es ist extrem schwierig, noch eine Flasche davon zu ergattern. »Ich habe noch ein paar Flaschen von dem Zeug«, schreibt Mr. Evans in seinen Memoiren. Wer also etwas davon haben will, muss sich wohl an ihn wenden.

Der erfolgloseste Marketing-Gag

Einsamer Spitzenreiter im Marketingbereich ist ein unschlagbares Angebot der Firma Hoover aus dem Jahr 1992. In der Hoffnung, die Lagerbestände überproduzierter Staubsauger abzubauen, wurden jedem Kunden, der mehr als 100 Britische Pfund für ein Produkt von

Hoover ausgab, zwei Gratisflugtickets zu jedem beliebigen Ziel in Europa versprochen.

Hoover wurde schon bald von Leuten überrannt, denen aufgefallen war, dass der Wert der Zugabe den Preis des Einkaufs um ein Mehrfaches überstieg. In einem Augenblick absoluter Genialität zog Hoover jetzt alle Register und erweiterte das Angebot auch noch auf Flüge nach Amerika. Es gab sogar Fernsehspots, die mit dem Satz endeten: »Zwei Mal hin und zurück: unglaublich.«

Bei der Aktion, die ganz richtig als »Der ultimative Bonus, der nicht mehr getoppt werden kann« bezeichnet wurde, wurden schließlich 220000 Tickets ausgegeben. Hoover musste sogar extra Flugzeuge chartern, um der Nachfrage gerecht zu werden. Am Ende hatte es 48 Millionen Britische Pfund gekostet, so vielen Menschen eine Freude zu bereiten. Das war eine das Leben bereichernde Großzügigkeit in Zeiten kalten finanziellen Vorteilsstrebens.

Der erfolgloseste Handwerkerauftrag

Weil er von Jeff Dodds Schlosserarbeiten zutiefst beeindruckt war, beauftragte ihn ein ägyptischer Geschäftsmann damit, fünfzig Festwagen für eine wichtige Handelsmesse zu bauen, die 1989 in Alexandria stattfinden sollte. Mr. Dodd nahm den Auftrag sofort an und flog nach Ägypten.

Eigentlich sollte die Arbeit nach einem Monat abgeschlossen sein, aber es dauerte zehn Tage, bis die ersten Arbeiter eintrafen. Als man schließlich vierzig Arbeiter zusammenhatte, waren sie zwar alle sehr nett und willig, aber keiner von ihnen hatte vorher etwas mit Metallverarbeitung zu tun gehabt, und Englisch konnte auch keiner.

Als klar wurde, dass sie niemals rechtzeitig fünfzig Wagen schaffen könnten, wurde die Anzahl auf vier reduziert, von denen ein Wagen für EgyptAir komplett mit Blumen bedeckt sein sollte. Die Blumen wurden später wieder gestrichen. Weil aber das Metall nur sehr langsam mit Pferd und Wagen angeliefert wurde, erwies sich auch der fristgerechte Bau von vier Wagen als illusorisch. Also wurde die Festparade aufs folgende Jahr verschoben.

Da traf es sich gut, dass EgyptAir immer noch ihren Festwagen wollte, mit dem bei einer großen öffentlichen Veranstaltung in Kairo die Auslieferung neuer Flugzeuge gefeiert werden sollte. Das hieß, den Festwagen aus dem fernen Alexandria kommen zu lassen. Zu diesem Zeitpunkt war er bereits fünfzehn Meter lang, vier Meter hoch und auf ein Chevrolet-Untergestell montiert. Für den Transport musste nun alles auf einen sehr hohen Sattelschlepper verladen werden. Mr. Dodd zufolge hinterließ der Fahrer »eine Spur von abgerissenen Ästen, Blättern und Telefonleitungen«, bevor er schließlich an einer Fußgängerbrücke entlangschrammte und den Festwagen beschädigte.

Als man schließlich in Kairo eintraf, entpuppte sich die zugesicherte Werkstatt, in der die Arbeiten abgeschlossen werden sollten, als Vorplatz einer Scheune. Das Zelt, in dem man arbeiten wollte, war noch nicht aufgebaut. »Der Festwagen war beschädigt, es gab kein

Zelt, und alles war voller Moskitos und herumspringenden Sandflöhen«, erinnert sich Mr. Dodds.

Es war geplant gewesen, mit dem fertiggestellten Festwagen zu einer zehn Tage währenden und eintausend Kilometer langen Parade von Kairo nach Port Said aufzubrechen, die bei der Internationalen ägyptischen Autorallye enden sollte. Unmittelbar vor dem Beginn der Parade – Mr. Dodd hatte bereits 36 Stunden durchgearbeitet – stellte sich heraus, dass Präsident Mubarak gerade durch das Land tourte und deshalb jeglicher öffentliche Verkehr eingestellt wurde. »Am Ende fand die Parade überhaupt nicht statt, und der Sattelschlepper musste zurückgebracht werden. Der Festwagen befindet sich, soweit ich weiß, immer noch im Zelt.«

Zurück im heimatlichen Spalding, erklärte Mr. Dodd, er hätte für nichts in der Welt auf diese Erfahrung verzichten mögen.

Der schlimmste Name für ein Restaurant

Erst als der deutsche Generalkonsul persönlich nahelegte, einen »etwas weniger kontroversen Namen« zu wählen, dämmerte es Punit Shablok, einem Geschäftsmann aus Mumbai, dass es ein Fehler gewesen sein könnte, sein neues Restaurant *Hitler's Cross* zu nennen. Er räumte ein, europäische Geschichte nicht gerade studiert zu haben, und zeigte sich überrascht, dass der gewählte Name die Medaille bezeichnet, die der Führer Müttern besonders kinderreicher Familien verliehen hatte.

Am 18. August 2006, dem Eröffnungsabend, stellte sich die gesamte feine Gesellschaft Mumbais von Filmstars bis hin zum Bürgermeister ein. Schon an der Eingangstür begrüßte sie eine Fotografie, die Adolf Hitler beim Nürnberger Parteitag zeigte. Zur Dekoration der Innenräume hatte Mr. Shablok zahlreiche Hakenkreuzflaggen zusammen mit Nazipropagandaplakaten an den Wänden drapiert. Auch die Speisekarten waren mit Nazisymbolen verziert.

Mr. Shablok zeigte sich ein wenig verwundert über die entstandene Aufregung und erklärte, dass er nach einem Namen gesucht hatte, der sofort an Europa denken lässt, um sich damit im hart umkämpften Restaurantsektor von der Menge abzuheben. Er hoffe, bis zum Oktober noch zwei weitere Ableger in Mumbai eröffnen zu können.

Das misslungenste Lockangebot

Bei vielen Sportarten sind es die Spieler, die sich bewegen, während die Zuschauer länger sitzen, als es ihrem kardiovaskulären System zuträglich ist. Das Baseballmatch zwischen den Texas Rangers und den Cleveland Indians erbrachte den Beweis, dass es auch anders geht.

Um noch mehr Zuschauer zu dem Spiel zu locken, das im Juni 1974 stattfand, versprachen die Cleveland Indians Bier ohne Ende für nur 10 Cents pro Glas. Wo sonst nur 8000 Fans ins städtische Stadion kamen, waren es diesmal 25 134 Menschen, viele bereits angetrunken. Lange hielt es sie nicht auf den Sitzen.

Die Stimmung war bereits ziemlich karnevalesk, die Rangers führten 5:1, als eine korpulente Frau ins Mittelfeld lief, unter anfeuerndem Applaus ihre enormen

Brüste entblößte und dann versuchte, Schiedsrichter Nestor Chylak zu küssen, dem jedoch gerade nicht nach Küssen zumute war.

Die tapfere Frau inspirierte aber alle anderen. Nun sprintete ein nackter Mann zur Second Base, und als ihm das Sicherheitspersonal hinterherjagte, nutzten ein Vater und sein Sohn die Gelegenheit, gleichfalls aufs Feld zu laufen und den Fans ihre blanken Hintern entgegenzustrecken.

Das Interesse am Spiel erreichte einen neuen Höhepunkt, als Mike Hargrove von den Rangers mit Hot Dogs beworfen wurde. Im neunten Inning spitzte sich die Lage zu, als ein Fan versuchte, dem Outfielder Jeff Burrough die Mütze zu rauben. Als dieser den Fan stellte, stolperte er selbst. In der Annahme, Burrough sei angegriffen worden, stürmte nun der Manager der Rangers auf das Feld, gefolgt von seinen Spielern, die ihre Baseballkeulen schwangen.

An diesem Punkt wurde die Fernseh-Liveübertragung abgebrochen. An ihrer Stelle berichtete ein örtlicher Radiosender live von den Unruhen. Als eine große Zahl von Fans aufs Feld rannte – einige hatten ihre Stadionsitze mitgenommen –, regnete es Bier von den Stehplätzen. Nun befahl der Manager der Indians, Ken Aspromonte, seinen Spielern, die Keulen zu ergreifen und ihre Gegner gegen die Menge zu verteidigen.

Das gesamte Spielfeld wurde jetzt zum Schauplatz einer wilden Massenkeilerei. Auf den Bierregen folgte ein Hagel aus Bechern, Golfbällen, Popcornbechern, Hot Dogs, Cheeseburgern, Klappstühlen und allem anderen, was nicht niet- und nagelfest war.

Schließlich hatte der Schiedsrichter von all den Nuditäten und Faustkämpfen genug und erklärte Texas zum Sieger. Später nannte er die Fans »wild gewordene Bestien« und verlautbarte, »außer im Zoo« noch nie Vergleichbares erlebt zu haben.

Als die Spieler um ihr Leben laufen mussten und bei dieser Gelegenheit doch noch etwas Training hatten, schritten herbeigerufene Einsatzkräfte der Polizei ein und stellten die öffentliche Ordnung wieder her.

Der schlechteste Fahrplan

Im unablässigen Streben nach Verbesserung war der britische Eisenbahnfahrplan von 1995 beispielgebend. Der Privatisierung ist es zu verdanken, dass eine Firma namens *Railtrack* für seine Drucklegung verantwortlich zeichnete. Sie legte einen fulminanten Start hin, doch das 2100-seitige Werk enthielt so viele Fehler, dass ein 75-seitiger Anhang mit Korrekturen notwendig wurde.

Für Kenner war der erste Fahrplan nicht mehr als eine fachgerechte Arbeit, der Nachtrag hingegen ein viel großartigeres Werk. Vollkommen unzusammenhängend und von Fehlern überquellend machte der Anhang wiederum einen Nachtragsband mit Korrekturen nötig, der immerhin 246 Seiten umfasste.

Das war an sich schon beeindruckend, wirklich spannend wurde es dann aber, als ein Sprecher von Railtrack erklärte, dass auch der zweite Nachtrag mit Fehlern gespickt sei. Zwar glänzte er nicht mit der schieren Fülle von Fehlern wie die früheren Versionen, dafür waren die Fehler des zweiten Nachtrags aber viel gravierender als die des ersten Anhangs oder der Ursprungsversion.

Phil Wilkes, der Sprecher der Vereinigung der Bahnkunden, sagte: »Auf manchen Seiten erscheinen Züge und verschwinden wieder, bevor sie ihren Zielbahnhof erreicht haben.« Solche geheimnisvollen Vorgänge kannte man zuvor von Fahrplänen nicht.

Um Ihnen einen Eindruck von der Größenordnung zu geben, um die es hier geht, sei noch einmal Mr. Wilkes zitiert: »Falls man sich zur Veröffentlichung eines dritten Nachtrages entschließen sollte, bräuchte man wohl eine ganze Reisetasche, um alles mit sich herumschleppen zu können.«

Barry Doe, ein Fahrplan-Experte, äußerte dazu: »Ich habe Fahrpläne bis zurück zum Jahr 1950, aber dieser hier ist bei Weitem der schlechteste, den ich jemals gesehen habe.«

Schade nur, dass alle 60 000 Exemplare dieses Buches eingestampft wurden, bevor die Nachwelt es genießen konnte.

Die erfolgloseste Sitzung eines Komitees

Ein Schlüsselereignis in der Geschichte der Gemeindeverwaltung war die Sitzung des Komitees für Freizeitangelegenheiten beim Stadtrat von Bude-Stratton, die anberaumt und nach erfolgloser Zusammenkunft vertagt wurde, ohne dass auch nur ein einziger Tagesordnungspunkt diskutiert worden war. Gemeinderatsmitglied Paul Laxton erklärte hierzu: »So etwas habe ich in den dreißig Jahren meiner Ratsmitgliedschaft noch nicht erlebt.«

Er trat unter Protest von seinem Amt zurück und schrieb dem Gemeinderatsvorsitzenden einen Brief, in dem er ausführte, dass die Tagesordnung der betreffenden Sitzung zwar von Themen aus dem Bereich Freizeit und Erholung strotzte, dass aber alles zum Erliegen kam, als Ratsmitglied Dick Willoughby in Begleitung seines Terriers Chamois eintraf.

Willoughby wies die freundliche Aufforderung energisch zurück, seinen Hund doch bitte draußen anzuleinen, wo bereits ein anderes Ratsmitglied einen Hund zurückgelassen hatte. Daraus entwickelte sich eine heftige Diskussion über Chamois' demokratische Rechte. Ratsmitglied Laxton erwog eine Grundsatzentscheidung zum Thema Hunde in der Ratsversammlung, hielt es nach gründlicher Abwägung jedoch für eine sinnlose Papierverschwendung. In einer abschließenden Bewertung des Komitees, in dem wohl jeder von uns Mitglied sein möchte, formulierte er: »Ich habe eingesehen, dass es überhaupt unmöglich ist, das Richtige zu tun. Denn ganz gleich, wie man es macht, am Ende ist es doch verkehrt.«

4

MIT GUTEM BEISPIEL VORAN

Das politische Parkett

Ein Parteiführer nach unserem Geschmack

Die erfolgloseste parlamentarische Anfrage

Der erfolgloseste britische Premierminister

Die erfolgloseste Wahl

Der erfolgloseste Bildungsappell

Der schlechteste Gebrauch »der Englisch, wie sie gesprochen«

Die leblosesten Kandidaten

Der erfolgloseste Scherz

Militärischer Geist

Die schlechteste Flugabwehrkanone

Das erfolgloseste unsinkbare Kriegsschiff

Der chaotischste Gedenktag

Die erfolgloseste Ewige Flamme

Die schlechteste Hintergrundmusik

»Ganz gleich, wie sehr wir nach Perfektion streben, das Nettoergebnis unserer Mühen ist eine erstaunliche Vielfalt von Unzulänglichkeiten. Immer wieder verblüfft uns die eigene Begabung, auf so viele verschiedene Weisen zu scheitern.«

Samuel McChord Crothers, Minister und Essayist

DAS POLITISCHE PARKETT

Ein Parteiführer nach unserem Geschmack

Lord Pearson aus Rannoch wurde zum wichtigsten Politiker aller Zeiten, als er im August 2010 sein Amt als Chef der britischen Unabhängigkeitspartei mit der Begründung niederlegte: »Die Partei hat einen Besseren verdient.«

Politiker sind nicht gerade dafür bekannt, Fehler oder eigene Schwächen einzugestehen, deshalb konnte sich Lord Pearson seinen Platz in der Geschichte mit einem einzigen Satz sichern: »Ich habe eingesehen, dass ich nicht zur Parteipolitik tauge.«

Der etwas förmliche Herr hatte frischen Wind in den Parlamentswahlkampf gebracht, ganz besonders, als er im April des Jahres anlässlich eines Fernsehinterviews mit Jon Sopel versuchte, sich an Einzelheiten aus dem Wahlprogramm seiner Partei zu erinnern. Der große Parteiführer konnte zum Beispiel nichts Erhellendes zum politischen Programmpunkt seiner Partei sagen, pensionierte Polizisten als Wachleute für Gebäude, Parkplätze, Fahrstühle etc. einzusetzen.

»Haben Sie pensionierte Polizisten gefragt, ob sie dazu bereit sind?«

»Ich kann mir vorstellen, dass wir einige Gespräche geführt haben.«

»Wissen Sie es?«

»Ich persönlich hatte keine Unterredungen mit pensionierten Polizisten. Nein, ich muss das verneinen.«

»Haben Sie Ihr eigenes Wahlprogramm gelesen?«

»Selbstverständlich.«

»Ganz ehrlich?«

»Jawohl.«

»Sie wirken nicht so, als ob Sie sonderlich vertraut damit wären.«

»Ich kann mich nicht an jedes Detail erinnern. Aber ich bin wirklich nicht zu diesem Gespräch gekommen, um mit Ihnen über solche Dinge zu reden.«

»Sind Sie nicht gekommen, um über Ihr Wahlprogramm zu reden?«

»Doch, schon. Aber nicht über solche Details – ob ich auf irgendeinem Parkplatz mit irgendeinem Polizisten gesprochen habe.«

Nach seinem Rücktritt erklärte Lord Pearson: »Ich brauche mehr Zeit, um mich meinen sonstigen Interessen zu widmen.« Dem ist uneingeschränkt beizupflichten.

Die erfolgloseste parlamentarische Anfrage

Es gehört zu den Regeln der offiziellen Fragestunde im Parlament von Neuseeland, dass Parlamentarier ihre Fragen an die Regierung exakt so vorlesen müssen, wie sie sie in dem Anfrageformular formuliert haben. Diese Regel stellt eine eklatante Einschränkung des Rechts auf freie Rede dar. Unbedeutendere Politiker mit schlichtem Gemüt und ohne Esprit schaffen es normalerweise mit den zugelassenen drei Versuchen, aber Parlamentsmitglied Alec Neale stellte unter Beweis, was sich schon aus einer einfachen Frage zu Kaninchenschäden auf der Südinsel machen lässt.

Im Februar 1991 lautete seine Frage an den Minister, die er auf dem vorgeschriebenen Formblatt eingereicht hatte, wie folgt: »Liegen Ihnen Berichte über ökologische und landschaftspflegerische Probleme auf der Südinsel vor, die Kaninchen zuzuschreiben sind; und falls dies der Fall ist: Was besagen sie?«

Er begann recht harmlos und fügte beim Verlesen seiner Anfrage das Wort »Schäden« hinter dem Wort »ökologische« ein, aber er war wohl noch nicht richtig warm geworden und wurde gebeten, es noch einmal zu versuchen. Dabei traf ihn aus dem Nichts ein Geistesblitz – er las jedes Wort korrekt, aber in falscher Reihenfolge, was ihm bewundernde Rufe des Auditoriums einbrachte. Würde er seine Leistung wohl noch weiter steigern können? Er konnte es. In einem Augenblick subtilster Sprachbeherrschung verwandelte sich das Wort »zuzuschreiben« in »zugeschrieben«. Das Haus tobte.

Der Regierungssprecher erhob sich zum dritten und letzten Mal und schlug vor, zur nächsten Frage überzugehen. Dankenswerterweise spürte Michael Moore, der Oppositionsführer, dass der wortgewaltige Fragesteller in Topform war und seine Bestleistung noch nicht abgeliefert hatte. Deshalb bat er darum, den Fragesteller nicht abzuwürgen.

Der Mann nutzte seine letzte Chance, und er enttäuschte nicht, denn er hatte sich sein Meisterstück für den Schluss aufgehoben. Er reckte sich, beschloss, diesmal nichts dem Zufall zu überlassen, und las in einem letzten raffinierten Schachzug die Satzzeichen mit. Als er ans Semikolon gelangte, las er »Punkt«, woraufhin das ganze Parlament vor aufmunternden Zwischenrufen geradezu explodierte und die Frage abgewiesen wurde.

In einer abschließenden Würdigung erklärte der frühere Premierminister David Lange, dass während der Redezeit des großen Parlamentariers sechs Millionen Kaninchen das Licht der Welt erblickt hatten.

Der erfolgloseste britische Premierminister

William Pulteney, der erste Earl von Bath, steht triumphal an erster Stelle jeder Auflistung britischer Premierminister. Er bekleidete das höchste Amt des Landes zwei Tage lang. Unter Historikern ist seine Regierungszeit als »Kurzzeitkabinett« bekannt, wodurch es sich von vielen anderen wohltuend abhebt.

Als am 10. Februar 1746 der Auftrag zur Regierungsbildung an den Earl erging, gelang es ihm nicht, mehr als eine Person zu finden, die bereit gewesen wäre, seinem Kabinett anzugehören. Achtundvierzig Stunden, zweiundfünfzig Minuten und elf Sekunden später gab er seine Suche auf und trat zurück. In Anerkennung der Erfolge seiner makellosen Amtszeit resümierte ein zeitgenössischer Satiriker, er habe während seiner gesamten Regierung keine einzige Fehlentscheidung getroffen und hätte in der Staatskasse denselben Betrag hinterlassen, den er darin vorgefunden habe.

Die erfolgloseste Wahl

Bei der beispielhaften Bezirksratswahl, die im Jahr 1994 in Barton, West Oxfordshire, durchgeführt wurde, gab niemand seine Stimme ab, stellte sich niemand zur Wahl, und es gab auch keine einzige Wahlkabine.

Überall sonst im Land machten Politiker Versprechungen, die sie nicht halten konnten, und bedrängten Parteimitglieder Menschen in ihrem Zuhause mit marktschreierischen Flugblättern, allein Barton blieb von solchen Zumutungen verschont. Es gab keine Wahlpropaganda, es beharkten sich keine Personen des öffentlichen Lebens, und es wurden auch keine politischen Auseinandersetzungen geführt.

Sieht man einmal von dem Platz ab, an dem das Schwarze Brett für Mittel-Barton aufgestellt werden sollte, fielen niemandem lokale Themen ein, die man hätte angehen müssen.

»Man sieht einfach keine Veranlassung, einander die Augen auszukratzen«, erklärte Eric Bennett, ein liberaldemokratischer Parteigänger aus dem benachbarten Chipping Norton.

Der erfolgloseste Bildungsappell

Im April 1994 veröffentlichten konservative Mitglieder des Stadtrates von Derby ein Manifest für bessere Schulbildung mit dem Titel: *It's all about Standards (Ohne Regeln geht es nicht).* Inzwischen zum begehrter Sammlerstück geworden, enthält es neunzehn Rechtschreib-, Grammatik- und Zeichensetzungsfehler auf den drei

Seiten, aus denen es besteht. »Ich melde mich freiwillig«, bekannte Stadtrat Martin du Sautoy und heimste damit allen Ruhm für sich ein.

Der schlechteste Gebrauch »der Englisch, wie sie gesprochen«

Joseph »Erap« Estrada, der Expräsident der Philippinen, verfügte über ein besonderes Talent, die englische Sprache zu verdrehen, und hatte für jede Gelegenheit das falsche Wort parat. Als ihm bei einem Fernsehinterview die Frage gestellt wurde, ob er in seiner Jugend asthmatisch gewesen sei, antwortete er ärgerlich, das wäre gelogen, er sei schon immer katholisch.

Regelmäßig bedankte er sich beim Publikum für die »stehenden Ovulationen«, und einmal war er so genervt über die Leute, die sein Englisch kritisierten, dass er androhte, künftig nur noch in der Landessprache Tagalog zu reden. »Von jetzt an werde ich nur noch Periskop mit Ihnen reden.«

Als man ihn für seine Fähigkeit rühmte, sich hervorragend Namen merken zu können, erklärte er dieses Talent mit seinem »pornografischen Gedächtnis«, und als man ihn fragte, warum er regelmäßig dasselbe Restaurant aufsuche, antwortete er: »Ich mag das Ambulanz.«

1994 veröffentlichte ein ehemaliger Schulkamerad ein satirisches Buch mit Cartoons, das unter dem Titel »ERAPtion: How to Speak English without Really Trial« die bedeutendsten Äußerungen des großen Politikers versammelte. Es ist das einzige bekannte Satirebuch, das sein Opfer so populär machte, dass er anordnete, es beim Präsidentschaftswahlkampf zusammen mit seinem Wahlprogramm zu verteilen.

Die leblosesten Kandidaten

Im Juni 2008 bestätigten die Bewohner des rumänischen Dorfes Voinesti ihren verstorbenen Bürgermeister Neculai Ivascu vor seinem lebenden Gegenkandidaten mit 37 Stimmen Vorsprung im Amt. »Die Zeit für einen Wandel ist noch nicht reif«, kommentierte ein Wähler das Ergebnis im rumänischen Fernsehen. Es war weder das erste noch das letzte Mal, dass ein Toter gewählt wurde. Im November 2000 wurde mit Mel Carnaham zum ersten Mal jemand in den US-Senat gewählt, der bereits das Zeitliche gesegnet hatte. Er errang den Sitz für Missouri nach einer Wahlkampagne, in der ihn seine Unterstützer mit dem Slogan »Ich stehe noch immer hinter Mel« nach vorn gebracht hatten.

Im Jahr 2009 geschah es erneut in Missouri, als die Stadt Winfield ihren Bürgermeister Harry Stonebraker wiederwählte, der bereits vier Monate zuvor verstorben war. Es war das erste Mal, dass ein Kandidat so deutlich gegen einen Toten verloren hatte. Stonebraker erhielt neunzig Prozent der abgegebenen Wählerstimmen und schlug mühelos den Stadtrat Bernie Panther. »Sein Tod scheint seine Popularität nur noch vergrößert zu haben«, urteilte die *New York Daily News*.

Im Oktober 2009 hatten die Dinge bereits eine Eigendynamik entwickelt, und die Bürger von Washington County in Pennsylvania hatten an der Wahlurne die

Qual der Wahl zwischen drei verstorbenen Kandidaten. Im Jahr 2010 war es dann schon völlig normal, dass Tracy City in Tennessee den verblichenen Carl Geary wählte. Seine Witwe Susan erklärte, seine Wahl sei für sie »kein bisschen überraschend. An dem Tag, als er für immer von uns ging, riefen die Leute bei uns an und sagten: ›Wir geben ihm trotzdem unsere Stimme.‹«

Auf derselben Straße des Sieges befand sich im November 2010 Jenny Oropeza, als sie post mortem in den Senat von Kalifornien gewählt wurde und den republikanischen Gegenkandidaten mühelos aus dem Feld schlug.

Im Sinne ethnischer Gleichbehandlung soll auch die Vorreiterrolle Patsy Takemoto Minks erwähnt sein, die 1964 als erste Frau, deren Vorfahren nicht aus Europa stammten, ins amerikanische Repräsentantenhaus gewählt wurde. Im November 2002 wurde sie dann als erste verstorbene Frau nichteuropäischer Herkunft ins amerikanische Repräsentantenhaus gewählt. Das geschah einige Wochen nach ihrem Staatsbegräbnis. Hier zeichnet sich bereits ab, was Beobachter einen Trend nennen.

Der erfolgloseste Scherz

Bei der dänischen Parlamentswahl 1994 stellte sich Jacob Haugaard zum Spaß zur Wahl. Sein Wahlprogramm versprach Freibier, schönere Weihnachtsgeschenke, mehr Renaissancemöbel bei IKEA, Nutella im Marschgepäck jedes Soldaten, grünes Licht an allen Ampeln, die Auswilderung mehrerer Wale im Randers Fjord, das Recht auf Impotenz, Rückenwind auf allen Fahrradwegen und einen Behindertenausweis für alle humorlosen Menschen. Um seine Kandidatur voranzutreiben, schrieb er ein Buch mit dem Titel: *Wenn Arbeit gesund ist, gebt sie den Kranken.*

Der Scherz ging jedoch nach hinten los, als er nicht nur mit 23 253 Stimmen gewählt wurde, sondern auch noch erleben musste, dass eines seiner Wahlversprechen umgesetzt wurde: Nutella wurde Bestandteil des militärischen Marschgepäcks.

Nach seinem offiziellen Antrittsbesuch bei Königin Margarethe auf Schloss Amalienborg in Kopenhagen erklärte er: »Es war alles nur ein Scherz, ehrlich. Ich glaube, die Leute haben mich nur gewählt, weil meine Wahlversprechen nicht weniger glaubwürdig waren als die der anderen Kandidaten.«

Herr Haugaard hatte früher in einer Fun-Punk-Band gespielt, deren bekanntester Song »My House has no Toilet« hieß. Er ist der einzige Nicht-Minister, dessen Porträt jemals im dänischen Parlament aufgehängt wurde.

MILITÄRISCHER GEIST

Die schlechteste Flugabwehrkanone

Die mobile Flugabwehrkanone M247 DIVAD der US-Armee zeigte schon in ersten Tests enormes Potenzial, als ihr Radarsystem nicht zwischen Hubschraubern und Baumwipfeln unterscheiden konnte. Sie war mit einem fantastischen Geschützturm versehen, der zwanzig Tonnen wog und zu langsam war, um schnelle bewegliche Ziele zu verfolgen. Außerdem machte sie bei kaltem Wetter große Probleme wegen einer Vielzahl von Lecks in der Hydraulik.

So weit, so gut, aber es kam noch besser, als im Februar 1982 hochrangigen Militärs und Kongressmitgliedern der computergesteuerte Prototyp vorgeführt wurde. Kaum eingeschaltet, richtete das System seine Kanonen sofort auf die VIP-Tribüne aus, wobei es gleich mehrere Leichtverletzte gab, als Zuschauer aus der Gruppe zur Seite hechteten, um sich in Deckung zu bringen. Während der gesamten Demonstration wurde kein einziges der Übungsziele getroffen, dafür sprengte die Kanone aber einen gewaltigen Krater mit einem Durchmesser von 300 Metern in den Boden.

Ein Sprecher des Herstellers führte die Probleme darauf zurück, dass man das Fahrzeug vor der Demonstration gewaschen hatte. Warum die Zielerfassung den Abluftventilator einer Latrine für ein bewegliches Ziel gehalten und pulverisiert hatte, vermochte er allerdings nicht zu erklären.

Caspar Weinberger, der damalige Staatssekretär des Verteidigungsministeriums, war verständlicherweise daran interessiert, die neue Schlüsseltechnologie schnellstmöglich zur Serienreife zu bringen, und bewilligte im Jahr 1984 immerhin 54 Millionen Dollar für eine Testreihe unter Gefechtsbedingungen. Die hierbei gemachten Erfahrungen waren selbst unter Berücksichtigung des bereits eingeführten DIVAD-Standards äußerst speziell.

Weil es dem System nicht gelang, Drohnen zu erfassen, die sich schnurgeradeaus bewegten, musste man DIVAD Hilfestellung geben. Aber selbst wenn die Drohnen reglos vor dem Abwehrsystem schwebten, konnte sie das Zielradar nicht erfassen. Deshalb kamen die Testingenieure auf die Idee, Radarreflektoren an den Drohnen zu befestigen, damit sie leichter erfasst werden konnten. Die Zeitschrift *Atlantic Monthly* kommentierte: »Es war ungefähr so, als würde man, um die Fähigkeiten eines Suchhundes vorzuführen, einen Mann, der mit lauter Steaks behängt ist, allein in die Mitte eines großes Parkplatzes stellen.«

Das Projekt wurde 1985 eingestellt. Die meisten Prototypen endeten als brauchbare Übungsziele auf Bombenabwurfplätzen der Luftwaffe.

Das erfolgloseste unsinkbare Kriegsschiff

Als erstes unsinkbares Kriegsschiff der Welt wurde im Jahr 1863 die amerikanische USS *Keokuk* gefeiert – ein Schiff der Monitor-Klasse, das die Form eines Unterseebootes hatte. Die abgerundeten Bootsformen sollten – so der Plan – heranfliegende Granaten abprallen lassen. »Wenn sie es schaffen, das Schiff binnen 120 Tagen einsatzbereit zu haben, wird es jeden Widerstand des Südens auslöschen«, schrieb Captain Alexander C. Rhind, der Kommandant der *Keokuk* im amerikanischen Bürgerkrieg.

Während seines ersten und letzten Gefechts feuerte das Schiff immerhin drei Salven ab, empfing aber in derselben Zeit neunzig direkte Treffer, von denen neunzehn auf oder unter der Wasserlinie einschlugen. Einem Funkspruch Captain Rhinds zufolge »durchlöchert wie ein Sieb« sank das Schiff in flachen Gewässern auf Grund, bis nur noch die zerschossenen Schornsteine aus dem Wasser ragten.

Der chaotischste Gedenktag

Am 6. Januar 1994 herrschte Frieden in Europa. Doch dann wurden Pläne laut, den fünfzigsten Jahrestag des D-Day – dem Tag des Anlandens alliierter Truppen in der Normandie – festlich zu begehen.

Schon achtundvierzig Stunden später meldete sich Dame Vera Lynn, die gefeierte britische Truppenbetreuerin aus den Zeiten des Weltkriegs, und äußerte große Entrüstung, weil sie nicht eingeladen worden war. Das

Verteidigungsministerium in Paris gab ein Veranstaltungsprogramm mit einer Karte der Normandie heraus, in der alle kriegswichtigen Strände und Schlachtfelder falsch lokalisiert worden waren. Dann wurde eine beabsichtigte Zeremonie an der berühmten Pegasusbrücke wieder abgeblasen, nachdem herauskam, dass die Brücke im Zuge von Modernisierungsarbeiten abgerissen worden war.

Das Projekt nahm eine unerwartete Wendung, als es Carolyn Grace, Großbritanniens einziger Spitfire-Pilotin, gelang, die britische Luftwaffe von ihrem Plan zu überzeugen, die Menschenmenge während der Feierlichkeiten mit einer sehr alten Spitfire zu überfliegen. Auf dem Rücksitz der Maschine sollte Luftwaffenoffizier Johnny Houlton Platz nehmen – der Pilot, der das Flugzeug im Krieg geflogen hatte. Mrs. Grace zufolge wäre die Aktion eine angemessene Ehrung für ihren verstorbenen Mann Nick, der die Spitfire in seiner Freizeit restauriert hatte.

Die Royal Air Force reichte das Ersuchen an die Franzosen weiter, die sich aber wenig beeindruckt zeigten von der Aussicht auf eine vorbeifliegende zweiundvierzigjährige australische Hausfrau aus Essex und ihren in die Jahre gekommenen Passagier. Überdies war für den fraglichen Tag sämtlicher Flugverkehr zwischen Paris und der Normandie aus Sicherheitsgründen untersagt worden.

Danach enthüllten französische Bauern ihren Plan, mit Traktoren die Nationalstraße 13 von Cherbourg nach Caen zu blockieren und so die Zufahrt zu den Stränden unmöglich zu machen, an denen die Invasionstruppen gelandet waren. Die Bauern wollten damit gegen die großen Molkereien protestieren, die die Milchpreise um vier Centimes pro Liter senken wollten. Als die britischen Streitkräfte ihre Fallschirmspringer zu einem Erinnerungssprung über der Normandie absetzten, flatterte ihnen danach eine Rechnung über umgerechnet 6000 Euro für Flurschäden ins Haus.

Zwischenzeitlich drohten in Großbritannien Dame Vera und alle Veteranen damit, die Hauptgedenkveranstaltung der Regierung zu boykottieren, weil sie ihre Ausgestaltung – z. B. den geplanten Frühstücksfleisch-Brutzelwettbewerb – geschmacklos und unangemessen fanden.

Kenner und Liebhaber chaotischer Zustände verfolgten die Entwicklung mit wachsender Begeisterung. Brigadegeneral Tom Longland gab zu Protokoll, die Organisation der Erinnerungsfeier sei komplizierter gewesen als die Invasion der Normandie.

Die erfolgloseste Ewige Flamme

Nach dem Ende des Zweiten Weltkriegs wurde 1945 auf dem Friedhof von Kaliningrad, Russland, zu Ehren der gefallenen Soldaten in einer pompösen Zeremonie eine Ewige Flamme entzündet. Um Gas zu sparen, drehte man sie im April 1993 wieder ab.

Die schlechteste Hintergrundmusik

Die Königliche Kanadische Legion, ein Verband von Weltkriegsveteranen, war mit dem Radiospot für ihre Lotterie 2005 überaus zufrieden. Er wurde jedoch schon am Tag seiner Erstausstrahlung wieder zurückgezogen, als herauskam, dass es sich bei der gewählten Hintergrundmusik um die Parteihymne der NSDAP handelte.

Es war das Horst-Wessel-Lied, das mit seinen treibenden Trommeln und schmetternden Trompeten die typischen Merkmale von Marschmusik aufweist. Der Text fordert: »Die Straße frei / Den braunen Bataillonen, / Die Straße frei / Dem Sturmabteilungsmann!« und enthält die Zeile: »Es schau'n aufs Hakenkreuz / Voll Hoffnung schon Millionen«. In den Notenblättern aus dem Jahr 1934 wurde angeordnet, dass der rechte Arm zum Hitlergruß gestreckt werden müsse, wann immer die erste und die vierte Strophe des Liedes gesungen würden.

»Es klingt gut«, bemerkte Harvey Shevalier, Kriegsteilnehmer und Distriktvorsitzender der Veteranenlegion, »war aber nicht die passende Musik. Deshalb wurde der Spot gestoppt. So etwas hätte nie passieren dürfen.«

Die Musik war vom Lotteriekomitee der Legion freigegeben worden. Laurel Harris, ein PR-Mann der beauftragten Marketingfirma, erklärte, man habe das Lied aus einer Sammlung verschiedener Märsche ausgewählt, deren Titel nicht aufgeführt waren.

5

INTELLEKTUELLE HÖHENFLÜGE

Der erfolgloseste philosophische Diskurs
Die erfolgloseste Vorlesung
Der unbeeindruckteste Kritiker
Das erfolgloseste Theaterexperiment
Die erfolgloseste Konferenz
Der unverständlichste Satz
Die schlechteste Fotoausstellung
Das blamabelste Mensa-Outing
Der eigenartigste Buchtitel
Die erfolgloseste wissenschaftliche Forschungsarbeit
Die schlechteste Wahl eines Eröffnungsredners
Die schlechteste Beschreibung von Sex in einem Roman

»Wir sind alle an unserem eigenen Traum von Perfektion gescheitert. Deshalb beurteile ich Menschen danach, wie bravourös sie daran gescheitert sind, das Unmögliche zu vollbringen.«

William Faulkner

Der erfolgloseste philosophische Diskurs

Der von manchen als »Frankreichs größter lebender Philosoph« gefeierte Bernard-Henri Lévy trieb die Freiheit des Denkens im Jahr 2010 zu neuen Höhen, als er ein großartiges Buch veröffentlichte, das mit Immanuel Kant abrechnete und ihn als »Fälschung« geißelte. Um seine Argumentation über jeden Zweifel erhaben zu machen, zitierte er den kaum bekannten Denker Jean-Baptiste Botul, der in seinem unsterblichen Werk »Das sexuelle Leben des Immanuel Kant« zu derselben Schlussfolgerung gekommen war.

Die triumphale Lesereise, in der Lévy ein Loblied auf den Botulismus und seine zentrale These der »Metaphysik des Weichen« anstimmte, war bereits zur Hälfte abgeschlossen, als irgendwelche Neunmalklugen darauf hinwiesen, dass es sich bei Botul um die Kopfgeburt eines Journalisten aus dem Jahr 1999 handelt, der sich einen Scherz mit der akademischen Welt erlauben wollte. Es gibt sogar einen Wikipediaeintrag über Botul, in dem er als fiktionaler Philosoph bezeichnet wird.

Die Frage, ob Botul (oder jeder andere) wirklich existiert, ist eine große, philosophische Frage, über die sich Professor Lévy als Freigeist mit kühnem Schwung einfach hinweggesetzt hat, ohne sich mit ihrer Beantwortung aufzuhalten. »Es gehört zur Rolle des Philosophen, Treffer zu kassieren«, erklärte er, was recht vernünftig klingt.

Die erfolgloseste Vorlesung

Im Rahmen des siebzehnten jährlichen Literaturfestivals in Richmond im November 2008 sollte Professor A.C. Grayling vom Birkbeck College, London, eine Vorlesung über die Pflicht halten. Er vergaß zu kommen.

Der unbeeindruckteste Kritiker

Der Schriftsteller Graham Greene war außer sich, als er eine Kritik zu dem neuen Film *21 Tage* verfasste, bei dem es sich um die Adaption eines kurzen Theaterstücks von John Galsworthy handelt. Für den *Spectator* urteilte er 1940: »Ich kann nichts Gutes darüber sagen. Der hervorragenden Schauspielkunst Mr. Hay Petries bei der Darstellung eines heruntergekommenen, von der Gesellschaft verstoßenen Pfarrers, gelingt es nie, kräftiger zu werden als der überwältigende Geschmack von ausgekochtem Fleisch.«

Vom eigenen, unerbittlichen Zynismus berauscht, beschwerte er sich, der Drehbuchautor habe den »eher zweifelhaften Stärken des Originals nicht mehr als nur unglaubwürdige Zufälle und banale Situationen hinzugefügt«, und urteilte abschließend, er habe den ganzen Film »langsam, geschwätzig und unerträglich sentimental« gefunden. Erst ganz am Ende seines Verrisses verkündete Mr. Greene, dass er es tatsächlich selbst war, der das Drehbuch verfasst hatte.

Das erfolgloseste Theaterexperiment

Im August 2010 erreichte das Experimentale Theater im renommierten Schauspielhaus Frankfurt bei einer szenischen Lesung des Stücks »Reise nach Petuschki« einen neuen und atemberaubenden Höhepunkt. Das Programmheft versprach »die verrückte Darstellung eines der berühmtesten Besäufnisse der russischen Literatur«.

Vier bekannte deutsche Schauspieler traten in der Bühnenadaption von Wenedikt Jerefejews satirischer Novelle über Sowjetarbeiter auf einer alkoholgetränkten Bahnreise auf. Sie beschlossen, als »Experiment« das Wasser in allen Requisiten durch echten Wodka zu ersetzen. »Anfangs war das noch ziemlich beeindruckend. Es wirkte so, als könnten sie sehr glaubwürdig leichte Trunkenheit darstellen«, erzählte später ein Zuschauer im Zeitungsinterview. »Dann fingen sie an, herumzustolpern, auf Russisch ›Prost‹ zu rufen und die Flasche kreisen zu lassen.«

Einer der Schauspieler konnte nicht mehr stehen. Ein anderer fing an, seinen Text abzulesen. Später legte er die Zettel auf den Boden und vergaß gleich, wo sie waren, bis ein weiterer Schauspieler darauf ausrutschte und hinfiel. »Die Leute fingen an zu klatschen, weil sie dachten, es gehört zur Aufführung«, erzählte der Theaterbesucher.

Es gelang der Inszenierung, die Vorlage in vielen Punkten noch zu übertreffen. Das Ende war weit dramatischer: Plötzlich stürzte einer der Schauspieler von der Bühne, und ein anderer fiel von einem Tisch, auf den er sich spontan gestellt hatte. Die Grenze zwischen Kunst und Wirklichkeit wurde vollends und auf erregende

Weise zerschmettert, als Theatermitarbeiter intervenierten und einen Krankenwagen riefen.

Der Hauptdarsteller übertönte sogar noch die Sirenen, als er herumbrüllte und tobte wie King Lear im Sturm auf der Heide. Das jedoch veranlasste die Sanitäter lediglich, zur Unterstützung die Polizei zu rufen. In der Frankfurter Universitätsklinik wurde ihm später der Magen ausgepumpt.

Die erfolgloseste Konferenz

Im März 2001 veranstaltete das Gesundheitsamt in Colindale eine Konferenz zum Thema »Kontaminierte Nahrung durch Krankheitserreger im Wasser«. Da passte es, dass dreißig der achtundsiebzig Delegierten von kontaminierter Nahrung flachgelegt wurden. »Sie haben sich beim Mittagessen vergiftet«, erklärte ein Sprecher. »Möglicherweise hat es an Krankheitserregern im Wasser gelegen.« Theorie mag schön und gut sein, aber es geht doch nichts über Erfahrungen aus erster Hand.

Der unverständlichste Satz

Zwischen 1995 und 1998 organisierte Denis Dutton einen Wettbewerb für schlechtes Schreiben. Man prämierte jedes Jahr den unverständlichsten Satz aus wissenschaftlichen Büchern oder Zeitschriften. Juroren waren Mr. Dutton persönlich sowie sein Redaktionsteam von der Wissenschaftszeitschrift *Philosophie und Literatur.*

Einige Sätze sind zu bedeutsam, um sie zu verstehen, und es wäre schwer, den Sieger von 1996 mit seinem

Werk *Plato usw.: Probleme der Philosophie und ihre Lösung* von Professor Roy Bhaskar zu übertreffen. In einem Zeitalter der Soundschnipsel, in dem alles heruntergestutzt wird, sollten wir Professor Bhaskar besonders dankbar dafür sein, dass er intellektuell keine Zugeständnisse macht:

> *In der Tat kann dialektischer kritischer Realismus unter dem Aspekt foucaultscher Strategieumkehrung betrachtet werden – dem der unheiligen Trinität parmenidianischer/platonischer/aristotelischer Provenienz, dem des kartesianischen/lockeanischen/ humeschen/kantschen Paradigmas, dem des epistemologischen Fundamentalismus (in der Praxis des fideistischen Fundamentalismus) und dem des Irrationalismus (in der Praxis kapriziöser Exerzitien des Willens-zur-Macht oder sonstigen ideologisch und/oder psychosomatisch verbrämten Ursprungs), und zwar sowohl was die Gegenwart betrifft, als auch unter historischen Gesichtspunkten: als primordiales Scheitern westlicher Philosophie, als ontologische Monovalenz und ihr engster Verbündeter, der epistemologische Trugschluss mit seiner ontischen Dualität; als Analyseproblem, wie es Platon ausführt und das Hegel nur als Versatzstück bei seiner aktualistischen monovalenten analytischen Wiedereinsetzung im transfigurativen Ausgleich der dialektischen Abhängigkeiten diente; während er in seiner hybrishaften Berufung auf einen absoluten Idealismus comtesche, kierkegaardsche und nietzscheanische Verdüsterungen der Vernunft inauguriert und so nur die Axiome des Positivismus auf ihrer transmutativen Route hin zum Superidealismus eines Baudrillard repliziert.*

»Wir haben hier ein treffliches Stück Prosa, und ich bin mir sicher, dass jetzt viele von uns versuchen werden, es in einem Stück laut vorzulesen, ohne dabei Luft zu holen«, lobt Mr. Dutton. »Übrigens informiert der Klappentext darüber, dass es sich bei diesem Werk um das zugänglichste Buch des Verfassers handelt.«

Die schlechteste Fotoausstellung

Öffentliche Aufmerksamkeit erregte im April 1994 die Impressions Gallery in York mit einer vielgepriesenen Ausstellung. Sie präsentierte Fotoarbeiten, die eingereicht wurden, nachdem die Galerie einen öffentlichen Aufruf mit der Bitte um schlechte Bilder gestartet hatte. Binnen Kurzem wurde sie von erstklassigen Arbeiten überschwemmt. Darunter befand sich die Aufnahme eines kostspieligen Autos, bei der nur das Nummernschild scharf zu sehen war, der Schnappschuss von einer Weihnachtsfeier, welcher der damals dreijährigen Bethany Hill geglückt war und auf dem lediglich die Füße ihres Großvaters in Hausschuhen zu sehen waren, sowie ein gänzlich schwarz gebliebenes Foto, das angeblich David Bowie bei einem Livekonzert zeigte.

»Alle Bilder fanden großes Interesse und sind auf ihre Art durchaus Kunstwerke. Ich wurde von den Medien belagert. Tausende von Menschen kamen vorbei, um sich die Bilder anzuschauen«, sagte Galeriechef Paul Wombell.

Besonderen Zuspruch erfuhr ein Werk Tom Pembertons. Während eines Ausflugs nach Whitby hielt er sich die Sofortbildkamera seiner Frau falsch herum vors

Auge. Das dabei entstandene Foto war eine geschmackvolle und faszinierend unscharfe Ansicht seines linken Ohrs und eines schmalen Streifens von Whitby, das man dahinter in kristalliner Schärfe ausmachen konnte. Mr. Pembertons Ohr weckte selbstverständlich die Neugier der Medien, und selbst in Johannesburg oder Kanada wurden Interviews mit dem Fotografen abgedruckt.

Das blamabelste Mensa-Outing

Von der Lokalpresse als »25 der klügsten Menschen der Welt« angekündigt, besuchte eine Gruppe von Mensa-Mitgliedern bei seiner Eröffnung im März 1991 das Wissenschaftsmuseum in Bristol. Die Gruppe wurde von Victor Serebriakoff höchstselbst angeführt – dem internationalen Präsidenten von Mensa, einer Organisation von Menschen mit einem besonders hohen Intelligenzquotienten. Das Museum liegt gleich neben dem Bahnhof, nur etwa siebzig Meter zu Fuß an den Gleisen entlang. Aber keiner aus der Gruppe konnte es finden.

»Als sie nicht eintrafen, begannen wir, uns richtig Sorgen zu machen, denn eigentlich kann man das Museum nicht verfehlen«, sagte der Museumsleiter, der am Ende einen Suchtrupp losschickte. »Schließlich entdeckten wir sie. Sie irrten ziellos in den Straßen umher wie eine Schafherde, die sich verlaufen hat.«

Der eigenartigste Buchtitel

Schon seit triumphalen zweiunddreißig Jahren wird der *Bookseller/Diagram*-Preis jährlich für die Neuerscheinung mit dem seltsamsten Titel verliehen. Schon 1978, in seinem ersten Jahr, gab es einen starken Auftakt mit dem Titel *Berichte der Zweiten Internationalen Arbeitstagung über Nacktmäuse.* Ein Höhepunkt aus dem Jahr 1983 war der Titel *Die Theorie des Längswalzens.* Weitere Glanzpunkte waren Titel wie *Griechische Landpostboten und die Nummern ihrer Entwertungsstempel* oder *Unkraut in einer sich verändernden Welt.* Der Siegertitel des Jahres 2004 – *Machen Sie Ihr Pferd bombensicher* – klang für manche fast schon zu interessant, Einigkeit herrschte dann aber wieder bei Titeln wie *Die herrenlosen Einkaufswagen des östlichen Nordamerika: Ein Führer für die Bestimmung im Feld* oder *Häkel-Abenteuer mit hyperbolischen Flächen.*

Der Sieger des Jahres 2008 wurde kontrovers diskutiert, weil sich herausstellte, dass der Titel *Der Ausblick 2009–2014 auf den Weltmarkt für 60-Milligramm-Verpackungen für Frischkäse* nicht vom angegebenen Autor Philip M. Parker stammte, sondern von einer Maschine geschrieben worden war, die Mr. Parker erfunden hatte.

Zwischen 1987 und 1991 wurde kein Preis vergeben, weil man die vorgeschlagenen Titel nicht seltsam genug fand.

Die erfolgloseste wissenschaftliche Forschungsarbeit

Nach ausgedehnten Forschungsarbeiten zur Rutschigkeit von Bananenschalen in unterschiedlichen Verfallsstadien kam Chris McDonnell zu dem Ergebnis, dass die Frucht nicht gefährlich ist und dass die Auffassung, Leute könnten auf ihr ausrutschen, ein von Comicbüchern und Cartoons genährter Mythos ist.

Es versteht sich fast von selbst, dass Mr. McDonnell seine Forschungsergebnisse im Licht neuer Erkenntnisse revidierte, als er im April 2004 bei einer Einkaufstour in seiner Heimatstadt Canterbury auf den Eingang eines Geschäfts zueilte, auf einer Bananenschale ausrutschte, das Gleichgewicht verlor, stürzte und hart auf dem Gehweg zu sitzen kam. »Meine ursprüngliche Einschätzung verkehrte sich ins Gegenteil«, kommentierte er.

Die schlechteste Wahl eines Eröffnungsredners

Im Januar 1996 organisierte das British Council ein Seminar zum Thema »Wie kann Demokratie gestärkt werden?«. Der Eröffnungsredner, Brigadegeneral Julius Maada Bio aus Sierra Leone konnte jedoch nicht kommen, weil er gerade die Regierung seines Landes durch einen Militärputsch gestürzt hatte. Seine erste Amtshandlung war es, die anstehenden Wahlen abzusagen.

Die schlechteste Beschreibung von Sex in einem Roman

Der 1993 ins Leben gerufene, alljährlich verliehene »Schlechter-Sex-Preis« für die schlechteste literarische Beschreibung von Sex kann seinen hohen Standard dauerhaft halten. Dem Romanschriftsteller Ian McEwan wird die Bemerkung zugeschrieben, es handele sich um den begehrtesten Preis für englische Literatur.

Sean Thomas war im Jahr 2000 verständlicherweise ganz außer sich, als es ihm gelang, John Updike mit einer koitalen Momentaufnahme aus dem Feld zu schlagen, in der eine besonders gedrungene Freundin mitspielte.

> *Es ist so weit. So weit. … Jetzt. Ja. Sie ist so klein und kompakt, und hat doch alles, was dazugehört … Für mich bist du besser als ein Sony Walkman, kompakter bist du und viel mehr – sie ist sein eigner Toshiba, sein schicker kleiner JVC, sein süßer Aiwa… Aiwa, aiwa, aiwa aiwa aiwa aiwa aiwa aiwa aiwa aiwa aiwaaaaaaaaahhhhhhhh.*

»Es ist eine große Ehre, und ich freue mich sehr«, sagte Mr. Thomas. »Ich wusste, dass meine Siegchancen sehr gut standen.«

Im Jahr 2004 gewann Tom Wolfe die Stimmen der Jury mit einem Satz aus »Ich bin Charlotte Simmons«: »Schleck schleck schleck schleck machte die Zunge, aber die Hand, auf die Hand versuchte sie sich zu konzentrieren, die Hand, schließlich hatte sie die ganze Landschaft ihres Oberkörpers zur Erkundung, statt nur die otorhinolaryngologischen Höhlen …«

Iain Hollingshead siegte 2006, als er die Juroren mit seiner klassischen Beschreibung »sich ausbeulender Hosen« in seinem Erstlingsroman verblüffte. Offensichtlich beglückt, den Preis als jüngster Sieger aller Zeiten verliehen zu bekommen, meinte er: »Ich hoffe, jedes Jahr den Sieg zu erringen.«

Obwohl der Preis eigentlich nur für Romane gedacht war, wurde im Jahr 2010 ausnahmsweise ein nichtfiktionales Werk nominiert. Es handelte sich dabei um die Memoiren Tony Blairs. »Mein Egoismus brauchte die Liebe, die mir Cherie geben konnte«, schrieb er. Der gewagte Absatz, der Leser auf der ganzen Welt dazu brachte, die Cornflakes wieder auszuspucken, ging so weiter: »Ich stürzte mich auf sie, damit sie mir Kraft gab. Ich war wie ein Tier, das seinen Instinkten folgt, denn ich wusste, ich würde jedes Quäntchen emotionaler Kraft und Ausdauer benötigen, um mit dem fertig zu werden, was mir noch bevorstand.« Es war eine gelungene Textpassage, mit der Mr. Blair unter Beweis stellte, dass so viel mehr in ihm steckt als nur ein Premierminister.

6
SCHEITERN UNTERWEGS

Der schlechteste Wagen
Der schlechteste Autodieb Russlands

Auf See
Die Weltreise nach nirgendwo
Die erfolgloseste Rettung aus Seenot
Die erfolgloseste Eisbergpatrouille

»Glückliche Menschen sind zum Scheitern verurteilt, weil sie so sehr mit sich im Reinen sind, dass ihnen alles egal ist.«
Agatha Christie

IN DER FREIZEIT

Der schlechteste Stadtführer

Es war ein Quantensprung für das Genre, als es 1988/89 der Stadt Boston im offiziellen Stadtführer für Touristen nicht gelang, wichtige Sehenswürdigkeiten korrekt zu verorten. Das unverzichtbare Werk behauptete, die Amtrak-Bahnstation in der Darthmouth Street befinde sich in der Newsbury Street. Das Einkaufszentrum hingegen, das sich tatsächlich in der Newsbury Street befindet, wurde stattdessen im Storrow Drive angesiedelt.

Sowohl das Hotel Vier Jahreszeiten als auch das Ritz Carlton wurden ein paar Straßen weiter eingezeichnet, und wer das John B. Hynes Veteran's Memorial Messezentrum zu finden versuchte, der wurde auf eine lehrreiche Erlebnistour in die weit entfernte Huntington Avenue geschickt.

Das gelungene Buch, das bestens geeignet war, Besucher dazu zu bringen, sich die Stadt etwas genauer anzuschauen, wurde vom Tourismusbüro veröffentlicht und verkauft, dessen Zentrale auf der Karte ebenfalls einige Häuserblocks vom tatsächlichen Standort entfernt eingezeichnet war. Es versteht sich von selbst, dass das Büro dem Verantwortlichen eine üppige Gehaltserhöhung spendierte. »Er ist unterbezahlt«, stellte Thomas Kershaw, der Vorstand der Tourismusbehörde, fest. »Wir wollen ihn nicht verlieren.«

Spätere Neuauflagen des Stadtführers konnten das vorgelegte Niveau nie wieder erreichen und verloren aufgrund von Genauigkeit ihren besonderen Reiz.

Die erfolgloseste Tischrede

Nur wenige Tischredner waren unterhaltsamer als der Schauspieler Ken McCoy, der im Mai 1994 ins Kostüm seiner allseits beliebten Rolle als Albert Crapper, der betrunkene Landstreicher, schlüpfte, um in dieser Verkleidung die Mitglieder des vornehmen Alwoodley Golfclubs in Yorkshire zu erheitern.

Er trug sein mottenzerfressenes Käppi, einen Schal und seinen von einem Stück Schnur zusammengehaltenen Mantel, war unrasiert und hatte sich die Nase violett und die Wangen leuchtend rot gefärbt, um wie ein schwerer Trinker auszusehen und sich in diesem Aufzug der gediegenen Gesellschaft zu präsentieren. Als er das luxuriöse Vier-Sterne-Hotel Forte Crest betrat, wurde er sofort von einem Kellner hinausgeworfen.

Fest entschlossen, seine Rede doch noch zu halten, versuchte er durch ein Toilettenfenster einzusteigen, aber er stieß sich den Kopf und stand dann erneut im Hotelfoyer – diesmal aber blutüberströmt. Abermals wurde er hinausgeworfen, nun jedoch von einem stämmigen Golfer, der mit der Polizei drohte.

In einem letzten Versuch hechtete er, verfolgt von mehreren Golfern, in den Speisesaal. Er eilte gleich in Richtung Honoratiorentisch am oberen Ende der Tafel, um zu erklären, wer er war, wurde aber auf seinem Weg in Rugbymanier zu Boden gestreckt und festgenagelt, als sich seine Verfolger buchstäblich auf ihn warfen.

»Es ist einfach zu gefährlich«, begründete Mr. McCoy später seine Entscheidung, die Rolle aufzugeben. Außerdem sei ihm das Gleiche schon eine Woche zuvor bei der Veranstaltung eines Rugbyclubs widerfahren, als ihn das gesamte Team der ersten Mannschaft gehetzt und zur Strecke gebracht hatte.

Eine Bombe, wie sie uns gefällt

Als er im September 2004 in der Nähe seines Hauses in Cottishall, Norfolk, herumbuddelte, grub David Page ein rostiges Metallobjekt aus, das ein wenig an eine Campinggas-Kartusche erinnerte. Erst als er den Knopf drückte, der sich an einem Ende befand, kam ihm in den Sinn, dass es sich um eine extrem gefährliche Bombe handeln könnte. Es musste dringend etwas geschehen.

Schweißgebadet vor Furcht rief er die Polizei an, die ihm riet, den Knopf nicht loszulassen. Mit größtem Geschick befestigte er seine Hand so an dem Objekt, dass er den Knopf, der wie ein Auslöser geformt war, unmöglich loslassen konnte. »Ich war total panisch, dass es mich in tausend Stücke sprengen könnte. Die Polizistin am Telefon sagte immer, alles würde in Ordnung kommen, aber ich antwortete ihr: ›Sie müssen ja auch nicht die Bombe festhalten.‹«

Als weitere Vorsichtsmaßnahme vergrub er seine Hand unter einer großen Ladung Sand. »Ich dachte, wenn das Ding hochgeht, dann verliere ich mit etwas Glück nur meinen Arm.« Was für ein Mann!

Die Polizei traf ein und riegelte im Umkreis von drei Kilometern alles ab. »Wenn das Schlimmste geschehen sollte, dann sagen Sie bitte meiner Familie, dass ich sie liebe«, bat Mr. Page die Polizistin am Telefon. Dazu bestand jedoch keine Veranlassung mehr, weil nun seine ebenso tapfere Frau Joanne eintraf und sich weigerte, den Platz an seiner Seite zu verlassen.

Wie sich später herausstellte, war die Bombe in Wahrheit ein Autoersatzteil von Citroën. Wurde seine Tapferkeit durch die Fakten geschmälert? Natürlich nicht. Kaum zu glauben, dass es keinen Orden gibt, den die Königin diesem tapferen Mann verleihen könnte. Aber vielleicht könnte ihm Citroën eine Ehrung zuteil werden lassen?

Die schlechtesten Conkers*-Spieler

Im Oktober 1994 gelang es Martin Ashton und Mark Tuckey, im Finale der Conkers-Regionalmeisterschaften auf der Isle of Wight einen neuen Weltrekord aufzustellen. Auch nach einhundert Versuchen war es keinem von beiden gelungen, die Kastanie des Gegners zu treffen. Es war ihre persönliche Bestleistung.

Leider brach der Schiedsrichter ihren unterhaltsamen Wettkampf ab, als es gerade anfing, spannend zu werden, und deshalb werden wir nie erfahren, zu welchen

* Conkers ist ein britisches Kinderspiel, bei dem die Spieler mit Kastanien antreten, die an Schnüren befestigt sind und so lange gegeneinander geschleudert werden, bis eine von beiden zerbricht. A. d. Ü.

Leistungen das Spitzenduo noch fähig gewesen wäre. »Wir dachten eigentlich, dass wir uns wacker geschlagen hätten«, sagte Mr. Ashton hinterher.

Das erfolgloseste Einparken

Vor einer weihnachtlichen Einkaufstour holte Mary Geeson beim Einparken in Chesterfield das Äußerste aus ihrer Lenkradkralle. Nachdem sie ein Ende am Bremspedal und das andere Ende der Kralle am Lenkrad befestigt hatte, ließ sie den Motor wieder an, weil sie ein Stück nach vorn in einen anderen Parkplatz fahren wollte, der gerade vor ihr frei geworden war.

Diese Situation kennen wir alle, aber wie viele mögen es sein, die dann über die Straße brettern, den gegenüberliegenden Gehweg nehmen, durch einen Zaun krachen, ein dahinter geparktes Auto rammen, den Rückwärtsgang einlegen, in gerader Linie rückwärts rasen, einen potenziellen Retter durch die Luft schleudern und dann rückwärts in einen Van stoßen, der den freien Parkplatz inzwischen sowieso schon besetzt hat?

Das langweiligste Hobby

Im Kopf-an-Kopf-Rennen mit einem Mann, der unterschiedliche Arten von Verkehrshütchen sammelt, und einem anderen, der seine freie Zeit mit dem Fotografieren von Ziegelwänden verbringt, setzte sich 1994 ein Mann, der nur auf den Namen »Gordon« hört, bei den Ausscheidungskämpfen um den Titel als »Der langweiligste Mann des Jahres« durch. Bei einem Interview in der *Vanessa*-Show erzählte er, dass er braunes Papier sammelt.

Bei der Präsentation eines seiner Papiermuster erläuterte er: »Dies hier gehört zu meinen Lieblingsstücken. Man kann es nirgendwo kaufen, aber mit etwas Glück findet man es an einem Paket oder an einer Postsendung.« Außerdem sammelt Gordon *Mr.-Glücklich*-Bücher.

Flitzen: So wird's gemacht

Der Plan war das A und O. Am 14. Januar zogen sich drei Flitzer in ihrem Wagen aus und ließen zur schnelleren Flucht den Motor laufen, während sie durch Denny's 24-Stunden-Restaurant in Spokane, Washington, rannten. Bekleidet waren sie dabei trotz des Frostwetters nur mit Schuhen und Hüten. Nichts hätte einfacher sein können. Und anfangs lief auch alles wie am Schnürchen, bis sie aus dem Fenster schauten und zusehen mussten, wie ihr 1988er Mazda, in dem sich ihre Kleidung befand, von einem Dieb weggefahren wurde, der wohl selbst gerade fertig gefrühstückt hatte.

In diesem entscheidenden Moment gaben die Flitzer noch einmal ihr Bestes, aber sie konnten den Wagen nicht mehr einholen. Danach versteckten sie sich auf dem Parkplatz und diskutierten, wie sie den Diebstahl am besten der Polizei melden konnten. Sie wurden jedoch schon vorher selbst verhaftet.

Die schlechteste Blumenausstellung

Das einzige gartenbauliche Ereignis, dem wir ein gewisses Interesse entgegenbringen, ist *Beadnells alternative Blumenausstellung*, die zwischen 1987 und 1992 in Northumbrien aufblühte. Jennifer Hall hatte die bahnbrechende Veranstaltung ins Leben gerufen, um den real existierenden regionalen Gärtnern ein Forum zu bieten. Die schlechtesten Blumen und Gartenerzeugnisse der Umgebung sollten mit verschwenderischen Preisen bedacht werden.

Hier sollte keine Perfektion eingetopft, keine Fehde und Rivalität über die größte Bohne entfacht und niemand für die beste Rübe übervorteilt werden. Rund-um-die-Uhr-Bewachung gegen lauchschädigende Gemeinheiten sollte hier überflüssig sein. Beadnell bot nichts als sonnenbeschienenes Hügelland und ganztägig Wohlwollen. Jährlich wurden 150 Einreichungen verzeichnet, und aus dem Ausland erreichten Mrs. Hall Briefe in Hülle und Fülle, weil andere den gleichen Wettbewerb veranstalten wollten.

»Am schwierigsten war die Aufgabe, einen unqualifizierten Preisrichter zu finden«, erläuterte Mrs. Hall.

Die Anforderungen waren hoch. Den Siegespokal für das beste Unkraut errang eine Pflanze, die es auf eine Höhe von viereinhalb Meter brachte. Jedes Jahr wurden neue Kategorien aus den Bereichen Gartenbau und Handwerkskunst in die Ausscheidungen aufgenommen: »Die ungewohnteste Marmelade«, »Die abstoßendsten selbstgemachten Süßigkeiten« oder »Hängen wäre zu viel der Ehre« für die schlimmste Blumenampel.

1991 wurde die Kategorie »Was zum Teufel ist das denn?« für wirklich fortgeschrittene Gartenfreunde und die Kategorie »Unvollendete Bastelarbeiten, von denen man wünscht, man hätte nie damit angefangen« eingeführt. Im selben Jahr gab es auch zum ersten Mal einen Sponsor, dessen Namen man jedoch vergaß in die Programme zu drucken.

Die langweiligste Postkarte

Weltweites Interesse entfachte 1992 die Ankündigung des Wiend Centers in Wigan, nicht nur die langweiligsten Postkarten der Welt auszustellen, sondern bei dieser Gelegenheit auch noch das hervorragendste Werk dieser Gattung prämieren zu wollen, das jemals gedruckt wurde.

Die Organisatoren drohten schon bald in einer Flut von Einsendungen zu ertrinken, die sogar aus fernen Weltgegenden wie Brasilien, der Mongolei oder Tibet stammten. Zu den frühen Spitzenreitern gehörten ein schlecht beleuchteter Transport-Ponton aus Ulan Bator sowie das »Gaswerk, Leeds, von den Toiletten in der Addington Street aus betrachtet«.

»Wir glauben, dass für jeden etwas dabei ist«, erklärte Brian Corrigan, der Marketingchef von Wigans Stadtverwaltung. Siegreich war eine eingereichte Postkarte, auf der eine »umwerfend langweilige Straßenkreuzung in Redditch« abgebildet war. Einsenderin war Liz McParlin aus Aberystwyth, die dafür ein »Luxuswochenende in Wigan« gewann. Gil Swift krönte mit der Ausstellungseröffnung seine Karriere als Direktor der Freizeitverwaltung, um auf dem Höhepunkt seiner Laufbahn dann die Pensionierung einzureichen.

Der chaotischste Versuch, einen Weltrekord zu brechen

Liam Kite wollte ins Guinness-Buch der Rekorde. Zu diesem Zweck beabsichtigte er, 32 Stunden lang nonstop Fanfare zu spielen. Im August 1990 betrat er das eigens dafür errichtete Zelt in Tower Gardens, Skegness. »Es hat Wochen gedauert, alles zu organisieren«, erklärte seine Mutter Marion Kite. Ihr Sohn war acht Jahre alt. Sein Rekordversuch dauerte erst eine halbe Stunde, als sich ein Nachbar über den Krach beschwerte.

Dann kam eine Polizistin und forderte Mr. Kite dazu auf, sofort das Spielen auf dem Instrument einzustellen, aber seine Mutter glaubte, es handele sich bei der Beamtin um eine strippende Telegrammbotin, deshalb sagte sie ihrem Sohn, dass er weiterspielen solle. »Dann wurde sie ziemlich offiziell und drohte, mich und Liam zu verhaften. Ich konnte nicht glauben, was da gerade geschah«, erinnert sich Mrs. Kite.

Ihr Sohn akzeptierte das Angebot, in eine öffentliche Toilette umzuziehen, die dem Besitzer einer in der Nähe gelegenen Spielhalle gehörte. Unablässig ins Horn stoßend marschierte Liam also zu den Toiletten hinüber, gefolgt von seinen beiden offiziellen Schiedsrichtern, einem Zeitnehmer und einem Mann, der für die drei Fanfaren zuständig war. Ohne dass das Spiel unterbrochen worden wäre, nahmen die drei in separaten Kabinen ihre Position ein.

Nur eine Stunde später mussten sie wieder umziehen, diesmal ins Foyer eines Kinos in der Nachbarschaft, von dem Liam zuvor die Erlaubnis erteilt worden war, die Nacht durchzuspielen. Dort begann seine Lippe anzuschwellen, und er musste sich nach siebzehneinhalb Stunden geschlagen geben.

Der misslungenste Versuch, auf die Toilette zu gehen

In größter Bedrängnis, unverzüglich die Toilette aufzusuchen, hielt es kurz nach dem Start auf einem Flug nach Hannover im Januar 1993 Johann Peter Grzeganek, einen deutschen Touristen, nicht länger auf seinem Platz, obwohl die Kabinencrew darauf bestanden hatte, dass er angeschnallt bleiben müsste, solange das entsprechende Zeichen leuchtete.

Dafür war es aber viel zu spät. Mr. Grzeganek sprang aus seinem Sitz hoch und lieferte eine beeindruckende Vorstellung ab, als er auf Deutsch brüllte: »Ich muss sofort aufs Klo, oder ich geh durch die Decke. Ich explodiere gleich.«

Als sie die Worte *»Ich explodiere«* hörte, nahm die Kabinencrew, von der niemand Deutsch sprach, an, dass sie es mit einem Selbstmordattentäter zu tun hatte. Sie informierte den Flugkapitän, der sofort den ganzen Treibstoff abließ und auf dem Flughafen von Fort Lauderdale notlandete. Dort wurde Mr. Grzeganek sofort festgenommen und für zehn Monate in Untersuchungshaft gesteckt.

Als sein Fall endlich vor Gericht verhandelt wurde, stellte der Richter das ganze Verfahren als lächerlich ein und entschuldigte sich bei ihm. Trotzdem blieben Mr.

Grzeganek weitere Unannehmlichkeiten nicht erspart. Vor dem Gerichtsgebäude wurde er wieder verhaftet, weil sein Touristenvisum abgelaufen war, und man steckte ihn erneut ins Gefängnis von Miami, wo er bis zu seiner Abschiebung bleiben musste. In den Händen eines wahren Künstlers können sich selbst einfachste, alltägliche Geschehnisse in ein surrealistisches Drama mit vielen Akten verwandeln.

Der verwirrteste Suizidversuch

Im Jahr 2008 kam ein Einwohner von Porthcawl zu dem Schluss, dass sein Leben nicht lebenswert sei. Also nahm er den Wagen seines Bruders, trieb einen Kanister Benzin auf und suchte sich in der Nähe von Merthyr Tydfil einen schönen Aussichtspunkt. In dieser schicksalhaften Stunde kurbelte er das Wagenfenster hoch und schraubte den Kanister auf. Aber als er so in die Landschaft hinausschaute, dämmerte ihm, dass das Leben irgendwie doch lebenswert sei.

Zur Feier seines Stimmungswechsels zündete er sich eine Zigarette an. Der Wagen explodierte, und er musste zur Behandlung seiner Brandverletzungen ins Krankenhaus gebracht werden.

Später wurde der gute Mann, den zu verlieren wir uns nicht leisten können, der fahrlässigen Brandstiftung schuldig gesprochen. Man verurteilte ihn zu einem Jahr gemeinnütziger Arbeit und verpflichtete ihn dazu, einen Kurs zur Stärkung seiner geistigen Fähigkeiten zu absolvieren.

Der schlimmste Luxus-Tagestrip

Ungefähr dreihundert Leute hatten jeweils fünfhundert Südafrikanische Rand für einen »Spaßtag beim Rennen« gezahlt, der im Juli 1989 stattfinden sollte. Das Paket umfasste einen Hin- und Rückflug von Johannesburg nach Durban, eine Modenschau während des Fluges, einen Nachmittag beim Pferderennen im eigenen Zelt mit Unterhaltungsprogramm und ein erstklassiges Mittagsmahl mit allem Drum und Dran.

Der Spaß fing schon viel früher an, als alle gedacht hatten, weil das Flugzeug erst mit halbstündiger Verspätung abheben konnte und der Flug so unruhig war, dass die Fashion-Models nicht mehr geradeaus gehen konnten. Das Zelt war auf feuchtem Grund errichtet worden, und es gab keine Sitzplätze, sodass alle in knöcheltiefem Wasser waten mussten. Die Künstler, die man für das Unterhaltungsprogramm zuvor engagiert hatte, kamen gar nicht erst, und als das Essen serviert wurde, drangen andere Besucher des Rennens, die überhaupt nicht gezahlt hatten, durch kleine Öffnungen ins Zelt und aßen alles auf.

Auf dem Rückweg vom Spaßtag hielt es der Organisator für angebracht, sich zu entschuldigen. Dabei wäre das doch wirklich nicht nötig gewesen.

Die schlimmsten Ausflüge

Jedem, der auf unserer Wellenlänge ist und einen schönen Ausflug machen möchte, sei geraten, die umfassenden Freizeitführer *Bollocks to Alton Towers* und *Far from* *the Sodding Crowd*[*] zu lesen. Vier inspirierende junge Männer zeichnen dafür verantwortlich, die den Themenparks großer Firmen und hightech-lastigen interaktiven Erlebnissimulationen aus dem Weg gehen und uns stattdessen lieber zu touristischen Orten führen, die etwas mehr Mühe und Phantasie verlangen. (Manchmal gibt es dort sogar überhaupt nichts zu sehen.) Wer ihren Empfehlungen folgt, wird nicht enttäuscht werden:

1. Das »Anaesthesia Heritage Centre« (Zentrum für Anästhesiegeschichte) ist ein hervorragendes, der Geschichte der Anästhesie gewidmetes Museum. Die Ausstellungen bieten Gelegenheit, mit eigenen Augen das faszinierende Brady-und-Martin-Spirometer, den Cardiff-Penthrane-Inhalator und das Newcastle-Bang-Beatmungsgerät zu betrachten. »Für einen sehr kleinen Teil der Bevölkerung stecken die Ausstellungsstücke voller Erinnerungen.«

2. Der Beckham-Pfad ist eine spannende geführte Wanderung quer durch Walthamstow, bei der man alle Orte aufsucht, die in der Jugend des Fußballers für ihn eine Rolle gespielt haben. Dazu gehören das Whipps-Cross-Hospital, in dem er geboren wurde, und das Walthamstow-Stadion, wo er für zehn britische Pfund am Abend bei Windhundrennen leere Gläser eingesammelt hat. Für alle, die nach sechzehn anstrengenden Kilometern immer noch Energie haben, folgt dann als Höhe-

[*] Auf Deutsch ungefähr: *Scheiß auf Freizeitparks* und *Jenseits blöder Massenveranstaltungen.* A. d. Ü.

punkt ein Besuch des Pfadfinderlagers im Gilwell-Park, in dem der junge Beckham einmal seine Ferien verbrachte.

3. Das Nationale Gasmuseum verfügt über eine unübertroffene Schausammlung von Gasmangeln, eine kleine Auswahl gasbetriebener Bügeleisen und eine Ausgabe der Zeitschrift für Bügeleisensammler: *Pressing Matters*.

Hilfreich ist der Hinweis des Verfassers auf den Umstand, dass man im ganzen Museum nur zwei Knöpfe drücken kann, dass einer von beiden aber zweifellos der wichtigste im ganzen Königreich ist (von dem Knopf einmal abgesehen, der die Trident-Atomraketen startet). Der Knopf trägt einfach nur den Hinweis: »Hier drücken für das Lied vom Ascot-Wasserboiler, vorgetragen vom Henry Hall Orchestra, dem mit ›Teddy-Bears-Picknick‹ ein großer Hit gelungen ist.« Der Ascot-Boiler-Song hat den eingängigen Refrain:

Happy in the morning
'Cos the water is hot
He can bath an Army
The Ascot does the lot.

(Glücklich am Morgen /
denn das Wasser ist heiß /
es reicht für eine ganze Armee /
das alles schafft der Ascot.)

Die Autoren geruhen uns mitzuteilen, dass sie bis zum Ende der Öffnungszeit immer und immer wieder auf den Knopf gedrückt haben.

Die unfallgefährdetste Person Schottlands

Die Versicherungsgesellschaft Accident Claims schrieb 2010 einen Wettbewerb aus, um Schottlands unfallgefährdetste Person zu finden. Nachdem aus über hundert Bewerbungen drei immens beeindruckende Finalisten herausgefiltert worden waren, schien zuerst alles auf einen Entscheidungskampf zwischen Debbie Scott aus Aberdeen und dem heißen Favoriten Douglas McCorquodale aus Perth hinauszulaufen. Ms. Scott war dreimal von Pferden gebissen worden und hatte sich so viele Knochenbrüche zugezogen, dass sie eine Expertin wurde und schließlich sogar einen Doktortitel für ihre Forschung an Knochen und dem muskuloskelettalen System erwerben konnte. In derselben Zeit schlug sich Mr. McCorquodale selbst bewusstlos, als er aus seinem Postlieferwagen fiel, und verbrannte sich im Urlaub, nachdem er sich mit Speise- anstatt mit Sonnenöl eingerieben hatte. Seine Frau verbot ihm jegliches Heimwerkeln, als ihn ein Küchenschrank unter sich begrub, den er gerade erst gebaut hatte. Er ist außerdem namentlich beim Personal der Notaufnahme des königlichen Hospitals von Perth bekannt, seit er sich dort eine Augenklappe verpassen ließ, weil er sich Farbe ins Auge gesprüht hatte. Beim Verlassen des Krankenhauses stürzte er in ein Loch. Dabei verletzte er sich den Arm. Er musste kehrtmachen und sich erneut behandeln lassen.

Als Sieger des Wettbewerbs setzte sich dann aber eine Außenseiterin durch: Lorraine »Calamity« Crozier, die schon zwanzig Mal aus unterschiedlichsten Gründen ins Krankenhaus gekommen war. In ihrer abwechslungsreichen Karriere war sie vier Mal vom Pferd gefallen, sie hatte ihren Motorroller zu Schrott gefahren und heftigste allergische Reaktionen auf ein Schaumbad durchlebt. Als sie in einem öffentlichen Park ans Handy ging und die Nachricht von ihrem Sieg entgegennahm, wurde sie von der Schaukel ihrer Tochter am Kopf getroffen.

Der schlimmste Heiligedreikönigstag

Das Ende der Weihnachtszeit ist oft ein Ruhepol, ein Abend, den man ruhig zu Hause mit dem Abschmücken des Weihnachtsbaums verbringt. Der Großmeister des Genres indessen – ein Hausbesitzer aus Peterborough – schaffte es, den Abend in ein höchst geselliges Ereignis zu verwandeln, wie es im Leben höchstens einmal vorkommt. Er hatte die Weihnachtsbaumbeleuchtung abgenommen und verstaute sie in der Dielenkommode neben dem Gas- und Stromzähler, als er eine Eingebung hatte und sein Feuerzeug anzündete, um besser sehen zu können. Heraus schoss ein prächtiger Feuerstrahl, der sofort die Diele und die Holzverkleidung des Hauses entzündete. Das Stromkabel brannte ein Loch in die Hauptgasleitung, und der Wasserhahn schmolz. An Gesellschaft mangelte es dem Mann dabei nicht, denn mit zwei Löschzügen rückten zehn Feuerwehrleute an, dazu kamen noch die Monteure der Strom-, Gas- und Wasserwerke, die draußen Rohrleitungen freilegten und die Haupthähne abdrehten. Leider gab es dabei einen Kurzschluss, sodass das ganze Viertel im Dunkeln saß. Der

Hausbesitzer musste die Nacht von Heilige Drei Könige mit seiner Lebensgefährtin in einer Pension verbringen, wo sie sogar noch mehr Leute kennenlernten.

AUTORENNEN

Der schlechteste Glücksbringer

Im August 1993 bekam Tony Middlehurst, der Herausgeber des *Top-Car*-Magazins, ein paar Kristalle als Glücksbringer geschenkt. Ihre Wirkung machte sich sofort bemerkbar. Schon am nächsten Morgen sprang die Heckklappe seines Vauxhall Cavaliers auf und kratzte an einer Wand entlang. Als er zwei Tage später auf der Autobahn unterwegs war, musste er mit quietschenden Bremsen halten, weil sich aus einer Brücke über die M2 Bolzen gelöst hatten und herunterfielen. Dabei ging seine Windschutzscheibe zu Bruch, und die Motorhaube wurde zerbeult. Zum Totalschaden an seinem Wagen kam es aber erst am folgenden Dienstag durch eine Kollision mit einem Lkw. Es war im Übrigen auch der Tag, an dem die beiden Testwagen, die er bei seiner Arbeit fuhr, explodierten.

Nachdem er am Mittwoch zu einem Citroën gewechselt hatte, schrammte er mit dem Fahrzeug in einer engen Straße an einem Van entlang. Schließlich krachte am Donnerstag sein Ersatz-Vauxhall auf einem Kreisverkehr in Süd-London in einen anderen Van. »Die Kristalle habe ich schließlich weggeworfen«, erzählte er den Reportern.

Der Preis für Murray Walkers Lebenswerk

Niemand konnte jemals die fauxpas-gezierten Kommentare des Motorsportreporters Murray Walker überbieten, die oft erinnerungswürdiger waren als die Rennen selbst. Von seinen unübertroffen mitreißenden Moderationen sagte Clive Jones einmal: »In seinen ruhigeren Momenten klang es, als würde ihm die Hose brennen.« Das Folgende ist ein kleiner Tribut an das Leben und Werk des großen Mannes:

1. »Ich mache keine Fehler. Ich mache Prophezeiungen, die sich sofort als falsch erweisen.«
2. »Wenn das Rennen halb vorbei ist, hat man noch das halbe Rennen vor sich.«
3. Murray: »Also, Bernie, was, glauben Sie, war Ihr wichtigster Erfolg, seit Sie vor siebzehn Jahren McLaren gekauft haben?«
   Bernie Ecclestone: »Nun, ich kann mich gar nicht daran erinnern, McLaren gekauft zu haben.« (Mr. Ecclestone war der Besitzer des Brabham-Teams.)
4. »Mansell geht vom Gas, lässt es jetzt etwas ruhiger angehen. O nein, er tut es nicht. Es ist ein Rundenrekord.«
5. »Mit dem Wagen ist eigentlich alles in Ordnung, außer dass er brennt.«
6. Murray: »Am Heck des Ferraris glüht es feurig.«
   James Hunt, Co-Kommentator: »Nein, Murray, das ist das Rücklicht.«
7. »Falls ich mich nicht sehr irre … ICH HABE mich sehr geirrt.«

Die meisten Blitzer bei einer Fahrt

Man nannte ihn zu Recht den größten Pechvogel unter den Autofahrern, nachdem ein Mann aus der Türkei im November 2005 einen neuen Jedermann-Rekord aufstellte. Es gelang ihm, sich innerhalb von einer Minute und siebenunddreißig Sekunden vier Mal von derselben Radarfalle blitzen zu lassen. Bei seiner Weltbestleistung, die ihm in der Schweizer Stadt Kreuzlingen gelang, begriff er einfach nicht, dass er gerade an einer Radarfalle vorbeigekommen war. Vom wiederholten Blitzlicht verblüfft, fuhr er noch ein paar Mal an dem Punkt vorbei, um der Sache auf den Grund zu gehen. Der ausgezeichnete Fahrer, dessen Identität vom Schweizer Recht diskret geschützt wird, erklärte der Polizei, er hätte geglaubt, dass ihn jemand mit einem Blitzlicht ärgern wollte, und deshalb hätte er herausfinden wollen, »was los war«.

Zwei Kreisverkehre, die sich auf beiden Seiten der Radarfalle befanden, machten seine Leistung möglich. Obwohl Radarfallen Autofahrer eigentlich dazu bringen sollen, ihre Geschwindigkeit zu drosseln, hatte diese den gegenteiligen Effekt. Unser Mann fuhr zunächst mit 59 km/h, dann mit 63,44 km/h und schließlich mit 75,64 km/h vorbei.

»Es war ein wahres Kunststück und erforderte präzise Fahrkünste«, verlautete es aus Polizeikreisen.

Der schlechteste Wagen

Als ihn eine überregionale Zeitung darum bat, den schlechtesten Wagen zu nennen, der jemals gebaut wurde, zögerte Autojournalist David Burgess-Wise keinen Augenblick und nominierte den Pennington Torpedowagen von 1896. »Jedes Modell aus der Autoschmiede von Edward Joel Pennington hat es verdient, in die Liste der schlechtesten Autos aller Zeiten aufgenommen zu werden«, schrieb er. »Dieses Modell aber hat alles.«

Was jede Tour in diesem Fahrzeug so aufregend macht, sind nicht etwa seine drei Räder, die fehlende Karosserie oder der Verzicht auf jegliche Federung. Es ist nicht der Umstand, dass seine knatternden Zylinder direkt unter den Passagiersitzen liegen und nur theoretisch gekühlt werden, was alle Fahrgäste äußerst warm hält, ganz besonders in den Sommermonaten. Man könnte auch darüber hinwegsehen, dass der Fahrer auf einem Fahrradsitz Platz nehmen und mit einem Fahrradlenker steuern muss, was wegen der drei Fahrgäste, die vor ihm auf einer Bank sitzen und ihm den Blick versperren, gar nicht so einfach ist. Sogar dass das Gefährt nur zwei Gänge hat – einen schnellen und einen langsamen – und man beide Gänge gleichzeitig einlegen kann, ist nicht entscheidend.

Was diesen Wagen in die Weltelite aufsteigen lässt, ist Mr. Burgess-Wise zufolge der Umstand, dass man das Fahrzeug bei höheren Geschwindigkeiten praktisch nicht mehr anhalten kann. Aber wer würde auch eine Fahrt beenden wollen, die immer unvergesslich bleiben wird, möge man nun wachen oder schlafen?

Der schlechteste Autodieb Russlands

Sogar die Moskauer Polizei zeigte sich beeindruckt, als sie im September 2006 Alexei Ashurin verhaftete. »Als wir uns sein Vorstrafenregister anschauten, wurde uns klar, dass es sich bei ihm um den inkompetentesten Autodieb von ganz Russland handeln musste«, erzählte Polizeisprecher Valery Buzovkin den Reportern.

Zum ersten Mal wurde Alexei Ashurin verhaftet, nachdem er einen Wagen gestohlen hatte und dann betrunken hinterm Steuerrad ohnmächtig geworden war. Dann stahl er ein Auto, das vor einer Autowerkstatt stand, ohne zu merken, dass die Bremsen repariert werden mussten. Minuten später krachte er in einen Jeep, als er versuchte, an einer roten Ampel anzuhalten. Seine letzte Straftat war sogar noch unterhaltsamer. Mr. Ashurin wurde verhaftet, als er einen Volkswagen die Straße entlangschob und einen anderen Wagen mit der Bitte um Hilfe anhielt. Er hatte das Glück, einen Polizeiwagen zu erwischen. »Ihm war das Benzin ausgegangen, aber als wir ihn abschleppten, entdeckten wir einen Schraubenzieher, der im aufgebrochenen Lenkradschloss steckte«, wusste Polizist Buzovkin zu berichten.

AUF SEE

Die Weltreise nach nirgendwo

So viele schreckliche Dinge geschehen auf Kreuzfahrten um die Welt: Seekrankheit, ganze Tage, an denen man nur durch das Bullauge auf den endlosen Horizont starrt, gehetzte Tagestouren rund um Port Said, die man damit zubringt, Leute abzuschütteln, die einem offen gestanden recht geschmacklose Postkarten von ihrer Schwester andrehen wollen... Nur die legendäre Welttour der *Aurora* im Jahr 2005 schaffte es, all diesen Dingen zu entgehen.

Als »Grand Voyage« angekündigt, sollte es eine einhundertunddrei Nächte währende Fahrt mit dem Flaggschiff der P&O-Flotte zu vierzig Häfen in dreiundzwanzig Ländern werden (die Kapverden und die Osterinseln eingerechnet). Am Ende dauerte die Fahrt sogar nur elf Tage, blieb immer in Sichtweite der englischen Küste, und der einzige wirklich besuchte Hafen war der von Southampton.

Eigentlich hätte die *Aurora* am 9. Januar im Hafen von Southampton ablegen sollen. Aber dann gab es Maschinenprobleme, und die Passagiere wurden mit Freigetränken und einem erstklassigen Unterhaltungsprogramm an Bord versorgt. Am 11. Januar ging es dann endlich los, aber nur bis zur Isle of Wight, die eigentlich auch ganz sehenswert ist – nur ging es dann wieder zurück nach Southampton. Wahrscheinlich sahen die Passagiere die Stadt nach ihrer Rückkehr mit ganz anderen Augen. Man teilte ihnen mit, dass die Reparatur der Maschine sechs Tage in Anspruch nehmen würde. Deshalb stellte man es ihnen frei, nach Belieben das Stadtzentrum Southamptons zu besuchen, wo einem niemand überteuerte Kamelritte aufdrängt.

Am 17. Januar schipperte die *Aurora* dann den Solent, eine Meerenge bei Southampton, entlang und kam immerhin bis zur Ölraffinerie von Fawley, die einen außergewöhnlichen Anblick bietet und eine sehr interessante Geschichte hat. Dann ging es wieder zurück nach Southampton, von dem man wirklich nicht genug bekommen kann.

Als am 18. Januar die Dunkelheit heraufzog, drängten die Passagiere mit ihrem Freichampagner in der Hand an Deck und entboten der geschichtenumwobenen Stadt zögerlich ihr Lebewohl. Die Kapelle spielte. Die Flaggen knatterten. Die Passagiere winkten zum Abschied. Nur die *Aurora* rührte sich nicht von der Stelle.

Am 19. Januar beschlossen 385 von der Kreuzfahrt bestens erholte Passagiere, wieder heimzufahren, und verließen das Schiff. Danach hieß es auf der *Aurora* »Leinen los«. Die Kapelle spielte wieder. Flaggen und so weiter. Alle winkten zum Abschied, und der 76000-Tonner fuhr hinaus auf die offene See, nahm Fahrt auf und schaffte es bis nach Devon auf die Höhe von Start Point (Waren Sie jemals dort? Es ist wunderschön!). Dann machte der Antrieb schlapp, und die sagenhafte Kreuzfahrt wurde abgesagt. Ein Sprecher der P&O-Reederei teilte mit, dass die Passagiere traurig gewesen seien, das

Schiff verlassen zu müssen – was man sehr gut nachvollziehen kann. Auf der ganzen Reise hatte es keinen einzigen Fall von Seekrankheit gegeben.

Die erfolgloseste Rettung aus Seenot

Im Jahr 1829 lichtete in Sydney der Kutter *Mermaid* die Anker, lief in der Meerenge von Torres auf ein Riff und sank. Die zweiundzwanzig Menschen an Bord konnten sich auf einen Felsen retten. Nicht lange danach wurden sie von einem anderen Schiff namens *Swiftsure* gerettet, das aber wenige Tage später ebenfalls havarierte. Ein paar Stunden später wurden sie von der *Governor Ready* eingesammelt, die mit einer Ladung Holz und zweiunddreißig Menschen an Bord unterwegs war. Nur drei Stunden später fing das Schiff Feuer, und alle mussten sich in die Rettungsboote flüchten, weil das Schiff bis zur Wasserlinie abbrannte. Als die *Comet* längs zog, hörte sich deren Besatzung die Geschichte an und kam zu dem Schluss, dass es nach Lage der Dinge wahrscheinlich das Beste wäre, die Fremden nicht an Bord zu nehmen. Unter erheblichen Widerständen gelang es schließlich dem sozial gesinnten Kapitän, seine Mannschaft zur Rettung der Schiffbrüchigen zu überreden.

Sieben Tage später sank die *Comet* bei plötzlichen Sturmböen, und alle Schiffbrüchigen, zu denen inzwischen auch die Mannschaften von vier verschiedenen Schiffen gehörten, wurden von der *Jupiter* aufgenommen.

Bei allen vier Schiffshavarien kam niemand ums Leben, die *Jupiter* rammte jedoch beim Einlaufen die Hafenmauern von Port Raffles und wurde dann verschrottet, weil sich herausstellte, dass eine Reparatur aussichtslos war.

Die erfolgloseste Eisbergpatrouille

Im Jahr 1913 wurde die Internationale Eisbergpatrouille gegründet, um gegen das Problem im Atlantik treibender Eisberge vorzugehen. Man hielt es für das Beste, alle Eisberge zu zerstören. Die US-amerikanische Küstenwache, die die Patrouille aufstellte, versuchte zunächst, die Eisberge mit Maschinengewehren kleinzukriegen. Davon sahen sie zwar hinterher auf eine interessante Weise angenagt aus, sonst hatte der Beschuss aber keinen Effekt. Einige Jahre später ging man die Sache etwas ernsthafter an und entschied sich für eine Bombardierung der Eisberge. Zwanzig ausgediente Weltkriegsbomber sollten dabei helfen, sie in kleinere Stücke zu brechen. In der Praxis erwiesen sich die Eisberge aber als bombensicher, und nichts geschah.

An diesem Punkt verfiel man auf Thermitbomben – eine heftige Mischung aus Aluminiumpulver und Eisen, die bei ihrer Explosion Temperaturen von mehreren hundert Grad erzeugt. Damit wollte man das Eis in einem einzigen beeindruckenden Arbeitsgang zertrümmern und schmelzen.

»Es war absolut spektakulär«, berichtete Kapitän Bob Dinsmore, der Kommandant der Patrouille, »konnte den Eisbergen im Grunde aber nichts anhaben.«

In einem letzten Ausbruch menschlichen Erfindungsreichtums malte man die Eisberge schließlich schwarz an, damit die wärmenden Sonnenstrahlen absorbiert statt reflektiert würden. Diese Methode war erfolgreich, und ein paar Eisberge schmolzen, dafür war jetzt aber der Atlantik voll mit schwarzer Farbe, die der Schifffahrt größere Probleme bereitete als das Eis. In seinem offiziellen Bericht konstatierte Kapitän Dinsmore: »Alle denkbaren Methoden zur Beseitigung von Eisbergen außer dem Einsatz von Atombomben wurden durchprobiert.« Irgendwann stellte man fest, dass es das Beste war, sich mit den Eisbergen abzufinden und darauf zu konzentrieren, darumherum zu fahren.

7

DIE AUFRECHTERHALTUNG VON RECHT UND ORDNUNG

»Fiaskos wird es immer wieder geben.«

Leonard Kapinga

Abteilung Projektauswertung, United Nations

EINSICHTEN INS VERBRECHERHIRN

Der harmloseste Bankräuber

Weil er vor seinem ersten Bankraub verständlicherweise sehr nervös war, nahm ein Spitzendieb aus Northampton zur Entspannung so viel Alkohol zu sich, dass er nicht mehr imstande war, seinen Zettel mit der Forderung nach Geld selbst zu verfassen. Er wankte in einen benachbarten Schuhladen und bat die hilfsbereite Verkäuferin, ob sie vielleicht »Bitte geben Sie mir etwas Geld« für ihn schreiben könnte.

Dann stolperte er um die Ecke zur Landesbausparkasse und reichte seine Forderung ein. Man beschied ihn, er solle sich trollen, man hätte zu tun. Jetzt hatte er Fahrt aufgenommen, und nichts konnte ihn mehr aufhalten. Er stattete zwei weiteren Banken einen Besuch ab, flüchtete aber, sobald die Kassierer den Alarmknopf drückten.

Nachdem man ihn endlich wegen Trunkenheit und ungebührlichen Benehmens verhaftet hatte, wurde er im Mai 1995 Richter Richard Bray vom Crown Court in Northampton vorgeführt. »Dieser Fall ist äußerst bizarr«, urteilte der Richter. »Niemand hatte Angst vor Ihnen, und die Verbrechen, die Sie zu begehen versuchten, waren nicht einmal der Verhaftungsgrund.«

Der erfolgloseste Ausbruch

Nach seiner Flucht aus dem offenen Strafvollzug in Kirkham im September 1994 marschierte ein Autodieb gleich zur Autobahn M6, um sich als Anhalter zu versuchen. Als ein Fahrzeug stoppte, schenkte er dem Fahrer gleich reinen Wein ein. »Ich hoffe, es stört Sie nicht, dass ich ein Gefängnisausbrecher bin«, sagte er.

»Wenn es Sie nicht stört, dass ich ein Gefängnisaufseher bin«, erwiderte der Fahrer Steve Wynder, der umgehend die Polizei verständigte.

Die übereifrigsten Räuber

Im Rahmen ihrer akribischen Planungen riefen im März 2010 Albert Bailey und sein sechzehnjähriger Komplize bei der Vereinten Volksbank in Fairfield, Connecticut, an, um mitzuteilen, dass sie in etwa zehn Minuten für einen Raub vorbeikommen würden, und ob man vielleicht schon einmal ein paar Geldsäcke bereitstellen könne.

So blieb allen ausreichend Zeit zur Vorbereitung. Zehn Minuten später trafen die Räuber wie angekündigt ein, und der Sechzehnjährige wurde mit einem Zettel in die Bank geschickt, auf dem vermerkt war, dass man vorher angerufen habe. Der Bankkassierer hatte schon 900 Dollar in einem Sack bereitgelegt. Draußen erwartete sie bereits die Polizei, die meinte, die Räuber hätten besser gleich bei ihnen angerufen.

Der erfolgloseste Versuch, einen Imbiss zu plündern

Im November 1996 betrat ein Räuber in Ypsilanti, Michigan, eine Burgerking-Filiale, zog eine Schusswaffe und verlangte Geld. Der Verkäufer erwiderte, dass sich die Kasse ohne eine Essensbestellung nicht öffnen ließe. Als der Mann daraufhin Zwiebelringe orderte, erklärte ihm der Verkäufer, dass es zum Frühstück noch keine Zwiebelringe gebe. Frustriert zog der Dieb wieder ab.

Die am leichtesten zu fangenden Kriminellen

Die besten Verbrechen zeichnen sich durch eine perfekte Einfachheit aus, die eine so gut wie sofortige Lösung des Falls ermöglicht.

1. Im Januar 1997 wurde Michael Coulter in derselben Sekunde ertappt, als er versuchte, in einem Laden in Cookstown, Bezirk Tyrone, ein Paar Turnschuhe, drei Paar Socken und Boxershorts zu stehlen. Mit einer Größe von 2,26 m ist er der größte lebende Ire. »Er fiel den Verkäufern sofort auf«, meldete ein Sprecher des Königlichen Polizeireviers von Ulster. »Er musste sich ducken, um in den Laden hineinzukommen.«

2. Ein deutscher Räuber stürmte mit Pistole in eine Berliner Bank und schrie: »Geld her!« Als ihn ein Angestellter fragte, ob er einen Beutel wolle, antwortete er: »Ganz genau, die Waffe ist echt!« Weil er nun vermutete, dass der Räuber taub war, drückte der Manager den Alarmknopf. »Es war entsetzlich laut, aber er schien es nicht

zu bemerken.« Fünf Minuten später, in deren Verlauf der Täter immer mal wieder »Ich bin ein ausgebildeter Killer« schrie, traf die Polizei ein und verhaftete ihn.

3. Im März 2008 betrat Ruben Zarate ein Bekleidungsgeschäft in Chicago und forderte Geld. Ein Angestellter erklärte ihm, dass sich der Safe nur vom Manager öffnen lasse, der aber gerade nicht da sei. Mr. Zarate hinterließ nun seine Handynummer und bat um Rückruf, wenn der Manager zurückgekehrt sei. Als er angerufen wurde, kehrte unser Mann zurück, wiederholte kurz seine Forderung und wurde auf direktem Weg zur Polizeiwache verfrachtet.

4. Henry »Headbanger« Smith wurde nach seiner Flucht vom Tatort sofort identifiziert, weil er auf der Stirn eine Tätowierung mit seinem Namen trug. Als er mit einer nur notdürftig unter einem Geschirrhandtuch verborgenen Stereoanlage aus einem Haus in Gainsborough, Lincolnshire, rannte, machte er einen so verdächtigen Eindruck, dass ein Taxifahrer die Polizei anrief. Mr. Smith gab später zu Protokoll, dass seiner Freundin die Stereoanlage nicht gefallen habe und sie sie deshalb weggeworfen habe.

Der erfolgloseste Einbruch

Im November 1993 brach ein brasilianischer Klebstoffschnüffler in eine Klebstofffabrik ein, verlor beim Anblick seiner Lieblingssorte alle Selbstkontrolle und hängte sich gleich zum Schnüffeln über ein Fass. Von den

Dämpfen benebelt verlor er Bewusstsein und Gleichgewicht und stieß beim Hinfallen auch noch ein Fass Klebstoff um. Als er wieder zu sich kam, klebte er am Fußboden fest und musste warten, bis die Belegschaft morgens zur Arbeit antrat.

Ein Polizeiinspektor schilderte die Verhaftung: »Zwölf Personen – acht Feuerwehrleute eingeschlossen – waren nötig, um ihn loszubekommen, und ein paar Fußbodenbretter mussten gleich mit in Untersuchungshaft.«

Auf das falsche Werkzeug kommt es an

Im Jahr 1983 fuhren zwei Männer, die sich Sturmhauben über den Kopf gestülpt hatten, vor der Staatsbank in Melbourne, Australien, vor. Der eine blieb bei laufendem Motor im Wagen, der andere sprang hinaus. In den Händen hielt er eine riesige alte Hebammentasche und eine ebenso altmodische Flinte mit einem abgesägten Doppellauf und mächtigen zweifachen Hähnen. Er rannte durch die Tür, stolperte über die »Willkommen«-Matte, segelte durch den Flur, kullerte in die Bank und schlug lang auf den Boden hin. Die Hähne des Gewehrs hatten sich dabei mit den Henkeln seiner Tasche verheddert, und er versuchte, sie wieder freizubekommen. Das klappte aber nicht.

Die Kunden beobachteten diesen Spitzenauftritt mit großem Interesse und verfolgten, wie der Mann laut fluchend versuchte, das Gewehr mit Fußtritten zu lösen. In seiner Verzweiflung umklammerte er schließlich, während er immer noch auf dem Boden lag, das Gewehr mit beiden Armen und benutzte die Beine, um das Gewehr mit aller Kraft loszureißen. Plötzlich löste sich die Tasche, wobei sich beide gespannten Hähne lösten und aus beiden Läufen simultan Schüsse in die Decke abgefeuert wurden. Von dem gewaltigen Knall alarmiert kam nun der Komplize herbeigerannt. Er schleifte seinen Kollegen über den Boden zum Fluchtwagen, musste dort aber feststellen, dass er seine Autoschlüssel in der Bank verloren hatte.

GESETZESHÜTER

Die erfolgloseste Vereitelung von Straftaten

In der Absicht, die Verbrechensrate in Stockport zu senken, stellte die Polizei einen lebensgroßen Pappkameraden von Polizeikommissar Bob Molloy in den Eingangsbereich eines großen Einkaufszentrums. Der Pappbeamte hatte, aufmerksamen Beobachtern zufolge, hinter den Cremeeiern Stellung bezogen und von dort aus alles im Blick. 2009 wurden zwei Frauen von der Videoüberwachung beim Diebstahl eben dieses Pappkameraden gefilmt. »Eine hielt die Tür auf, und die andere rannte mit dem Pappbeamten unterm Arm hinaus«, berichtete ein Sprecher des Supermarktes.

Ähnliche Pappkameraden haben schon an anderen Plätzen in Stockport Probleme verursacht. »Sie sehen sehr realistisch aus«, meinte Polizeikommissar Molloy. »Gerade erst gestern meinte jemand, er hätte mich in einem Laden gegrüßt, aber ich hätte überhaupt nicht reagiert.«

Die erfolgloseste Undercover-Operation

Im September 1994 spähte die Polizei ein Treffen im Gemeindesaal von Cundall, Yorkshire, aus, weil sie davon ausging, dass militante Tierrechtsaktivisten (Animal Rights Militia) dort ihre nächste Aktion planten. Tatsächlich hatten sie aber eine Versammlung der Vereinigung radikaler Hebammen (Associaton of Radical Midwifes) umzingelt.

Als zwei Frauen für eine Zigarettenpause herauskamen, näherten sich ihnen Zivilpolizisten, um zu erfahren, was drinnen vor sich ging. Vom männlichen Interesse an fortschrittlichen Hausgeburten ermuntert, setzten die Frauen sie vollumfänglich in Kenntnis. »Nachdem wir ihnen alles erzählt hatten«, berichtete Chris Warren, die das Treffen organisiert hatte, »sahen sie sich nur an und schlichen davon. Wir hatten ja keine Ahnung, was draußen los war und was für eine Panik wir verursacht hatten.«

Der erfolgloseste Beamte für Verbrechensverhütung

Im Februar 1990 erkannten Polizisten, die sich die Aufnahmen einer Sicherheitskamera ansahen, in einem Ladendieb sofort ihren eigenen Beamten für Verbrechensverhütung. Er stahl einen Stift und zwei Strumpfhosen. Aufgenommen wurde er in einem Geschäft im Sandwell Centre, West Bromwich, nicht weit von der Polizeiwache von Smethwick. Dort war er erst kürzlich für das Lokalblatt fotografiert worden, als er vor einem Poster posierte. »Augen auf! Diebe lauern überall!«, war die sinnige Aufschrift.

Die erfolgloseste Nachbarschaftsstreife

Die erfolgloseste Nachbarschaftsstreife wurde in den frühen 1990er-Jahren im Dörfchen Culbone in Somerset gegründet. Die kleinste Ortschaft Großbritanniens hatte dreiundzwanzig Einwohner, von denen einundzwanzig Hirsche waren. Es ist schon schwer genug, Culbone zu finden, und noch schwieriger, dort etwas zu entdecken, in das man einbrechen könnte. In einem entlegenen Tal zwischen einem Moor und felsigen Meeresklippen gelegen, ist es elf Kilometer von der nächsten Stadt entfernt und nur über eine unbefestigte Landstraße zu erreichen.

Nur zwei Häuser, die damals von Dennis und Barry bewohnt wurden, bildeten das Dörfchen. Eines Tages verkündete Dennis, dass er jetzt eine Nachbarschaftsstreife aufstellen wolle. Wenn man davon ausgeht, dass Dennis die Sache auch selbst durchziehen wollte, bedeutete dies, dass Barry als einziger möglicher Verdächtiger übrig blieb und deshalb unter ganztägiger Aufsicht stehen würde. Dabei war das eigentlich nicht nötig, denn Barry hatte weder Strom noch Auto und zeigte nicht das geringste Interesse daran, irgendwelche Komsumgüter zu erwerben, geschweige denn, sie zu stehlen.

Die unaufmerksamste Polizeitruppe

Jedes Jahr treffen sich Polizisten aus drei benachbarten australischen Bundesstaaten, um den Sieger des Knacker-Preises zu ermitteln, der alljährlich dem Beamten verliehen wird, der sich den gröbsten Schnitzer geleistet hat. 1989 wurde der Preis erstmals der gesamten

Polizeitruppe von Renmark verliehen, nachdem die Stadt von einem einhundert Kilo schweren Schwindler heimgesucht worden war.

Der Fremde war so liebenswert, dass ihn die Einheimischen mit Freundlichkeiten überschütteten. Eine örtliche Bank richtete ihm ein Girokonto ein, das er nutzte, um ungedeckte Schecks über 15 000 Dollar auszustellen. Im örtlichen Fitnesscenter bekam er gratis Trainingseinheiten, mit deren Hilfe er 6,5 Kilo abspecken konnte. Am Tag seiner Abreise blieb sein Truck liegen. Ein Autofahrer, der anhielt, um zu helfen, sah drei Farbfernseher und drei Videorekorder auf der Ladefläche und rief die Polizei.

Der Mann versicherte der Polizei, dass die ganze Ware sein Eigentum sei. Und wieder einmal war keine Mühe zu viel. Man schleppte ihn zurück in die Stadt, ließ seinen Truck reparieren und fand sogar ein Nachtquartier für ihn. Am nächsten Morgen dankte er allen von Herzen und reiste ab. Sie sahen ihn erst ein paar Tage später wieder, als sie sich im Fernsehen *Australia's Most Wanted** anschauten. In der Sendung wurde ausführlich über den Mann berichtet, der landesweit gesucht wurde.

Das ineffektivste Resozialisierungsprogramm

Im Rahmen eines Resozialisierungsprogramms für Langzeitgefangene erhielt Robert Walters von der Collins-Bay-Strafanstalt in Kanada im Januar 1990 die Erlaubnis zum Freigang in Begleitung seines Bewährungshelfers.

* Eine Art australisches *Aktenzeichen XY ungelöst*, A. d. Ü.

Nachdem er bereits die Hälfte seiner vierundzwanzigjährigen Gefängnisstrafe für einen Raub abgesessen hatte, sollte er sich für sechs Stunden in der Stadt aufhalten, um wieder mit dem normalen Leben vertraut zu werden.

Der Bewährungshelfer fuhr Mr. Walters ins nahegelegene Kingston, und sie gingen zu einem Hotel, damit er sich erst mal wieder daran gewöhnen konnte, ein alkoholisches Getränk zu trinken. Danach machte er sich damit vertraut, den zweiten und dann den dritten Drink zu nehmen. Schließlich erzählte er seinem Bewährungshelfer, der den Nachmittag durchaus genoss, dass er mal für eine Minute raus müsse. Er kam auch bald zurück. Mit Tausenden von Dollars, die er sich in die Hose gestopft hatte.

Beim Aufbruch der beiden wurde draußen vor dem Hotel der Bewährungshelfer wegen Alkohols am Steuer festgenommen. Und Mr. Walters wurde verhaftet, weil er sich wieder damit vertraut gemacht hatte, die Königliche Bank von Kanada auszurauben.

Der schlechteste Zeitpunkt für einen Polizeieinsatz

Am Donnerstag, dem 27. November 2008, wurde bei der PNC Bank in Montgomery, New Jersey, Einbruchalarm ausgelöst. Um 20.40 Uhr rasten Polizeiwagen zum Tatort. Die Bank war verschlossen und die Vorhänge zugezogen, aber die Polizisten nahmen im Innern eine dunkle, bedrohliche Gestalt wahr.

Nun wurde zunächst das Einsatzkommando hinzugezogen, das Einsätze wie diesen überaus ernst nimmt.

Als sie eintrafen, waren sie mit schweren Körperpanzern, schusssicheren Schilden, Rammböcken, Hightech-Nachtsichtgeräten, Bewegungsmeldern, Maschinenpistolen, Schrotflinten und Scharfschützengewehren ausgestattet.

Das Eliteteam riegelte die ganze Gegend ab und evakuierte die Bewohner angrenzender Wohnhäuser. Dann versuchten sie, mit Hilfe von Lautsprechern und Telefonen Kontakt zu den unbekannten Eindringlingen in der Bank aufzunehmen. Aber es gab keine Reaktion.

Nach zwei Stunden beschloss die Einsatzleitung, die Bank zu stürmen. Über dem Gebäude kreiste der Hubschrauber, und aus dem ganzen Land trafen bereits Kamerateams ein, als sich das Einsatzkommando kurz nach 22.20 Uhr Einlass in die Bank verschaffte.

Die dunkle Gestalt entpuppte sich als ein Pappaufsteller in Gestalt eines Vertreters, der den Kunden preiswerte Kredite anpries.

8

EINBLICKE IN DEN MEDIENALLTAG

Das erfolgloseste Fernsehinterview
Der schlechteste Standardtänzer
Die erfolgloseste politische Eilmeldung
Die erfolgloseste Fernsehdokumentation
Die erfolgloseste Morgenandacht
Die schlimmste Fernsehüberraschung
Der schlimmste Oscar-Triumph
Die erfolgloseste höchste Geheimhaltungsstufe
Die erfolgloseste Frühstücksradiosendung
Der Preis für John Motsons Lebenswerk
Der am wenigsten überzeugende geistlich-moralische Führungsanspruch
Der erfolgloseste Start eines neuen Fernsehsenders
Die erfolgloseste Markenkampagne
Die langweiligste Live-Übertragung
Das erfolgloseste Live-Interview im Radio

»Woran arbeiten Sie?«, wurde Herr Keuner gefragt.
Herr Keuner antwortete: »Ich habe viel Mühe,
ich bereite meinen nächsten Irrtum vor.«
Bertolt Brecht, Geschichten vom Herrn Keuner

Das erfolgloseste Fernsehinterview

Guy Goma zog aus dem Kongo nach Großbritannien, um dort in der IT-Branche eine Arbeit zu finden. Diese Entscheidung erwies sich als vollkommen gerechtfertigt, als er im Mai 2006 für ein Vorstellungsgespräch, ein Interview, als IT-Assistent im BBC-Sendezentrum eintraf. Guy Kewney, ein angesehener IT-Berater, der einen Liveauftritt im Fernsehen haben sollte, saß ebenfalls im Wartezimmer.

Dann kam jemand in den Raum, fragte Mr. Goma, ob er für das Interview gekommen sei, und führte ihn ordnungsgemäß durchs Studio. Er hätte beim Anblick der Fernsehkameras den Braten riechen sollen oder stutzig werden müssen, als die Maskenbildnerin begann, sein Gesicht abzutupfen. Allerdings gibt es kulturelle Unterschiede zwischen dem Kongo und Großbritannien, und man konnte durchaus glauben, es handle sich hierbei um einen solchen.

Das Interview fing an, und Karen Bowerman von der BBC stellte ihn als Guy Kewney, den Chef von Newswireless.net vor. Mr. Goma war sichtlich überrascht, beantwortete aber tapfer alle Fragen.

»Glauben Sie, dass die Zahl der Menschen, die online downloaden, angesichts der sinkenden Kosten noch steigen wird?«, fragte der Interviewer. Es war eine Routinefrage, vielleicht sogar etwas banal, aber die Antwort von Mr. Goma erstaunte alle, die sie sahen.

»In der Tat«, antwortete er, »wenn man die Gelegenheit hat, überall hinzugehen, dann wird man eine Menge Leute sehen, die Sachen ins Internet und die Website laden und alles, was sie wollen. Aber ich glaube, es ist viel besser für die Entwicklung und … äh … die Menschen, darüber zu informieren, was sie wollen, damit es leichtfällt und schneller, wenn sie danach suchen.«

Danach hatte er sein richtiges Bewerbungsinterview. Es dauerte zehn Minuten, und er bekam den Job nicht. Da war er aber schon ein landesweit bekannter Fernsehstar und sowieso viel zu sehr damit beschäftigt, in allen großen Fernsehsendern seinen inspirierten Fernsehauftritt zu diskutieren. Sogar auf BBC.

Der schlechteste Standardtänzer

John Sergeant, der bemerkenswerteste Standardtänzer seiner Generation, wurde von der BBC eingeladen, um bei der unterhaltsamen Prominenten-Tanzshow *Strictly Come Dancing* mitzumachen. Die Wetten standen hundert zu eins für seinen Sieg, und deshalb galt der zuvor nur als ernsthafter politischer Journalist bekannte Mann von Beginn an als vielversprechender Kandidat.

In kürzester Zeit konnte er mit verblüffend schönen Bewegungen das Publikum für sich gewinnen. Niemand, der zugesehen hat, wird jemals seinen Paso doble in vollständiger mexikanischer Verkleidung vergessen können. Er zog seine Partnerin über die Bühne wie einen Sack Kartoffeln, während er mit den Füßen stampfte und gelegentlich sogar in einen wogenden Trab verfiel. Sein stoischer, leicht schwermütiger Gesichtsausdruck ließ sich dabei wahlweise als hochkonzentriert oder zutiefst gelangweilt deuten. Die Juroren im Studio bemerkten schnell sein brachliegendes Potenzial: »Seine Haltung ist falsch, seine Füße nach innen gedreht, er hat keine Dynamik, und sein Kopf hängt nach einer Seite. Unter tänzerischen Gesichtspunkten ist an seiner Darbietung alles verkehrt.« Außerdem wiesen sie darauf hin, dass John immer nur dasaß und seine Zeitung *The Guardian* las, während die anderen Teilnehmer pausenlos übten. »Wir hatten noch nie jemanden in der Show, der so weit kam, obwohl er so schlecht war.«

Woche für Woche gaben ihm die immer genervteren Juroren den letzten Platz, der seinen Rauswurf aus der Show bedeutet hätte, wäre er vom Publikum nicht jedes Mal voller Bewunderung und mit überwältigender Mehrheit wiedergewählt worden. »Im Lauf der Zeit zeichnete sich immer deutlicher ab, dass ich gewinnen könnte«, bemerkte Mr. Sergeant. »Das war eine erschreckende Vorstellung für mich.« Seine Wettquote sank auf 10:1.

Als er seinen Rückzug aus dem Wettbewerb verkündete, brandete eine Welle der Empörung über die BBC hinweg. Es gab eine große Pressekonferenz, einen Bericht in den Hauptnachrichten und eine wochenlange Zeitungsdebatte darüber, ob ihn sein vollkommener Mangel an Rhythmus oder Fertigkeiten davon abhalten dürfte, weiter am Wettbewerb teilzunehmen. Wirtschaftsminister Lord Mandelson ließ kurz die Regierungsgeschäfte ruhen, um Partei zu ergreifen: »Er darf sich jetzt nicht beugen. Er ist der John Travolta des Volkes geworden.«

Der Aufruhr bewirkte schließlich, dass Mr. Sergeant

eingeladen wurde, einen letzten Abschiedswalzer zu tanzen, der allen die Show stahl. Er wurde mit stehenden Ovationen bedacht.

Die nächste Staffel brachte seine einzige echte Rivalin, die Abgeordnete Ann Widdecombe. Ein Juror beschrieb sie folgendermaßen: »Sie hat zwei linke Füße, besteht zu zwei Dritteln aus Busen und tanzt wie ein Schlepper, der die königliche Jacht die Themse hinaufzieht.« Ein begeisterter Kritiker schrieb: »Die Produzenten legten ihren Auftritt ganz ans Ende, sodass man gezwungen war, sich alle guten Tänzer wie langweilige Appetithäppchen anzuschauen, bis man endlich zum wundervollen Hauptgang kam.«

Miss Widdecombe erklärte, sie habe »wie Dumbo« fliegen wollen, als sie den Tango tanzte. Sie wurde die erste Teilnehmerin, die in einem Harnisch von der Bühne abheben durfte.

»Ich hatte es sechs Mal abgelehnt, bei *Strictly Come Dancing* mitzumachen, weil ich es mir nicht zutraute«, erzählte sie Reportern. »Dann sah ich John Sergeant. Er brach das Eis.«

Die erfolgloseste politische Eilmeldung

Als 1990 ihre Führungsrolle in der Konservativen Partei in Frage stand, tat die Premierministerin Margaret Thatcher einen sehr charakteristischen Ausspruch: »Ich kämpfe weiter. Ich kämpfe bis zum Sieg.« Das allein wäre für Spezialisten wie uns nicht weiter interessant, wenn BBC Radio 4 den Moment nicht für ein Stück bahnbrechenden Journalismus eingefangen hätte.

Sie nahm als Kandidatin an einer Wahl teil, die erst Minuten vor dem Redaktionsschluss der nächsten Kurznachrichten ausgezählt wurde. In weiser Voraussicht erstellte der Politikkorrespondent zwei Berichte. Einen, der ihren klaren Sieg, und einen, der ihren Rücktritt verkündete.

Dem Sender ist zu danken, dass trotz ihres knappen Sieges der falsche Bericht gesendet wurde. Zwei Tage später jedoch stand eine weitere Wahl an, bei der sie unterlag. Wieder einmal festigte die BBC ihren Ruf, Nachrichten als Erste zu bringen.

Die erfolgloseste Fernsehdokumentation

Im Mai 1994 gab die BBC für ihre angesehene Dokureihe *40 Minuten* eine Dokumentation mit dem Titel »Eine Landhochzeit« in Auftrag. Dafür wurde sechs Monate lang ein glückliches Paar auf dem Land dabei gefilmt, wie es seine Beziehung diskutierte, seine Hoffnungen und Pläne, die Gründe, warum man sich dafür entschieden hatte, im Oktober zu heiraten, seine Einstellung zu Kindern, die ausgefeilten Pläne für den Hochzeitsempfang, die Auswahl der Gäste, die Wichtigkeit gemeinsamer Entscheidungen, die Frage des passenden Blumenschmucks und wie beide darauf hofften, ihre Karriere als weltreisende Violinistin mit seinen Interessen als Fischer unter einen Hut zu bekommen.

Man hatte schon dreißig Stunden sendefähiges Material im Kasten, als die Hochzeit abgeblasen und die Verlobung aufgelöst wurde. Nun änderten die Produzenten den Titel in »Ein Jahr auf dem Land«. Das umfangreiche Material war gerade neu geschnitten worden, und alle machten sich große Hoffnungen, als die Sendereihe *40 Minuten* eingestellt wurde. In einer Welt, in der die Macht der Medien überhandnimmt und wir in der Informationsflut unterzugehen drohen, taten sie das einzig Richtige und verzichteten auf eine Ausstrahlung der Dokumentation.

Die erfolgloseste Morgenandacht

Der erfahrene Rundfunkprediger Rabbi Lionel Blue hatte seine Sternstunde in der BBC-Sendung »Thought for the Day«, der täglichen Morgenandacht im Radio. Er war live auf Sendung, blätterte die erste Seite des Textes seiner erbaulichen Ansprache um und musste feststellen, dass er nicht die zweite Seite mitgebracht hatte, wie kleinere Geister es vielleicht getan hätten, sondern ein Duplikat der ersten.

Der Maestro nutzte seine Chance und elektrisierte sein Publikum. Er stotterte und »äh«-te, stockte, räusperte und verhedderte sich in höchster Übertragungsqualität. »Ich habe es verpatzt«, meinte er später. »Ich dachte nur: ›Gott sei Dank, dass ich nach Kanada reise.‹«

Als er nach ein paar Wochen zurückkehrte, wartete der größte Postsack mit den begeistertsten Leserzuschriften auf ihn, die er jemals bekommen hatte.

Die schlimmste Fernsehüberraschung

Der verstorbene, großartige Fernsehmann Eamonn Andrews wurde vor allem durch die von ihm ins Leben gerufene TV-Serie *Das ist Ihr Leben* bekannt. Das Konzept sah vor, jede Woche eine andere berühmte Person damit zu überraschen, dass unerwartet Mr. Andrews mit einem großen roten Buch auftauchte, in dem die Geschichte ihres Lebens aufgezeichnet war. Dann wurde die Berühmtheit ins Studio gezerrt, um dort alle ihre Verwandten und lange verloren geglaubten Freunde zu treffen – mochte sie nun wollen oder nicht.

1972 sollte in einer Folge der Komiker Charlie Williams vorgestellt werden, der zu dieser Zeit in einem Theater in Batley auftrat. Mr. Andrews sollte am Ende des Auftritts mit dem großen roten Buch auf die Bühne kommen. Weil er in jenen Tagen einen sehr großen Bekanntheitsgrad hatte, musste sich Mr. Andrews versteckt halten, um die Überraschung nicht zu ruinieren. Er versteckte sich also draußen am Bühneneingang in einer schmalen Nische hinter einer rostigen Blechwand, die zwischen zwei Holzpfähle genagelt war.

Dann kam ein Mann heraus und begann endlos durch einen Spalt am unteren Ende des Bleches zu urinieren. Alles ergoss sich über Mr. Andrews Füße, füllte seine Schuhe und durchnässte seine Socken.

»Es schien sehr lange zu dauern, bis der Mann endlich fertig war«, erinnert sich der Produzent der Sendung. Der berühmte Showmaster konnte sich weder rühren noch etwas sagen, sonst wäre der Überraschungseffekt dahin gewesen.

Der Mann hatte sich gerade erst vollständig erleichtert, als jemand flüsterte, dass der Auftritt gleich zu Ende sein würde. Der Produzent sagte, er könne im Leben nicht vergessen, wie Mr. Andrews Schuhe schmatzten, als er die Bühne überquerte, und auch nicht, wie ungewöhnlich groß die Überraschung des Opfers war.

Der schlimmste Oscar-Triumph

1983 gewann Zbigniew Rybczyński einen Oscar für den besten animierten Kurzfilm. Aber die Freude währte nicht lang. Es fing schon damit an, dass Kristy McNichol, die ihn als Sieger präsentieren sollte, seinen Namen falsch aussprach, als sie ihn auf die Bühne bat. Wie es weitergehen würde, zeichnete sich ab, als seine Dankesrede vom Orchester abgeschnitten wurde.

Er entwischte dann kurz nach draußen, um eine Zigarette zu rauchen, aber der Mann von der Security wollte ihn nicht wieder hineinlassen. Weil er einen schönen polnischen Akzent hatte und des Englischen nicht sehr mächtig war, vermutete der Wächter, er habe es mit einem Betrunkenen zu tun. »Ich habe Oscar! Ich habe Oscar!«, schrie Mr. Rybczyński, wurde aber trotzdem gegen die Wand gedrückt. Er nutzte zwar die Gunst der Stunde und wehrte sich, wurde aber schließlich doch abgeführt und konnte sich die restliche Nacht über in einer Zelle entspannen, bis sich alles aufgeklärt hatte.

Die erfolgloseste höchste Geheimhaltungsstufe

Als der Falklandkrieg im Mai 1982 eine kritische Phase erreichte, bereiteten britische Truppen unter strenger Geheimhaltung einen Angriff auf Goose Green vor. Im Schutz der Dunkelheit errichtete ein Fallschirmjägerregiment dort ein Feldlager und lag in Wartestellung.

Da gelang es dem BBC World Service, den Gegner vollkommen zu überraschen, als er die genauen Standorte aller britischen Truppen sendete – zum Beispiel auch auf die Falklandinseln. »Ich konnte es einfach nicht glauben«, sagte Captain Malcolm Worsley-Tonks. »Ich dachte nur: ›So etwas kann einfach nicht passieren. So wahnsinnig kann doch niemand sein.‹« Die Argentinier hörten die Sendung auch, kamen zu demselben Schluss und hielten das Ganze für einen Trick. Im Krieg stirbt die Wahrheit als Erste, doch in diesem Fall war es glücklicherweise einmal anders.

Die erfolgloseste Frühstücksradiosendung

Frühmorgens ist das Radio voller smarter und munterer Discjockeys, deren irritierende Aufgekratztheit alles nur noch schlimmer macht. In einem seltenen und wunderbaren Akt der Rücksichtnahme auf seine Hörer gelang dem Moderator des Frühstücksprogramms von Sunderland Radio eine neue Bestleistung, als er während seiner Sendung für dreißig Minuten einschlief. Oh welch Frieden. Oh welch Ruhe. Plötzlich war Zeit zu planen, nachzudenken und die Gedanken zu sammeln. Um 7.30 Uhr wurde er von seinem Boss geweckt.

»Gerade saß ich noch da und ging die Liste der Werbespots durch – und im nächsten Moment brüllte er mich plötzlich an, dass ich aufwachen sollte«, berichtete der Sprecher. Zum Leidwesen der Einwohner Sunderlands wurde dann dieser innovative und humane DJ durch eine eher gewöhnliche, lärmende Kreatur ersetzt.

Der Preis für John Motsons Lebenswerk

Es hat schon viele Fußballkommentatoren gegeben, die perfekt den Erwartungen entsprachen, aber nur John Motson hat es gewagt, die Möglichkeiten auszuloten, die der Surrealismus bietet. Wie alle surrealistischen Kunstwerke ist auch sein Werk von Elementen der Überraschung durchsetzt, von unerwarteten Gegenüberstellungen und Gedankensprüngen, mit denen er die Herzen aller Fußballfans gewinnen konnte.

1. »Für die Zuschauer mit Schwarz-Weiß-Fernseher: Die Spurs spielen heute ganz in Gelb.«
2. »Es ist gewissermaßen eine Ein-Mann-Show … außer, dass zwei Männer, Hartson und Berkovic, mitspielen und auch noch ein dritter: der Torwart.«
3. »Nur noch eine Minute Nachspielzeit. Sie können also schon mal die Eier aufsetzen.«
4. »Bruce hat den Geschmack von Wembley in der Nase.«
5. »Was für ein Moment für ein Tor … in der siebenundzwanzigsten Minute.«
6. »Die Tore trugen entscheidend zum Ausgang des Spiels bei.«

7. »Halten Sie Ihre Becher und Gläser fest … und jetzt können Sie sie zerschlagen. David Beckham hat ein Tor geschossen.«

Der am wenigsten überzeugende geistlich-moralische Führungsanspruch

Im Januar 1997 kam bei einer Umfrage heraus, dass zwei Drittel aller befragten Vikare der englischen Staatskirche die Zehn Gebote nicht aufzählen konnten. Die Zeitung *Independent* verurteilte dies Versagen nachdrücklich und listete zur Belehrung der Kirchendiener alle Zehn Gebote auf. Zwei davon waren leider falsch, und das dritte Gebot fehlte völlig (»Gedenke des Sabbats: Halte ihn heilig!«) Dafür wurde ein ganz neues, sehr wichtiges Gebot eingeführt: »Du sollst nicht begehren deines Nachbarn Haus.« Man könnte das als rechtzeitige Reaktion auf das zurzeit anziehende Interesse an Immobilienpreisen verstehen.

Der erfolgloseste Start eines neuen Fernsehsenders

Um die Wartezeit bis zum Start ihres neuen Sciencefiction-Kanals zu überbrücken, beschloss im Jahr 1994 eine Kabel-TV-Gesellschaft in Columbia, South Carolina, eine Kamera auf ein Aquarium zu richten und einfach vierzehn Stunden am Tag ein paar hübsche exotische Fische ihre Kreise ziehen zu lassen. So würde man auf dem Kanal wenigstens irgendetwas haben, das den leeren Raum füllte, während die Kreativen den eigentlichen Sendebeginn vorbereiteten.

Irgendwann war es dann so weit, und der neue Kanal ging mit viel Tamtam auf Sendung. Danach verzeichnete die Firma eine Flut von wütenden Anrufen, in denen sich die Zuschauer beschwerten, dass das neue Programm lange nicht so interessant sei wie die Fische: Sie wollten sich erkundigen, wann diese zurückkämen. Man gab dem öffentlichen Druck nach und verlegte das Aquarium auf einen anderen Kanal, wo es noch immer und unter großem Zuspruch der Öffentlichkeit vierzehn Stunden täglich gesendet wird.

Die erfolgloseste Markenkampagne

Eine große Markenkampagne von Saatchi & Saatchi, Neuseeland, war »Unser Auckland – großes A«. Die Idee war, den Bürgerstolz in jener schönen Stadt zu fördern, indem man die Einwohner dazu anhielt, einander mit einem Handzeichen in Form eines »A« zu grüßen, das man bilden kann, wenn man Daumen und Finger beider Hände aneinanderlegt.

Im März 2001 wurde die Kampagne nach Protesten des neuseeländischen Gehörlosenverbandes und verschiedener Frauengruppen eingestellt. Denn das Zeichen war nicht nur das international gültige Zeichen für »Vagina«, sondern auch dem Symbol der Zeichensprache für »Aids« sehr ähnlich.

Die langweiligste Live-Übertragung

Die TV-Premiere von *Police Action Live* versprach »eine außergewöhnliche zweistündige Sendung, die die Polizei bei ihrer Arbeit zeigt«. Das Konzept sah vor, an einem Novemberabend im Jahr 1995 in Echtzeit abwechselnd alle Ereignisse zu zeigen, die sich bei einer Streife der Sittenpolizei in Manchester, einer Fußstreife in Northumbrien, bei einer Polizistin in der Notrufannahme bei Scotland Yard und in den Zellen der Polizeistation Charing Cross zutragen würden.

»In den nächsten zwei Stunden«, versprach der Moderator Dermot Murnaghan, »werden Sie Polizeiarbeit erleben, wie Sie sie noch nie zuvor sehen konnten.«

120 Minuten lang passierte überhaupt nichts.

Nachdem er erklärt hatte, dass man für die Sendung sogar Satellitenschaltungen nutzen würde, sagte Mr. Murnaghan, er werde jetzt kreuz und quer durchs Land schalten. Er fand die Sittenstreife in Manchester, die durch verlassene Nebenstraßen kurvte, ohne dass sich irgendwo etwas Unsittliches zutrug. Die Polizistin Doreen Davis im »Einsatzwagen« am Trafalgar Square hing im Stau fest und war wegen der Polizeisirene nicht zu verstehen. In Newcastle kamen zwei Ordnungshüter auf Streife lautstärkemäßig nicht gegen ein paar Betrunkene an, die in die Kamera brüllten.

Selbst als die Polizei endlich einen einzigen, einsamen Betrunkenen verhaftete, durften die Kameras aus rechtlichen Gründen sein Gesicht nicht zeigen und verweilten deshalb auf seinem Hosenboden, während der Offizier vom Dienst den Papierkram erledigte. Nach 58 Minuten war die einzige Polizeiaktion, die gezeigt worden war, ein Verkehrspolizist gewesen, der Autofahrern den Tipp gab, Mitglied im Automobilclub zu werden.

»Okay«, sagte Mr. Murnaghan, »wir schalten jetzt nach Hampshire, wo unsere Verkehrspolizisten mit Vollgas jemanden verfolgen.« »Ja, Dermot«, antwortete der Reporter vor Ort. »Eine Verfolgungsjagd ist es eigentlich nicht.« Man war unterwegs, um sich an einer Ecke auf die Lauer zu legen, wo man ein verdächtiges Fahrzeug aus Wiltshire kontrollieren wollte. Leider fuhr es dort nicht vorbei.

Das erfolgloseste Live-Interview im Radio

Am 11. Dezember 2010 rief BBC Radio 4 bei Michael Crockart, einem frischgebackenen Regierungsmitglied, an. Sie hätten in sieben Minuten etwas Redezeit für ihn in der Nachrichtensendung *World at One*. Ob er bereit wäre, seine Meinung zur Erhöhung der Studiengebühren zu äußern? Leider hatten die Radioleute die falsche Nummer in ihrem Adressverzeichnis. Deshalb bekamen sie Paul Leatherbarrow ans andere Ende der Leitung, einen siebenundzwanzigjährigen Bauarbeiter, der auf der Baustelle gerade seine Teepause machte. »Als sie mich fragten, ob ich bereit wäre, ins Radio zu kommen, habe ich Ja gesagt.«

An den unerschrockenen Versuch, sich bei einer breiteren Öffentlichkeit über das Radio Gehör zu verschaffen, erinnert sich Mr. Leatherbarrow folgendermaßen: »Wir waren zu zwölft im Aufenthaltsraum auf der Baustelle. Ich ging nach draußen, und meine Kumpel haben das Radio eingeschaltet. Man sagte mir, ich sollte in der Leitung bleiben, bis mich der Moderator direkt ansprechen würde. Als ich dann antwortete, schlugen meine Kumpels gegen das Fenster und sagten: ›Das bist du! Das bist du!‹«

Der Interviewer, James Naughtie, kam gleich auf den Punkt: »Werden Sie wegen dieser Sache zurücktreten?«

Mr. Leatherbarrow machte keinen Hehl daraus, dass er in der Tat im Begriff sei zurückzutreten.

Mr. Naughtie hakte nach: »Bedeutet das, Sie würden sich dagegen aussprechen, fühlen sich dazu aber nicht berechtigt und ziehen in diesem Fall Ihren Rücktritt vor?«

Mr. Leatherbarrow antwortete: »Wenn man mich in die Ecke treibt – ja. Ich meine, das Hauptproblem – und zwar von Anfang an – waren doch die Streusalzbehälter.« An dieser Stelle erörterte er das sehr wichtige Problem der fehlenden Streusalzbehälter bei winterlichen Straßenverhältnissen. Dieses Thema wird in städtischen Regionen nur selten in der gebotenen Ausführlichkeit im Radio behandelt, es brannte seinen Kameraden im Aufenthaltsraum aber gerade sehr unter den Nägeln. Dann schaltete die Leitung plötzlich stumm. »Ich glaube, wir haben Michael Crockart aus der Leitung verloren«, kommentierte Mr. Naughtie. »Deshalb schalte ich jetzt weiter zu unserem politischen Korrespondenten Iain Watson, der sich gerade im Parlamentsgebäude in Westminster aufhält.« Sie analysierten das Interview und erkannten »deutliche Anzeichen größer werdender Risse« in der Partei.

Später am Nachmittag meldete der Londoner *Evening*

Standard: »Nick Clegg, der stellvertretende Premierminister, wurde heute von einer ausgewachsenen Regierungskrise über Studiengebühren erschüttert, als einer seiner liberaldemokratischen Parlamentsabgeordneten lieber zurücktreten wollte, als gegen seine Überzeugung zu handeln.«

»Ein Rücktritt wird vermutlich die einzige Option sein«, erklärte Mr. Leatherbarrow, dessen Meinung sich im Laufe des Nachmittags noch verfestigt hatte. »So viele haben sich damit abgefunden, auf das Kommando anderer Leute von links nach rechts und von oben nach unten zu schwenken. So kann es nicht weitergehen.«

Es war nicht das erste Mal gewesen, dass sich jemand bei ihm gemeldet hatte, der ihn mit dem Abgeordneten verwechselte. »Vor ein paar Wochen rief jemand bei mir für Mr. Crockart an, erzählte mir, dass die Verabredung zum Abendessen bestätigt worden sei, und fragte mich, ob ich auch Schwein essen würde.« Mr. Leatherbarrow antwortete, Schwein sei in Ordnung, solange es nur gut durchgebraten sei.

9
THE SHOW MUST GO ON

»Mein Ansehen wächst mit jedem Fehlschlag.«
George Bernard Shaw

Das erfolgloseste Bühnenbild

Niemals zuvor wurden die Möglichkeiten einer abschüssigen Bühne innovativer erkundet als 1979 beim Opernfestival von Wexford in einer gefeierten Aufführung von Spotinis Oper *La Vestale*, deren Schauplatz ein Tempel jungfräulicher Vestalinnen war. Man hatte es riskiert, den Boden mit Resopal auszukleiden, das nicht nur wie Marmor aussah, sondern zusätzlich den Vorteil hatte, äußerst rutschig zu sein. Der Plan war, den Bühnenboden mit Zitronensaft zu behandeln, damit die Füße der Darsteller am Boden hafteten.

Die Legende von Wexford besagt, dass sich eine Putzfrau vom Zustand des Bodens in ihrer Berufsehre so sehr herausgefordert fühlte, dass sie einen ganzen Nachmittag damit verbrachte, ihn zu reinigen und zu polieren. So trug sie maßgeblich zur einfallsreichsten und völlig entfesselten Choreografie des Jahrhunderts bei.

Der Vorhang hob sich. Mit großer Geste betrat der römische General Licinio die Bühne, fiel flach auf den Rücken und schlitterte abwärts zu den unteren Scheinwerfern. Dabei sang er ununterbrochen weiter und stand wieder auf. Nach mehreren beherzten Versuchen, ans obere Ende der Bühne zurückzugelangen, entschied er, zu bleiben, wo er war, wobei er zweifellos auch einkalkulierte, dass ihm der nächste Darsteller, sein Freund Cinna, schon bald dort unten Gesellschaft leisten würde.

Auf trat Cinna, der mit rudernden Armen die Bühne

hinuntersauste und mit großem Tempo in seinen Kumpel krachte. Das Libretto sieht vor, dass »beide sich zu einem freundschaftlichen Gruß umarmen«, was sie auch hinreichend taten, als sie einander umschlangen, während sie in Richtung Orchestergraben trudelten.

Nachdem sie der Katastrophe in letzter Sekunde entkommen waren, arbeiteten sie sich behutsam am Rand der Bühne entlang – dem Opernkritiker Bernard Levin zufolge »wie zwei Bergsteiger, die einen Weg am Rand eines unüberbrückbaren Abgrunds suchen«. Er verfolgte das Bühnengeschehen mit wachsender Begeisterung.

Das Paar sang noch immer und hielt einander mit festem Griff, als es sich entschloss, den Aufstieg zu einem Pfeiler mit der heiligen Flamme der Vestalinnen zu wagen, der sich etwa einen Meter höher befand und fest in den Bühnenboden eingelassen war.

An diesem Punkt verbesserte sich die Gesamtlage spürbar durch den Einzug des Chores. Die Chorsänger ergaben sich ganz ihrer Rolle und entschieden ebenfalls, den sicheren Pfeiler anzusteuern, an dem nun allmählich ein ziemliches Gedränge herrschte. Glücklicherweise entschloss sich der Chor aus Zenturionen, Gladiatoren und Vestalinnen jetzt dazu, nach Levins Worten »eine Menschenkette gegenseitiger Hilfe« zu bilden, die vom Pfeiler ausgehend über die ganze Bühne reichte und in der sich jeder an seinen Nächsten hielt, bis alle ihren Platz gefunden hatten. Das Publikum war von dieser Darbietung so ergriffen, dass bei einigen schon Tränen flossen und andere schwer nach Luft schnappen mussten.

Mit makellosem Improvisationstalent schlitterte sogar Priesterin Giulia, die Hauptdarstellerin, ins Ensemble hinunter und schleuderte die Schuhe von den Füßen, musste aber feststellen, dass ihre Lage davon auch nicht besser wurde. Danach opferte sie sogar noch ihre Strumpfhose.

Der Akt endet mit »ausgedehnten Triumphtänzen«, die wohl auf ewig unvergessen bleiben werden.

Der erfolgloseste Souffleur

Als Sprössling einer Schauspielerfamilie hatte Jason Connery das Glück, schon jung in den Genuss unschätzbarer Ratschläge zum Schauspielerhandwerk zu kommen. Seine Mutter, die Schauspielerin Diane Cilento, hatte ihm die Wichtigkeit dramatischer Pausen eingeschärft, mit denen er seiner Bühnenpersönlichkeit mehr Raum zur Entfaltung verschaffen konnte. Bei seiner denkwürdigen Darstellung im Stück *Die Pilgerreise zur seligen Ewigkeit*, einer Produktion des Schultheatervereins von Gordonstoun, setzte er diesen Rat meisterlich um.

Er hatte seinen Auftritt als Dämon Apollyon. Sein Leib war mit Fischschuppen bedeckt, und er war herrlich wutentbrannt. Er bediente sich also seiner Kunstpausen, um die dramatische Wirkung zu erhöhen, nur dass diesmal bei jeder Pause der Souffleur einsprang und ihm die nächste Textzeile zurief. Der Dämon wurde davon immer wütender. Irgendwann reichte es ihm, und er zog dem Souffleur eine über. Daraufhin verlor dieser das Gleichgewicht, kippte von seinem Hocker und ließ das Textbuch fallen.

Der herausragende Schauspieler hatte gerade erst wieder seine Position eingenommen und noch ein bisschen dämonisch geheult, als er plötzlich einen Hänger im Text hatte. Der Souffleur, der mit dem geschlossenen Textbuch auf dem Boden saß, konnte die Zeile nicht finden. Das gelungene Resultat war eine perfekte Pause, ausgedehnt, bedeutsam, nachhallend und lang genug, um selbst seine Mutter zufriedenzustellen.

Das unpassendste Musical

Das Musical *The Fields of Ambrosia*, das im Februar 1996 in London Premiere hatte, wurde von Kritikern als »hirnrissig«, »zum Scheitern verurteilt« und »Triumph der Geschmacklosigkeit« bezeichnet. Es war so besonders, dass seine Produzenten anboten, den Besuchern das Eintrittsgeld zurückzugeben, falls sie schon nach dem ersten Akt gehen wollten. Tatsächlich nahm jedoch niemand das Angebot an, weil alle vom großartigen Finale gehört hatten, in dem, nach zahlreichen anderen Bühnentoten, schließlich auch die Hauptperson – ein Scharfrichter – an seinen eigenen elektrischen Stuhl geschnallt wird. Während er singt: »Macht mir einen schönen Abschied, der die Party in Schwung bringt«, entschwebt er in Begleitung seiner erst kürzlich per Stromschlag hingerichteten Freundin himmelwärts. Dabei sind beide in Ballkleider gewandet.

»Ich war zwei Mal da«, erzählte Dave aus Hornchurch den Zeitungsreportern. »So etwas Schlechtes habe ich noch nie gesehen. Ich habe allen meinen Freunden erzählt, dass sie sich das anschauen sollen. Haben Sie das Ende gesehen? Es ist einfach umwerfend.«

Das Musical hatten ein »junger, schlafloser Komponist« namens Martin Silvestri und der Schauspieler und Librettist Joel Higgins geschrieben, die zu Recht der Meinung waren, dass die Geschichte eines Scharfrichters, der mit seinem mobilen elektrischen Stuhl durch die Südstaaten Amerikas reist, einen sehr guten Stoff für ein Musical abgeben würde.

»Eben warst du noch hier. Jetzt bist du schon weg. Alles nur wegen des gemütlichen Stuhls, auf dem du sitzt« – so lautete nur eine von vielen verstörenden Liedzeilen.

Da war es kein Wunder, dass sich genügend Unterstützer fanden, die ihr Geld bereitwillig in eine Produktion dieses Kalibers steckten. Nach »Probeaufführungen in verschiedenen Hotels« erfolgte die Premiere schließlich am Aldwych Theatre im Londoner Westend, wo an Bühnenstars kein Mangel herrscht. Kritiker waren besonders von einer Szene beeindruckt, in der der Chor der Knastvögel von den Gefängniswärtern mit wild fuchtelnden Schlagstöcken belästigt wurde.

Das erfolgloseste Konzert

Händels *Feuerwerksmusik*, die im Jahr 1749 vom britischen König in Auftrag gegeben worden war, übertraf bei ihrer Erstaufführung alle Erwartungen. Für das Spektakel hatte man Künstler und Feuerwerker aus ganz Europa verpflichtet. Der oberste Bühnenbildner der Pariser Oper war damit beauftragt worden, im Londoner Green Park einen gewaltigen dorischen Tempel zu errichten, in dem die Aufführung stattfinden sollte. Das 125 Meter lange Gebäude mit Treppen, Säulen und

Durchgängen war mit einhundert Kanonen versehen, es gab ein Flachrelief von König George II. und einen sechzig Meter hohen Mast, an dessen Spitze eine allegorische Darstellung der Sonne prangte.

Die Aussicht auf ein Feuerwerk hatte eine große Menschenmenge angezogen, und sie wurde nicht enttäuscht. Die Feuerwerkskörper entfachten Brände an mehreren Stellen im Park, der Tempel brannte nieder, und die Organisatoren gingen mit Degen aufeinander los. Händel bemerkte hinterher, dass man »Kreativität besser meiden sollte«.

Der unbefriedigendste Zirkus

Bewunderer schwärmen noch immer in höchsten Tönen von »Bob's Circus« aus den 1950er-Jahren. In einem Artikel schrieb das Magazin *Legenden des Mittleren Westens* unter der Überschrift »Der schlechteste Zirkus aller Zeiten«: »Nie zuvor tingelte ein schlechterer Zirkus von Kleinstadt zu Kleinstadt. Ein streifenloses Zebra entpuppte sich als großer Hund, und die Löwenbändiger waren in Wahrheit Kinder in einem Käfig mit Hauskatzen, die durch die Kinder größer wirken sollten.«

All das verblasst jedoch im Vergleich mit einem Tourneezirkus, der im Januar 2011 mit einer »Neujahrsshow« in der weißrussischen Stadt Witebsk gastierte.

Schon die ganze Woche vor der Vorstellung hatten Plakate »Jongleure, Zwerge, Fantasy-Helden und exotische Tiere« versprochen. Von Schwarzbären war da die Rede, die zusammen mit Krokodilen, Affen und echten Orcs auftreten sollten.

Die Lokalpresse wies zwar darauf hin, dass Orcs erfundene Riesenkobolde seien, aber das konnte nicht verhindern, dass Tausende von Tickets verkauft wurden.

Bei der ersten und einzigen Vorstellung am 2. Januar gab es keine Schwarzbären, nur ein einziges exotisches Tier, einen kompletten Mangel an Zwergen und keinen einzigen Orc. Die Artisten fielen ständig von ihren Fahrrädern, und die Jongleure ließen alles fallen. »Es gab ein paar Pudel und ein Krokodil«, berichtete Igor Kalmuk, der zu den Zuschauern gehörte.

Es wurde der erste Zirkus seit Beginn der Geschichtsschreibung, zu dessen Vorstellung die Zuschauer die Polizei riefen und einen Alkoholtest für die Artisten verlangten. »Wie sollte man sich sonst erklären, dass jemand in zwei Minuten dreimal von seinem Rad fällt?«, fragte ein Zuschauer die *Komsomolskaya Prawda*.

Während des denkwürdigen Finales erschien die Polizei und ließ die Künstler in die Tüte blasen. Wie sich herausstellte, waren alle nüchtern.

Hinterher ging Mr. Kalmuk persönlich zur Zirkusdirektorin. Sie sagte, die Tiere seien »vom Zoll« aufgehalten worden und die Orcs befänden sich »vor den Toren Moskaus«.

Ein Sprecher der weißrussischen Polizei erklärte, es werde bereits ermittelt, ob eine – und falls ja, welche – Straftat vorliege.

Der schlechteste Beitrag beim Eurovision Song Contest

Norwegen ist der unangefochtene Spitzenreiter beim Eurovision Song Contest. Es hat bisher nicht nur stattliche zehn Mal teilgenommen – was einen Rekord darstellt –, sondern auch einen Grand Slam von vier Mal null Punkten in Folge geschafft. Dennoch waren es nicht zwangsläufig diese vollblütigen Eurovisionäre, denen die am längsten in Erinnerung gebliebene individuelle Darbietung gelungen ist.

Die spektakulärste Null, die in der ganzen Wettbewerbsgeschichte jemals erzielt wurde, ist den Briten und ihrem Beitrag »Cry Baby« aus dem Jahr 2003 zu verdanken. In seinem Werk »Null Punkte« – einem Buch, in dem allen Null-Punktern des Wettbewerbs gehuldigt wird – beschreibt Autor Tim Moore den Titel als »den schlimmsten Krach, der in der 47-jährigen Geschichte des Eurovision Song Contest jemals auf der Bühne zu hören war«.

Sogar das Buch *Der Eurovision Song Contest – Die offizielle Geschichte* verzeichnet den Song der Briten als den »bisher erfolglosesten Beitrag in der Geschichte des Wettbewerbs« – nicht zuletzt deshalb, weil die Briten die Ersten waren, die null Punkte aus der auf sechsundzwanzig Teilnehmer erweiterten Runde erhielten.

Das Liverpooler Pop-Duo Jemini legte eine Spitzenperformance hin. Sie zappelten mit bemerkenswerter Hingabe, und ihren einzigartigen Sound beschrieben Musikkritiker wohlwollend als »weit neben jeglicher Tonart«.

Dies wurde später darauf zurückgeführt, dass sie aufgrund technischer Probleme beim Singen ihre eigene Tonspur nicht richtig hören konnten. Nach ihrem Triumph sagte Chris Comby, der eine der beiden: »Es war eine der besten Shows, die wir jemals abgeliefert haben. So etwas schafft man nur einmal im Leben.«

Das Musical, das endete, bevor es begann

Die legendäre Musicalversion von *Frühstück bei Tiffany* aus dem Jahr 1966 darf als einzigartig gelten, weil sie schon vor der Premiere eingestellt wurde. Der Produzent wollte Kritik und Publikum nicht einem entsetzlich langweiligen Abend aussetzen.

Das Spannende an dieser Darbietung war, dass sie nie richtig Gestalt annahm. Viel zu viele Dinge nehmen irgendwann Gestalt an, hier jedoch haben wir es mit einer Ausnahme zu tun. Wie kam es dazu?

Der wichtigste Geniestreich war es, aus der Hauptfigur Holly Golightly, die in Truman Capotes Novelle ein promiskuitiver Wildfang ist, zuerst eine sanftmütige Jungfrau und danach eine trinkfeste Prostituierte zu machen.

Bis zu dem Moment, als der Librettist muntere Songs für ein hinterhältiges, intrigantes Luder schrieb, hatte Holly das Privatleben einer Nonne geführt. Die Rolle war mit Mary Tyler Moore besetzt, einer Schauspielerin, die als süß-charmante Idealgattin die Herzen der Fernsehzuschauer erobert hatte. Unter den Songs, die sie jetzt zu singen hatte, waren Titel wie das schlüpfrige Lied »Brave Mädchen kommen in den Himmel, böse Mädchen überall hin« oder der Song »Verdammt«.

Der Regisseur verbrachte unterdessen viele Stunden beim Zahnarzt mit größeren Zahnoperationen und konnte nicht sprechen, um alles wieder hinzubiegen.

Es gab keinen zweiten Akt, und so wurde das Stück erst während der Proben entwickelt. Irgendwann warf man das Ganze über den Haufen und beschloss, alles noch einmal neu zu schreiben. Aus Holly wurde jetzt eine waschechte Hure, und die Kritiker waren schon von der Vorstellung entsetzt, Mary Tyler Moore nun wie einen wütenden Hafenarbeiter fluchen zu hören.

Nachdem er zwei Regisseure und zwei Librettisten gefeuert und das Original-Skript verworfen hatte, gab der Produzent David Merrick eine Neufassung beim Bühnenautor Edward Albee in Auftrag.

»Sie hatten ein völlig risikoloses, mittelmäßiges, normales und nach meiner Auffassung absolut langweiliges Musical daraus gemacht, das vermutlich ein Jahr lang am Broadway gelaufen wäre«, meinte Mr. Albee. »Ich habe es geschafft, es so katastrophal zu machen, dass es nie zur Aufführung kam.«

Der Regisseur war über das neue Skript so verärgert, dass er kündigte. So etwas sei keine Show, wie er sie sich vorstelle. Mittlerweile hielt Mr. Albee auch nicht mehr viel von seinem Werk und fing noch einmal von vorne an.

Nach diversen Änderungen, zu denen auch einige Traumsequenzen gehörten, hatte sich das Stück in ein anspruchsvolles Musikdrama verwandelt. Am Anfang gab es ein bitteres Selbstgespräch der Mag Wildwood, welches damit endete, dass sie ausgestreckt auf der Bühne lag und schluchzte.

Die Vorstellung sollte geschlagene vier Stunden dauern. Nach vier Generalproben sah der Produzent ein, dass es nicht besser werden konnte, und zog bedauerlicherweise die Notbremse.

Die schlechteste Aufführung von *Schneewittchen und die sieben Zwerge*

Als es 2004 wegen seines Weihnachtsmärchens *Schneewittchen und die sieben Zwerge* zahllose Beschwerden gegeben hatte, legte das Theater der Altmark in Stendal, Deutschland, Wert auf die Feststellung, dass es sich wegen Budgetkürzungen nur vier Zwerge leisten könne.

Susanne Kreuzer, die Pressesprecherin des Theaters, erklärte: »Wir sind nur eine kleine Theatertruppe, deshalb haben wir hinten an der Wand zwei Puppen in Zwergenkostümen befestigt. Der Schauspieler, der den Prinzen spielt, geht manchmal auf die Knie und schließt sich den Zwergen hinten an, aber er kann das nur tun, wenn er gerade nicht mit seiner eigenen Rolle beschäftigt ist.«

Auf die Frage von Kindern, warum manchmal nur sechs Zwerge auf der Bühne zu sehen seien, antwortete die erfindungsreiche Frau Kreuzer: »Der siebte steckt noch unten in der Mine, weil er Überstunden machen muss.«

Die erfolgloseste Kinderfilmvorführung

Eine Kinderfilmvorstellung, die samstagmorgens im Connaught Theatre in Worthing stattfinden sollte, endete im März 1998 mit einem Tumult. Es stellte sich heraus, dass der Filmvorführer nicht etwa den Film »The Rainbow« mit Bob Hoskins gezeigt hatte, der von vier Kindern und einem Hund handelt, die zum magischen Regenbogen reisen, sondern stattdessen den Film »The Rainbow« von Ken Russell nach einer erotischen Novelle von D. H. Lawrence.

»Die ersten zehn Minuten waren noch in Ordnung, aber dann haben sie angefangen zu fluchen und sich auszuziehen«, berichtete Michelle Provette, die ihren Sohn Jamie und neun seiner Freunde zur Feier seines siebten Geburtstags dazu eingeladen hatte. Und dies war nur eine von drei Geburtstagsgesellschaften im Publikum, die sich alle auf Bob Hoskins und den Hund gefreut hatten.

»Was wir zu sehen bekamen, verschlug mir die Sprache«, sagte Mrs. Provette und zählte »lesbische Liebe, Flüche und völlige Nacktheit in Frontalansicht« auf. Schon bald stürmte eine Abordnung erboster Eltern ins Foyer und umzingelte den Leiter des Kinos.

»Irgendwann stand einer der Väter im Kino auf, klatschte in die Hände und schlug vor, dass jetzt alle gehen sollten.«

Das erfolgloseste Filmpremierenspektakel

Als der Walt-Disney-Film »Pinocchio« 1940 in New York Premiere haben sollte, wollte das Studio etwas ganz Besonderes bieten. Man engagierte elf Zwerge, die im Pinocchio-Kostüm den ganzen Tag auf dem Vordach des Kinos herumspringen und einherstolzieren sollten. Um die Darsteller anzustacheln, wurde ihnen mittags Alkohol ausgeschenkt, und um drei Uhr nachmittags waren dann alle elf Zwerge auf dem Dach: betrunken, nackt, rülpsend und kartenspielend. Die Polizei kam mit Leitern, steckte sie in Kopfkissenbezüge und nahm sie in Gewahrsam. Damals wusste man noch, wie man einen gelungenen Filmstart hinlegt.

HOMMAGE AN ED WOOD

»Lerne, schlechte Filme zu betrachten.
Manchmal sind sie großartig.«
Ado Kyrou, Der Surrealismus im Kino

Der schlechteste Filmregisseur

Ed Wood kann auf unserem Gebiet als einer der Besten aller Zeiten und als wahres Genie gelten. So viele Filmregisseure werden von göttlicher Unzufriedenheit geplagt, was alle Beteiligten zur Verzweiflung treiben kann. Ed Wood hingegen war mit allem, was er tat, vollkommen zufrieden. Es ist so wichtig, mit seiner Arbeit glücklich zu sein, und ganz gleich, wie viele Textzeilen durcheinandergerieten oder wie viele Requisiten umfielen: Um eine Wiederholung der Szene bat er fast nie.

Ed Wood war ein Transvestit mit einem Angora-Fetisch, und er schaffte es, in der gleichen Zeit, in der die meisten anderen Regisseure eine einzige Filmszene angehen, dreißig Szenen abzudrehen. Nie sagte er den Schauspielern, was sie tun sollten, und nie besprach er mit ihnen die Motive der dargestellten Figuren. Das lag einerseits daran, dass er keine Ahnung hatte, um welche Motive es gehen könnte, andererseits hatte er aber auch viel zu viel damit zu tun, herumzulaufen und »Mehr Rauch, mehr Rauch!« zu brüllen. Von den Schauspielern erwartete er nur, dass sie ihren Text aufsagten, weshalb sich in deren Gesichtern immer eine herrliche Leere abzeichnete, sobald jemand anders sprach.

Dieser hervorragende Künstler hatte einen gottgegebenen Mangel an Selbsterkenntnis, der die Grundlage für alles andere war. Seine einzigartige Arbeitsmethode bestand darin, neu gedrehte Filmszenen mit Archivmaterial zusammenzuschneiden, das nichts mit der Story zu tun hatte. In »*Glen oder Glenda*« von 1953, seinem bahnbrechenden Film über das Crossdressing, erklärt der Held, der von Mr. Wood persönlich dargestellt wird, seiner Partnerin Barbara, warum ihr Angorapullover immer wieder verschwindet. Der Regisseur nutzt diesen Moment, um Archivmaterial einer Büffel-Stampede dazwischenzuschneiden. Darüber eingeblendet ist Bela Lugosi, der in einem Lehnstuhl sitzt und einen Puppenspieler darstellt, der die gesamte Menschheit an seinen Strippen tanzen lässt. Er ruft: »Zieht die Fäden! Zieht die Fäden! Es ist ein Fehler passiert. Eine Geschichte muss erzählt werden.«

Er war der erste Filmregisseur, der symbolhaft Gegenstände anstelle teurer Spezialeffekte einsetzte, die er sich gern geleistet hätte. So wurde aus einem Vergrößerungsapparat für Fotos eine atomare Todesstrahlmaschine, und der allgegenwärtige Duschvorhang musste für alles Mögliche von einer rührigen Polizeiwache bis hin zu einem Flugzeugcockpit herhalten.

Seinen Ruf verdankt der Regisseur sechs Filmen. »Nacht der Ghouls« (1959) ist ein Horrorfilm, der erfreulich horrorfrei daherkommt. Stumme Schauspieler betrachten ausdruckslos eine Trompete, die – an sichtbaren Fäden aufgehängt – an ihnen vorbeischwebt, während ein grimassierender Mann mit Tropenhelm in Zeitlupe spricht. Im Streifen »Die Rache des Würgers« (1955) spielt Bela Lugosi einen durchgedrehten Arzt, der sich in einen Atom-Supermann verwandelt. Er kann Polizistenkugeln allein durch Grimassen abwehren und kämpft mit einem schlaffen Gummi-Oktopus, den man aus den Republic-Studios gestohlen hatte.

Um Werke dieses Kalibers hervorzubringen, versammelte Mr. Wood einen prachtvollen Hofstaat um sich, aus dem sich seine Schauspielertruppe rekrutierte. Da war Tor Johnson, ein 200-Kilo-Wrestler, der regelmäßig Mr. Woods Toilettensitz zerbrach und später als Latex-Halloweenmaske berühmt wurde. Ihm zur Seite stand die großartige Vampira, Gastgeberin einer TV-Horrorshow, die sich wie eine Addams-Family-Domina-Nixe kleidete. Zur Truppe gehörte auch Criswell, ein extravagant irrender Hellseher, der sich selbst spielte (siehe Kapitel 10).

Auf den Spuren Brechts und als Vorläufer Jean-Luc Godards erklärt uns Wood: »Es ist nur ein Film und nicht das richtige Leben.« Unter Nichtbeachtung sämtlicher Konventionen der klassischen Erzählweisen triumphierte er über alle Hindernisse, seinen eigenen Mangel an konventioneller Begabung eingeschlossen. In der 1996er-Ausgabe des Buchs »Kultstreifen und Trashfilme« heißt es über Mr. Woods »Plan 9 aus dem Weltall« (1959): »Dieser Film wurde berühmt, weil er so schlecht ist, und entzieht sich damit jeglicher Kritik.«

Für eine Würdigung von Mr. Woods Schaffen als Drehbuchautor sei das nächste Kapitel empfohlen.

Als wahrer Renaissance-Mensch spielte Ed Wood auch selbst in den Filmen mit, in denen er Regie führte. Und in weiser Voraussicht verfasste er auch die Drehbücher. Sein ganzes Leben lang sprudelten unlogische Worte und wundersame Bilder nur so aus ihm heraus. »Eddie war immer mit so viel Ernst bei der Sache, wenn er schrieb«, wusste seine Frau Kathy zu berichten. »Nur kam es leider nie so heraus.« Er betätigte sich in den unterschiedlichsten Genres, und in allem, was er schrieb, kam mindestens eine Person vor, die seinen Angora-Fetisch mit ihm teilte.

Eine BBC2-Dokumentation, die sein Leben und Werk würdigte und den Titel »Look back in Angora«* trug, kam zu der Schlussfolgerung, dass Mr. Woods frei assoziierte Dialoge wie Erpresserbriefe wirkten, zusammengeklebt aus Wörtern, die willkürlich aus einer koreanischen Elektroartikel-Gebrauchsanweisung ausgeschnitten worden waren.

Zu seinen besten Zeilen gehören:

»Er ist so sanftmütig wie eine Küche.«

»Ich schätze, ich habe alles gesehen, was ein Polizist nur sehen kann. Trotzdem frage ich mich, ob das Lernen jemals aufhört. Begreifen zu lernen, was wir sehen. Zu verstehen versuchen … äh … (Pause) wie wir mehr Gewicht in die Prävention legen können.«

* *Blick zurück in Angora*, A. d. Ü.

»Niemand will einen Mann tanzen sehen.«

»Man macht Fehler, aber die Gedanken im Kopf eines Mannes sind kein Fehler.«

Plastischer Chirurg: »Plastische Chirurgie wirkt auf mich manchmal … *(Pause)* sehr, sehr kompliziert.«

»Ich bräuchte euch nur mit dem Finger zu berühren, und es würde für euch alle das Ende bedeuten.«

»Erst heute Nachmittag hatten wir morgens eine längere Unterhaltung.«

»Die Welt ist ein seltsamer Ort. All diese Autos, alle fahren sie irgendwohin, und in jedem Auto sitzen Menschen, die ihr Leben aussitzen.«

Ed Woods Begabung war aber auch für Dialoge gut:

»Dies ist das zwanzigste Jahrhundert.«

»Darauf würde ich mich nicht verlassen.«

Der schlechteste Film

Bei den Golden Turkey Awards 1978 bekam er den Publikumspreis für den schlechtesten Film aller Zeiten, und er siegte 1980 beim New Yorker Festival der schlechtesten Filme: Ed Woods *Plan 9 aus dem Weltall* ist auch nach einem halben Jahrhundert noch konkurrenzlos. Als man graduierten Filmstudenten die Aufgabe stellte, Unstimmigkeiten in seinem einzigartigen Film aufzuspüren, entdeckten sie 82. Der Film lässt es einfach an nichts fehlen und hat sogar einen Star, der nach den ersten paar abgedrehten Filmszenen das Zeitliche segnete.

Außerirdische aus einer fernen Galaxie versuchen die Erdenmenschen vor sich selbst zu retten, indem sie drei Tote wiederbeleben: einen alten Mann mit einem Cape, der aussieht wie Graf Dracula, ohne es jedoch zu sein, seine unfassbar glamouröse junge Frau und einen Polizeidetektiv, der zu schwer ist, um aus seinem eigenen Grab zu klettern. Ein ehemaliger Marineflieger boxt den friedliebenden Anführer der Aliens, und eine fliegende Untertasse explodiert. Das ist der Filminhalt in kurzen Worten, aber es gibt noch so viel mehr zu sehen. Nie wurde schierer Unglaube länger auf die Probe gestellt.

Für andere Regisseure hätte der Tod des Hauptdarstellers Bela Lugosi ein kaum zu bewältigendes Hindernis bedeutet, aber Mr. Wood war erfindungsreich wie immer. Er vollbrachte die Meisterleistung, den Schauspieler durch den Chiropraktiker seiner Frau zu ersetzen, der sich unablässig das Cape vors Gesicht hielt. Und obwohl der Chiropraktiker nicht die geringste Ähnlichkeit mit Lugosi aufwies und deutlich größer war, meinte seine Frau, dass beide »auffallende Ohren« hätten.

Mr. Wood schrieb das Drehbuch und brachte dann die Erste Baptistenkirche von Beverly Hills dazu, die Produktion zu finanzieren. Sie erklärte sich unter der Bedingung zur Förderung bereit, dass sich Ed Wood und alle seine Schauspieler in weiße Roben gehüllt in einem Swimmingpool taufen ließen.

Das Vergnügen an dieser Produktion der Superlative rührt daher, dass sie eine epische Erzählung mit den Vorteilen einer ehrgeizigen Billigproduktion kombiniert. Die Aliens hatten bei ihren Auftritten reichlich Pomade im Haar, sprachen mit einem Oxford-Akzent und trugen Seidenpyjamas. Die fliegenden Untertassen kamen unübersehbar aus dem Spielzeugladen und schaukelten mit selbstbewusster Autorität an noch deutlicher erkennbaren Fäden.

10

GLAUBENS- UND HERZENSANGELEGENHEITEN

Die Suche nach dem Seelenheil

Ein Sektenführer nach unserem Geschmack

Die erfolgloseste Predigt

Der schlechteste Missionar

Der schlechteste Hellseher

Das erfolgloseste Streben nach spiritueller Perfektion

Das erfolgloseste Feng-Shui-Gutachten

Das schlechtest verkaufte Buch

Die erfolgloseste Vorhersage

Der falschest adressierte Brief

Wahre Liebe

Der erfolgloseste Weihnachtsmann

Der erfolgloseste Versuch, den eigenen Gemahl zu ermorden

Das erfolgloseste Hochzeitsgeschenk

Die produktivsten Scheidungen

Die erfolgloseste romantische Geste

Der erfolgloseste Selbstmordpakt

Der größte Fauxpas

Die erfolgloseste Schiedsrichterleistung

»Meine Unzulänglichkeiten und Rückschläge sind ebenso ein Segen Gottes wie meine Erfolge.«

Mahatma Ghandi

DIE SUCHE NACH DEM SEELENHEIL

Ein Sektenführer nach unserem Geschmack

Ein Sektenführer höchster Weihen ist Hon-Ming Chen, der seinen Anhängern erzählte, Gott würde am 25. März 1998 um eine Minute nach Mitternacht in einem Einkaufssender in Dallas erscheinen.

Bei dieser göttlichen Sendung würde Gott seine Absicht verkünden, am nächsten Dienstag um zehn Uhr vormittags in den Garten von Mr. Chens Haus in der Ridgedale Avenue in Garland, Texas, herabzusteigen, wo bereits ein Schrein aus fünf Gürtelreifen, etwas Sperrholz und mehreren Laternenpfählen fertiggestellt worden war.

Voller Vertrauen auf ihren Propheten stellten sich 150 zumeist taiwanesisch-texanische Mitglieder der Göttlicher-Erlöser-Kirche, die man an ihren einheitlich weißen Cowboyhüten gut erkennen konnte, am Haus ihres Anführers ein, um dort gemeinsam die bedeutsame Sendung zu sehen. Das Einzige, was sie empfingen, war jedoch das statische Rauschen, das beginnt, sobald der Sender die Übertragung beendet.

Als Gott auch am folgenden Dienstag nicht erschien oder wie versprochen durch Wände lief, gab ein herrlich zerknirschter Mr. Chen eine Pressekonferenz, in der er seine eigenen Prophezeiungen für Unsinn erklärte und jedermann den Rat gab, künftig nichts mehr zu glauben, was er sagte. Dann gewährte er den anwesenden Reportern ein Zeitfenster von zehn Minuten, in dem sie die Möglichkeit hätten, ihn zu steinigen oder zu kreuzigen.

Als niemand die angebotene Gelegenheit ergriff, reiste er in einem gemieteten Minivan an den Ontariosee, wo Gott ihn beim Weltuntergang gemeinsam mit seinen Anhängern in einer fliegenden Untertasse abholen würde.

Trotz dieser Rückschläge erklärten mehrere Kirchenmitglieder, dass sie sich den Lehren Mr. Chens noch immer sehr verbunden fühlten. Er ist unter anderem der Überzeugung, dass Gott bereits auf die Welt zurückgekehrt sei, und zwar in Gestalt eines 1,80 Meter großen und 28 Jahre alten Kanadiers, der eine verblüffende Ähnlichkeit mit Abraham Lincoln aufweist und zurzeit in Vancouver lebt.

Die erfolgloseste Predigt

Draußen donnerte es gewaltig, als Reverend Don Hardman, ein Reiseprediger, im Juli 2003 in der Baptistenkirche in Forest, Hardin County, Ohio, sein Wort an die versammelte Gemeinde richtete. Das Thema seiner Predigt lautete: »Gott spricht durch den Donner.« Also richtete er seine Augen gen Himmel, sagte ein paar Worte über Buße und bat dann Gott um ein Zeichen.

Einen Moment später schlug ein Blitz in den Kirchturm ein, zerstörte die Verstärkeranlage und setzte die Kirche in Brand, wobei ein Schaden von geschätzten 20 000 Dollar entstand. »Er bat um ein Zeichen, und er bekam es«, bemerkte ein Schäfchen aus seiner Herde.

Der schlechteste Missionar

Während seiner dreißigjährigen Missionarstätigkeit in Afrika gelang es dem Forscher David Livingstone nur bei einer einzigen Person, sie zum Christentum zu bekehren – einem Mann, den er später exkommunizierte, als der mit ihm brach und seine eigene Kirche gründete.

König Sechele vom Stamm der BaKwêna zu bekehren war eine großartige Leistung, zog aber gewisse Probleme nach sich. Zum einen verlor dieser nach seiner Taufe sofort seine Fähigkeiten als Regenmacher, was eine Dürre zur Folge hatte. Zum anderen war er nicht ganz damit einverstanden, alle seine Ehefrauen aufzugeben, um dem Ideal der Monogamie zu folgen, dessen Sinn sich ihm nie ganz erschlossen hatte.

Als der König wieder damit begann, »seine Frauen zu erkennen«, ging ein zufriedener Seufzer durch die BaKwêna, aber Livingstone wurde wütend, packte seine Sachen und zog ab. Nie wieder würde er auf seinen Reisen durch Afrika jemanden zum rechten Glauben zu bekehren versuchen. Kaum war der König exkommuniziert, gründete er auch schon seine eigene Kirche, in der robustes Christentum mit einem angemessenen Verständnis für Polygamie und regentechnischen Beschwörungen einherging. Nicht lange danach hatte die Dürre ein Ende.

Der schlechteste Hellseher

Der »Erstaunliche Criswell« war ein amerikanischer Hellseher, der für seine krassen Fehlprophezeiungen bekannt war. Als Jeron Criswell King geboren, fing er bescheiden an und prophezeite in den 1960er-Jahren, dass ein Ausbruch von Kannibalismus Pittsburgh in Schrecken versetzen würde. So kam er langsam in Fahrt. Er sagte voraus, dass London am 18. Oktober 1988 von einem Meteor vollständig vernichtet werden würde. Ein Strahl aus dem Weltraum sollte Denver treffen, alles Metall in Gummi verwandeln und schreckliche Unfälle in Freizeitparks verursachen. Er behauptete, der erste interplanetare Kongress würde am 10. März 1990 im neuen Messezentrum von Las Vegas unter Beteiligung von Persönlichkeiten vom Mars, der Venus, dem Neptun und dem Mond stattfinden. »Gouverneur Sawyer wird die Eröffnungsrede halten«, verkündete Criswell, der sich immer noch in der Aufwärmphase befand.

Seine Vorhersagen wurden natürlich in ganz Amerika verbreitet, und er bekam sogar seine eigene Fernsehshow, »Criswell prophezeit«, in der er in extravaganter Aufmachung mit Spirallocken und Pailletten-Smoking auftrat. Außerdem besaß er einen Sarg, in dem er zu schlafen behauptete.

An sein Publikum wandte er sich mit gruseliger Stentorstimme: »Sie interessieren sich für das Unbekannte, das Geheimnisvolle, das Unerklärliche«, begrüßte er es. »Deshalb sind Sie hier.«

Zu seinen geheimnisvollsten und unerklärlichsten Vorhersagen gehörte eine, in der er ankündigte, dass alle Frauen in allen größeren amerikanischen Städten ihre Haare verlieren würden, woraufhin das Kriegsrecht über ganze Landstriche verhängt und viele Frisöre ermordet werden würden.

Seine populärste Prophezeiung sah voraus, dass die Vereinigten Staaten von Amerika von der Wolke eines liebestoll machenden Dufts aufgemischt werden würden, den ein Wissenschaftler versehentlich bei Forschungen für ein neues Desinfektionsspray entwickeln würde. Von ungezügelter Leidenschaft geflutet würde Amerika seine Grenzen schließen müssen, um Menschen an der Einreise zu hindern. »Ich sage voraus, dass viele Führer aus dem Ausland Vorwände erfinden werden, um in sogenannter diplomatischer Mission die USA zu besuchen, wobei sie sich unvorstellbar schockierend benehmen werden.« Insbesondere ein bestimmter spanischer Diplomat würde mit Schimpf und Schande nach Hause geschickt werden.

Neben seiner Fernsehtätigkeit war er auch der persönliche Hellseher von Mae West und prophezeite, dass sie die erste Präsidentin der USA werden würde. Danach reisten sie, Criswell selbst und George Liberace, der Bruder des Showpianisten, mit einer Rakete zum Mond.

In seinem Privatleben war er mit der ehemaligen Bartänzerin Halo Meadows verheiratet, die ein Nachbar als »ziemlich verrückt« beschreibt. Mrs. Criswell besaß einen riesigen Großpudel namens Buttercup, den sie mit großer Überzeugung für die Reinkarnation ihres Cousins Thomas hielt.

Auf seine Vorhersagen angesprochen, antwortete Criswell einmal: »Ich weiß nicht genau, was sie bedeuten, aber sie basieren alle auf unterbewussten Einsichten.« Er erklärte außerdem: »Ich bin nicht gerade extrovertiert, aber gegen Kritik jeglicher Art bin ich einfach immun.« Bis zum heutigen Tag verkauft eine Firma in den USA Kühlschrankmagneten, Slips und andere unverzichtbare Accessoires, die mit seinem unsterblichen Standardsatz »Ich sehe alles« bedruckt sind.

Das erfolgloseste Streben nach spiritueller Perfektion

Im August 2006 erkannte Jim Nelson, dass nun für ihn die Zeit gekommen war, »durch Fasten ein perfekter Mensch« zu werden. Zu diesem Zweck gab er seinen Job im Hotelgewerbe auf und zog in einen Wald am Rand des Dorfes Whistler in Nord-Vancouver. Dreißig Tage hatte er schon gefastet, als er beschloss, nun sechzig Tage anzugehen, um ein noch perfekterer Mensch zu werden.

Seine Fastenzeit endete am 19. Dezember. An diesem Tag ging er ins Dorf, warf einen großen Stein durch das Fenster eines Apartments in einem Luxus-Golfresort, brach ein, plünderte den Kühlschrank, stopfte sich zunächst mit Chili, Weichkäse und Tortillas voll und riss dann Weihnachtsgeschenke auf in der Hoffnung, auf Schokolade zu stoßen. Schließlich fiel sein Körper in eine Schockstarre, und er sank bewusstlos auf den Küchenfußboden, wo ihn der Hausherr Stunden später inmitten zerrissenen Geschenkpapiers fand.

»Mein inneres Tier hatte mich in seiner Gewalt«, rechtfertigte er sich.

Das erfolgloseste Feng-Shui-Gutachten

Die Kaufverträge für ein Vier-Zimmer-Landhaus in East Morton, West Yorkshire, waren gerade unterschriftsreif, als die Kaufinteressenten einen Rückzieher machten. Sie hatten ein Feng-Shui-Gutachten erstellen lassen, das zu ihrem Schrecken behauptete, ein Kauf würde ihnen Unglück bringen. In dem Gutachten stand, dass das Haus nicht nur auf einer geopathischen Spannungslinie läge, sondern auch noch vom »negativen Chi der Vorbesitzer« beeinträchtigt würde, armen Mühlenarbeitern, die dort harte Zeiten durchgemacht hatten. Es kam sogar noch schlimmer, denn die Steinmauer der Hausfront »blockiert das Chi«, und eine Kraftlinie verursache »schlechtes Chi, das sich besonders bei der älteren Tochter bemerkbar machen könne«.

So kauften stattdessen Andrew Snape und seine Freundin Claire Shuttleworth das Landhaus. Kurz nach ihrem Einzug gewannen sie 100 Britische Pfund in der Lotterie, Ms. Shuttleworth fand einen neuen Job, Mr. Snape wurde befördert, und der Marktwert des Hauses stieg über Nacht um 20000 Britische Pfund.

»Wir hatten eine richtige Glückssträhne«, sagte Mr. Snape.

Das schlechtest verkaufte Buch

In Erwartung einer gewaltigen Publikumsnachfrage stellte der britische Verlag Pavilion Books anlässlich des britischen Papstbesuchs Johannes Pauls II. 1982 ein Buch zusammen. Unter dem Titel *Die Papstvisite. Das offizielle*

Souvenir bot dieses Buch alles, einschließlich eines Autors, der zuvor einen Erfolg mit seiner Biografie über Percy Thrower, den ersten TV-Gärtner, gelandet hatte.

Das Buch war prachtvoll bebildert, mit lächelnden Nonnen, winkenden Kindern und so vielen Kardinälen, dass es selbst den glühendsten Anhänger zufriedenstellen würde. Es gab vier große Fotos, wie der Pontifex maximus Landebahnen küsste, eine Luftaufnahme seiner Ansprache vor 25 000 Polen im Stadion von Crystal Palace und das kleine Foto eines älteren Mannes aus Oldham, der ein Banner mit der Aufschrift »Ich möchte ihn anfassen« hochhielt.

Mit berechtigtem Stolz verkündete Russell Ash, einer der Verlagsleiter von Pavilion Books: »Ich möchte dieses Buch gern als das schlechtest verkaufte Buch aller Zeiten anpreisen. Etwa hunderttausend Exemplare wurden mit dem päpstlichen Tross im ganzen Land herumkutschiert. Verkauft haben wir sechs.«

Die erfolgloseste Vorhersage

Im Jahr 1997 machte *Old Moore's Almanack* eine erschütternde Vorhersage. In düsteren Tönen verkündete er, dass sich Prince Charles im kommenden Jahr scheiden lassen würde. »Es gibt eine Konstellation in den Sternbildern, die diese Entwicklung ankündigt.«

Tatsächlich hatte sich Prince Charles unter gewaltigem Medienecho bereits 1996, ein Jahr zuvor, scheiden lassen. »Es war einfach ein altmodischer Patzer«, erklärte Barry Belasco, der Herausgeber des *Almanack*. »Astrologie ist keine exakte Wissenschaft.«

Der falschest adressierte Brief

Der falschest adressierte Brief, der jemals erfolgreich zugestellt wurde, erreichte im Mai 1994 aus Uganda kommend Reverend Ian Gooding aus Stanton-by-Dale in Derbyshire. Das besondere Dokument war adressiert an: »Der Rev Tan Eb-Godding-Same, Stanton-by Dale, Bekesntonica, Mederibys Do 74 Qam, Tel76Keston1/286823/8324884, United Kingdom.«

WAHRE LIEBE

»Ich halte es ehrlich für besser, bei etwas zu scheitern, was man liebt, als Erfolg bei etwas zu haben, was man hasst.«
George Burns

Der erfolgloseste Weihnachtsmann

Im Dezember 1997 kletterte ein zweijähriger Junge in einem Einkaufszentrum in Brooklyn einem Weihnachtsmann auf den Schoß und sagte: »Der Weihnachtsmann ist Daddy.« Daraufhin überreichte die Mutter des Jungen, die eben diesen Daddy seit dem Sommer gesucht hatte, vor den Augen etlicher ernsthaft erstaunter Elfen die Papiere für den Kindesunterhalt. Papa Weihnachtsmann ergriff die Flucht, doch später konnte sie ihn überrumpeln und trieb ihn in seiner Höhle in die Enge. Schließlich wurde er gezwungen, die Papiere entgegenzunehmen. »Er hat sie sich in den Sack gesteckt«, erklärte seine Ehefrau.

Der erfolgloseste Versuch, den eigenen Gemahl zu ermorden

Mit der Hilfe ihres Geliebten Donald unternahm Frances Toto sieben Versuche, sich ihres Ehemanns Tony zu entledigen. Ohne dass er auch nur einmal bemerkt hätte, dass es da ein Problem gab. Beim ersten Versuch im Jahr 1982 legte sich Donald mit einer .38er auf die Lauer, aber Tony verdarb alles, weil er aus einer unerwarteten Richtung auftauchte.

Für den zweiten Versuch beauftragten sie einen vierzehnjährigen Jungen, der einen Stolperdraht über die Treppe vor Tonys Haustür spannen und sich dann mit einem Baseballschläger im Gebüsch verstecken sollte. Tony stolperte tatsächlich über den Draht, nahm aber an, es handele sich um einen Schabernack und lachte fröhlich, während der Junge in Panik geriet und flüchtete. Als Nächstes versuchte Donald, Tonys Auto in die Luft zu sprengen. »Hat ebenfalls nicht geklappt«, gab er resigniert zu.

Dann wurde ein Freund namens Anthony engagiert, der sich im Schlafzimmer versteckte und auf Tony schoss. Am nächsten Morgen wachte Tony auf und klagte darüber, dass er unter dem Wetter litte. Er wollte wissen, was los war. Frances machte ihm weis, er hätte eine Erkältung. Sie schickte ihn wieder ins Bett und verabreichte ihm Hühnersuppe, die sie mit einer Überdosis Beruhigungsmittel gewürzt hatte.

Jetzt machten sie wirklich ernst. Frances, Donald und Anthony beschlossen, zwei Killer namens Ronald und Donald anzuheuern. Einem zuvor ausgeheckten Plan folgend legte sich dieser zweite Donald, mit einem Baseballschläger bewaffnet, vor der Schlafzimmertür auf die Lauer, während Ronald hineinging und Tony in die Brust schoss. Sie kehrten ins Wohnzimmer zurück und diskutierten gerade mit Frances über ihr Honorar, als Tony hereinspazierte und darum bat, unter vier Augen mit seiner Frau sprechen zu können. Es gäbe da einige Dinge, die ihn allmählich beunruhigten.

Frances besänftigte ihn jedoch und wiederholte, seine Erkältung wäre wirklich sehr, sehr schlimm. Sie unternahm den siebten und letzten Versuch, verabreichte ihm noch mehr Hühnersuppe mit Beruhigungsmitteln, ohne jedoch zu durchschauen, dass diese Drogen die inneren Blutungen stoppten und Tony so am Leben erhielten.

Zwei Polizisten belauschen Ronald und Donald II, als die beiden in einer Bar über ihren Job an diesem Nachmittag plauderten. Sie rasten in einem Streifenwagen zu Tony, um nachzusehen. Tony weigerte sich, es zu glauben, als sie ihm erzählten, dass auf ihn geschossen worden war.

»Wir lieben uns immer noch«, sagte Tony, als er, nach Frances´ Entlassung aus dem Gefängnis, wieder glücklich mit ihr vereint war. »Ich verstehe nicht, warum die Menschen sich wegen solch alberner Dinge einfach trennen.«

Das erfolgloseste Hochzeitsgeschenk

Peter Gillings aus Mellis in Suffolk wollte seine Braut beeindrucken und beschloss, ihr das ultimative Hochzeitsgeschenk zu überreichen: all die Dinge, die ihm nach ihr am wichtigsten auf der Welt waren.

Also schenkte er ihr im März 1994, fast platzend vor Aufregung, ein Bomber-Cockpit, die Nase eines Jaguar-Jets, das Rad einer Fliegenden Festung, Teile eines Bombenschachts, zwei Blindgänger von Sidewinder-Raketen sowie eine Sammlung unschätzbar wertvoller alter Flügelteile. Um zu zeigen, dass weder seine Liebe noch seine Großzügigkeit eine Grenze kannten, legte er auch gleich noch ein drei Meter großes Modell eines Trident-Raketensprengkopfs hinzu, etliche alte Militäruniformen, Schwerter, Dolche, Bajonette, Helme, Gewehre und eine Auswahl von Handfeuerwaffen aus seiner eigenen, geliebten, persönlichen Sammlung, die zusammenzutragen ein Lebenswerk gewesen war.

Dieser Mann ist einer der letzten großen Romantiker, und die Reaktion seiner Frau war, ehrlich gesagt, erstaunlich. Statt über diese wundervollen Geschenke extrem begeistert zu sein, verlangte Mrs. Gillings augenblicklich die Scheidung. »Ich war stinksauer«, erklärte sie später. »Ich habe nur eine kleine Wohnung, und ich will nicht, dass sie sich in einen Schrottplatz verwandelt. Entweder verschwindet dieser Müll oder ich.«

Die produktivsten Scheidungen

In der westlichen Welt steht Glynn »Scotty« Wolfe konkurrenzlos da. Der baptistische Geistliche und frühere Eheberater wurde insgesamt achtundzwanzig Mal geschieden. »Jeder sollte heiraten. Ich war immer verheiratet«, erklärte Mr. Wolfe, der allerdings nur sechsundzwanzig Schwiegermütter hat, weil er zwei seiner Frauen zweimal heiratete.

Er ließ sich von seiner Gemahlin Nummer dreiundzwanzig scheiden, weil sie seine Zahnbürste benutzte, und von Nummer sechsundzwanzig, weil sie Sonnenblumenkerne im Bett aß.

1996 heiratete Mr. Wolfe, der für den Fall des Falles

immer ein paar Hochzeitskleider in seiner Garderobe bereithielt, zum neunundzwanzigsten und letzten Mal, und zwar Linda Essex, die am häufigsten geschiedene Frau der Welt. Sie war nur sechsundzwanzig Mal geschieden worden, womit die monogamere Natur der Frau eindeutig bezeugt ist.

Sie wurde als Linda Lou Taylor geboren und bekannt als Mrs. Scott, Mrs. Street, Mrs. Smith, Mrs. Moyer, Mrs. Massey, Mrs. McMillan, Mrs. Beresford, Mrs. Chandler, Mrs. Essex, Mrs. Gourlay, Mrs. Chadwick und Mrs. Stutzman – sowie unter diversen anderen Namen. Sie kam aus Anderson, Indiana, das sich des größten Brockens getrockneter Farbe weltweit rühmt. »Die meisten Jungs aus meiner Nachbarschaft wollten mich heiraten«, sagte sie. Bis zum Jahr 1998 hatten es die meisten auch geschafft.

Sie bekam insgesamt einhunderteinundzwanzig Heiratsanträge, also musste sie wählerisch sein. Unter ihren Ehemännern befanden sich zwei Homosexuelle und ein einäugiger Strafgefangener. Einen Ehemann heiratete sie dreimal, einen anderen dagegen nur für drei Tage. »In manchen Städten, in denen Weltrekordhalter leben, werden entsprechende Schilder am Ortseingang aufgestellt«, sagte Mrs. Wolfe einmal. »Ich hätte nichts dagegen, wenn Anderson auch so ein Schild aufstellen würde.«

Als sie die letzte Mrs. Wolfe wurde, lebte sie in einem Seniorenheim und »betete den ganzen Tag«. Zyniker unterstellten ihr, sie hätte nur wegen einer TV-Dokumentation geheiratet, aber dem widersprach Mrs. Wolfe energisch. »Als ich ihn sah, wusste ich sofort, dass er mir etwas bedeutete.«

Die erfolgloseste romantische Geste

Stephen O'Halloran wollte seine Freundin Leslie Pook beeindrucken und tauchte, vielleicht von der Balkonszene in Romeo und Julia beeinflusst, im März 1990 im Schutz der Dunkelheit vor ihrem Haus in Fleetwood auf. Ausgerüstet mit einer Stange, an der man Wäscheleinen befestigt, und einer Packung von Kentucky Fried Chicken, versuchte er, wie ein Stabhochspringer durch ihr Schlafzimmerfenster zu springen, während sie schlief.

Als sich Mr. O'Halloran mit voller Geschwindigkeit auf Miss Pooks Schlafgemach zubewegte, brach die Stange, und Mr. O'Halloran krachte gegen die Hauswand. Der dumpfe, liebliche Rumms vermochte seine schlafende Geliebte zwar nicht zu wecken, dafür aber ihren Nachbarn, der umgehend die Polizei rief. Als die Beamten eintrafen, fanden sie Mr. O'Halloran vor, der benommen durch den Garten taumelte.

Befragt nach der Rechtmäßigkeit, der Vernünftigkeit und den gesundheitlichen Aspekten seines Unterfangens, wurde Miss Pooks unseliger Bewunderer störrisch. Noch am Tatort wurde er festgenommen und abgeführt. Miss Pook schlief derweil ungestört weiter.

Der erfolgloseste Selbstmordpakt

Zwei siebzehnjährige Polen, Beata und Kamil, wollten heiraten, aber ihre Eltern verboten es ihnen. Ebenfalls vom Vorbild Romeos und Julias inspiriert, gingen sie zu einem Apotheker und verlangten »das stärkste Gift, das es in diesem Laden gibt«.

Der Apotheker roch den Braten und gab ihnen stattdessen ein Abführmittel. Das Gift ans Herz gedrückt, das ihren Bund für alle Ewigkeit besiegeln würde, stiegen sie in einem Hotel ab. Sie ließen sich das billigste Zimmer ohne Bad oder Toilette geben, sperrten die Tür ab, warfen den Schlüssel aus dem Fenster, schluckten die ganze Flasche ihres Gifttranks und legten sich dann eng umschlungen auf das Bett, um in den Armen des anderen das Leben auszuhauchen.

Es dauerte eine Weile, bevor sie es wagten, den Zimmerservice zu rufen. »Das Zimmer musste ausgeräuchert werden«, erklärte der Hotelmanager. »Als das Paar herauskam, erklärte es, sie fänden sich jetzt gegenseitig ziemlich widerlich und die Verlobung wäre aufgelöst.«

Der größte Fauxpas

Im *Guinness-Buch der Rekorde* wird die Sache offiziell als größter Verlobungs-Fauxpas aufgeführt. Und selbst 135 Jahre später erinnert man sich immer noch an dieses Ereignis, das dafür gesorgt hat, dass der Name »Gordon Bennett« sich in der englischen Sprache verewigt hat.

James Gordon Bennett war der Sohn des Begründers des *New York Herald* und verlobte sich im Jahr 1876 mit der wohlhabenden Caroline May, einer Dame der feinen Gesellschaft. Der *Edwardsville Intelligencer* berichtete über die opulenten Vorbereitungen bis hin zu Miss Mays Zwanzigtausend-Dollar-Mitgift, die aus Europa angekommen war.

Von daher war es für viele von größtem Interesse, als Mr. Bennett schließlich auffällig berauscht auf einer

Silvesterparty auftauchte, die der Vater seiner Verlobten gab. Vor den Augen besagter Dame, ihres Vaters und sämtlicher Gäste urinierte unser Held in den Kamin, den er wohl für ein Pissoir hielt. Einigen anders lautenden Berichten zufolge soll es der Klavierflügel gewesen sein. Als wenn das wirklich eine Rolle spielte.

Die Lokalzeitungen verkündeten jedenfalls am nächsten Morgen, dass die Verlobung aufgelöst wäre. Zur Überraschung einiger flüchtete Mister Bennett nach Melton Mowbray, was die Lage möglicherweise besser machte oder auch nicht.

Angesichts unserer fortschrittlichen modernen Standards ist es wahrhaftig außergewöhnlich, dass bisher noch niemand von uns diesen alten Rekord gebrochen hat.

Die erfolgloseste Schiedsrichterleistung

Phil Pawsey leistete seinen einzigartigen Beitrag als Fußballschiedsrichter im Match zwischen Northleach Town und Smith's Athletic in der First Division der Endsleigh Cheltenham League im Januar 1998.

Das Spiel verlief wie jedes andere, bis Mister Pawseys Ehefrau Trish auf das Spielfeld lief und ihn um seinen Hausschlüssel bat, weil sie sich ausgesperrt hatte. Er unterbrach das Spiel, um ihn zu suchen.

Das dauerte so lange, dass es bei seiner Rückkehr zu dunkel war, um die restlichen sechs Minuten zu Ende zu spielen. Er hatte keine andere Wahl, als das Spiel abzubrechen.

11

ARBEITEN MIT TIEREN

»Gute Menschen sind gut, weil sie durch Scheitern
zur Weisheit gelangt sind.«

William Saroyan

Der erfolgloseste Versuch, mit Tieren zu reden

In einem bahnbrechenden Versuch der Kommunikation zwischen Spezies, uhuten sich zwei Nachbarn in South Devon über ein Jahr lang gegenseitig an, weil jeder glaubte, der andere wäre eine Eule.

Neil Simmons war ein gewiefter Ornithologe und hatte die Rufe der gelbbraunen Eulen in einer Eiche am Ende seines Gartens studiert, als er beschloss, mit seinen eigenen Rufen eine Kommunikation mit dem Tier aufzunehmen. Seine Zähigkeit zahlte sich jedoch erst im Jahr 1996 aus, als Fred Cornes in das Haus nebenan einzog.

Dann jedoch stellte sich der Erfolg stante pede ein.

Nahezu zwölf Monate lang schlichen die beiden jede Nacht in den Garten, und jeder einzelne ihrer Rufe wurde mit einer prompten und sehr befriedigenden Antwort belohnt.

Sie würden diese Pionierarbeit wahrscheinlich immer noch leisten, wenn nicht zufällig auch eine Kommunikation zwischen Mrs. Simmons und Mrs. Cornes stattgefunden hätte, in der Erstere Letzterer erzählte, wie aufgeregt ihr Ehemann war, als die Eule antwortete. »Er notiert peinlich genau jeden einzelnen Ruf und versucht, sein eigenes ›Towit-towoh‹ dem der anderen Eule anzupassen«, erklärte sie.

»Komisch …«, erwiderte Mrs. Cornes und machte damit dem Forschungsprojekt ein Ende.

Der erfolgloseste Schäferhund

Im Jahr 1986 beschloss Mandi Brooker aus Johannesburg, dass es keinen Grund gab, warum nur die Landbevölkerung an Prüfungen für Schäferhunde teilnehmen sollte. Sie wollte ein Zeichen für die Städter der ganzen Welt setzen und erwarb einen Bordercollie namens Cindy, den sie selbst in ihrem Heim und Garten am Stadtrand ausbildete.

Sie nahm an einer Prüfung im ländlichen Pietermaritzburg teil, auf der dieser prachtvolle Hund eine Schafherde an der Zielkoppel vorbei vom Feld über das Gelände einer Grundschule in das Gebäude hinein und zwei Treppen hinauf in die Mädchenschlafsäle trieb. An diesem Abend setzte sich der stellvertretende Leiter des Wettbewerbs beim Festbankett neben unsere Schäferin. »Treten Sie …«, er zögerte, »morgen wieder an?«

Dennoch ist das nicht der erfolgloseste Schäferhund aller Zeiten. Im Juli 1991 wurde ein Schäferhund bei der vierzigsten Jahresausstellung der Lanchester Agricultural Society von einer Schafherde vom Feld verjagt.

Die erfolgloseste Rattenbekämpfung

Rentokil wollte unbedingt an die Spitze der Ungezieferund Schädlingsbekämpfung und beschloss in den neunziger Jahren, die modernste Technologie zu testen. Es war ein Ultraschallgerät, dessen Hersteller versprach, dass es die Ratten allein durch die Geräusche vertreiben würde. Die Ratten übertrafen sämtliche Erwartungen, indem sie nicht nur ungeachtet des Geräts ihr Futter verzehrten, sondern auch noch das Plastikgehäuse des Geräts zernagten und die richtungsweisende Apparatur zerstörten. Die Herstellerfirma beschloss daraufhin, Rentokil zu engagieren, um ihre Ultraschallapparaturen mit herkömmlichen Methoden vor Ratten zu schützen.

Die erfolgloseste Entdeckung einer neuen Spezies

Für weltweite, fieberhafte Aufregung sorgte 1995 die Entdeckung einer neuen Säugetierspezies in einem ziemlich isolierten Gebiet von Vietnam. Dieses kleine, rotwildartige Geschöpf wurde als Tuoa bekannt und stammte aus derselben Familie wie das Hausrind. Es wurde von dem vietnamesischen Zweig des WWF als »biologisches Äquivalent der Entdeckung eines neuen Planeten« gefeiert.

Gefunden wurde dieses Tier im Dezember. Im Januar wurde es von Dorfbewohnern verspeist.

Der schlimmste Grand National

Der wahrhaftig größte Fehlstart bei einem Grand National fand im Jahr 1996 statt, als die Pferde einen Fehlstart hinlegten, weil sie losrannten, bevor die Fahne geschwenkt wurde. Sie mussten noch vor der ersten Hürde zurückgerufen werden. Das war jedoch nur ein Aperitif vor einem reichhaltigen Bankett. Denn der zweite Startversuch war ein weit dramatischerer Fehlstart. Als der Offizielle sie erneut zurückrufen wollte, entrollte sich seine Fahne nicht, mit historischen Konsequenzen.

Von den neununddreißig teilnehmenden Pferden beendeten dreißig den gesamten Grand National, während alle auf der Aintree-Bahn ihr Bestes gaben, sie aufzuhalten. Die Zuschauer brüllten, die Trainer gestikulierten, und als Offizielle rote Flaggen schwenken, glaubten die Jockeys, es wären Demonstranten der Tierschutzvereine, die sich zuvor auf die Rennbahn geschmuggelt hätten. In einem kühnen letzten Versuch, das Rennen zu unterbrechen, wurde ein einsamer Kegel vor einem Hindernis aufgestellt. Neun Pferde beendeten das Rennen, bevor es endlich unterbrochen werden konnte. Esha Ness gewann mit der zweitschnellsten Zeit, die je gemessen wurde.

Das ganze wundervolle Ereignis wurde weltweit live übertragen. Katy Chiu hatte das Rennen auf einer gigantischen Leinwand auf der Happy-Valley-Rennbahn in Hongkong verfolgt und sagte hinterher atemlos: »Die Chinesen verstehen nichts davon, Pferde über Hindernisse springen zu lassen. Sie sagen mir, das ist kein Rennen, und ich sage Ihnen, das ist das aufregendste Rennen, das wir jemals gesehen haben.«

Devon Loch: eine Würdigung

Devon Loch gehörte der Königinmutter und war eines der vornehmsten Pferde, das jemals den britischen Pferderennsport zierte. Beim Grand National von 1956 schwang er sich zum berühmtesten Beispiel der bekannten Geschichte auf, wie auch ein Tier in der Lage ist, den sicheren Klauen des Sieges eine Niederlage zu entreißen. Dieses ruhmreiche Ross galoppierte mit fünf Längen Vorsprung vor dem Feld auf die Ziellinie zu und lief nun wirklich ernsthaft Gefahr, nicht nur den Rekord für die schnellste Siegeszeit beim Grand National zu brechen, sondern auch seit fünfundsechzig Jahren das erste siegreiche Pferd des Königshauses zu werden.

Also musste dringend etwas unternommen werden. Vierzig Meter vor der Ziellinie, unmittelbar vor der Königlichen Box und der Königinmutter höchstselbst, führte dieses einfallsreiche Pferd einen höchst wundervollen Sprung aus. Voller Freude und hoffnungsvoller Sehnsucht streckte es die Beine wie eine Gazelle im Flug, schwebte einen Augenblick lang wie Gaze im Frühlingswind, bevor es in einem perfekten Sturz auf dem Boden landete und das Rennen nicht beendete. Reuters meldete, es hätte einen »Bauchklatscher« hingelegt, was nur zeigt, wie wenig Sinn für Poesie eine Nachrichtenagentur besitzt.

Der schlechteste Jockey

Der bedeutendste britische Jockey, Anthony Knott, begann 1980 im Alter von sechzehn Jahren mit Pferderennen und gewann sein erstes Rennen achtundzwanzig Jahre später, mit vierundvierzig. Seine besten Platzierungen bis dahin waren zwei fünfte Plätze. »Ich habe mich immer hingesetzt und mir den Film über Seabiscuit angesehen. So bin ich drangeblieben.«

Mr. Knott hatte schon immer behauptet, dass er zumindest »einen Sieg« in sich hätte. Das bezieht sich auf die bedauernswerte Gelegenheit, als er das 2.30-Rennen in Wincanton am 20. November 2008 gewann, auf *Wise Men Say*. Man muss ihm allerdings zugutehalten, dass er alles Menschenmögliche tat, um auch dieses Rennen zu verlieren. Er stellte sich zum Beispiel in seinen Steigbügeln auf und feierte seinen Sieg, bevor er die Ziellinie überquerte, sodass er im Endspurt fast noch überholt worden wäre.

Er zog sich sofort vom aktiven Pferdesport zurück, wies jedoch die Unterstellung von sich, dass er abträte, solange er noch vorne wäre. »Ich bin nicht vorne«, erklärte er nachdrücklich. »Ich war nie vorne.«

Der erfolgloseste Krankenhausbesuch

Im Juni 2010 wurde Mrs. Connie Everett aus Kitimat, British Columbia, ins Krankenhaus eingeliefert, nachdem sie mit einem Elch zusammengestoßen war, als sie ihre Schwester besuchen wollte, Mrs. Yvonne Studley, die im Krankenhaus lag, nachdem sie mit einem Elch zusammengestoßen war.

Die schlechteste Bärenrettung

Im Februar 1991 rottete sich in Keithville, Louisiana, eine Menschenmenge von etwa fünfzig Leuten zusammen, um zuzusehen, wie ein Tierarzt und ein Wildhüter, die mit Betäubungsgewehren bewaffnet waren, einen Schwarzbär retten wollten, der hoch oben in einer Pinie festsaß. Viele Zuschauer brachten ihre Sandwiches mit, um sich auf eine lange Nacht einzurichten. Polizisten wurden hinzugezogen. Etliche Tierheime für Wildtiere wurden alarmiert, um sich auf das Eintreffen dieses Tieres vorzubereiten. Als es Nacht wurde, baute man Scheinwerfer auf und spannte Netze zwischen den Bäumen, um den Bären aufzufangen.

Zuerst wirkte er ziemlich aktiv, aber die Betäubungspfeile schienen ihn kurz zu beruhigen. Doch zur Bestürzung der Zuschauer geriet er anschließend in heftige Panik und begann wild um sich zu schlagen. Nach acht Stunden gab es nur noch eine Möglichkeit. Man musste den Baum fällen. Kurz vor Sonnenaufgang wurden die Zuschauer Zeuge, wie das Team einen fast vollkommen betäubten, schwarzen Müllbeutel rettete.

Der erfolgloseste Versuch, ein Schwein zu schlachten

Im Januar 1998 brachte Arnoldo Dijulio, ein städtischer Straßenfeger, zwei Tamworth-Schweine, die er im Garten seines Hauses aufgezogen hatte, zu einem Schlachthof in Malmesbury, Wiltshire. Sein Plan war, die Schweine für fünfzig Pfund als von der Hand aufgezogene Nutzschweine zu verkaufen.

Der Plan der Schweine dagegen sah vor, sich unter dem Zaun des Geländes hindurchzugraben, über die Straße zu rennen, durch den Fluss Avon zu schwimmen und sich zu verstecken, wodurch sie zu Nationalhelden wurden und Tierfreunde, militante Vegetarier und die Weltpresse als Verbündete in die Schlacht zogen, um sie vor dem Schlachtbeil zu retten.

Mr. Dijulio erzählte derweil dem Schlachthof, er wäre gleich mit den Schweinen wieder da. Dann verbrachte er die nächsten acht Tage mit der erfolglosen Jagd nach ihnen. Als sich das herumsprach, wuchs ihre Berühmtheit noch. Nach drei Tagen wurden die Schweine von einer kleinen Armee aus Tierpflegern, RSPCA-Offiziellen, Schlachthofangestellten, Polizisten, Spürhunden und Fleet-Street-Reportern verfolgt*. Sie waren jetzt als Butch und Sundance bekannt. Sogar eine verführerische Tamworth-Sau wurde als Köder herumgeführt.

Von Zeit zu Zeit tauchten die Schweine kurz aus dem Untergrund auf, spielten ein bisschen mit ihren Jägern herum und verschwanden wieder. Am vierten Tag wurde Sundance im Garten eines Anwohners entdeckt. Der Polizei gelang es, dieses edle Tier in die Ecke zu treiben, sodass Mr. Dijulio versuchen konnte, es zu fangen. Sundance entkam ins Unterholz.

Der Aufenthaltsort von Butch war unbekannt, obwohl ein ortsansässiger Wahrsager täglich die Polizei anrief, um ihnen zu sagen, er wüsste, wo sie wäre.

Eine ganze Woche nach dem großen Ausbruch wurde Butch von einem hervorragenden Rettungsteam aus *Daily-Mail*-Reportern gefangen und an einen geheimen Ort weit weg von rivalisierenden Zeitungen und Medienorganisationen geschafft.

Sundance, die vermutliche Drahtzieherin, genoss weitere 36 Stunden Freiheit, während Reporter, Fotografen, Tierärzte, Polizei und Mr. Dijulio das Gelände unsicher machten.

Am nächsten Morgen jagten die Polizei und ein RSPCA-Offizieller unter den Augen von sechzig neugierigen Zuschauern das Schwein zwei Stunden lang, bevor sie aufgaben. Am folgenden Tag bedurfte es einer vierundzwanzigstündigen Operation von acht Männern, zwei Hunden und drei Beruhigungspfeilen, um

* RSPCA = Königliche Gesellschaft zur Verhinderung von Grausamkeit gegen Tiere, A. d. Ü.

Sundance in einer Tierarztpraxis hinter Schloss und Riegel zu verfrachten. Der Tierarzt, Francis Baird, legte eine Kette vor die Türen und schloss sie ab. »Ich würde diese Schweine als extrem listig und teuflisch beschreiben«, erklärte Police Constable Roger Bull.

Ganze Scharen von Reportern wurden Zeuge dieses dramatischen Endes. Eine amerikanische Journalistin, Donatella Lorch, sprach für alle ausländischen Korrespondenten, als sie sagte: »Wir sind ausgeflippt, als wir Journalisten gesehen haben, die ganz ernsthaft Live-Berichte über die Schweine mitten in einem Feld brachten.«

Eine britische Firma produzierte Stofftiere nach Vorlage der »Tamworth Two«, als die sie bekannt geworden waren. Ein Film über die flüchtigen Schweine wurde ebenfalls gemacht, aber er war doch recht sensationslüstern und zeigte, wie sie versuchten, ihre spirituelle Heimat Tamworth zu erreichen, während sie von einem bösen Schlachthof-Manager verfolgt wurden.

Konfrontiert mit dem weltweiten Widerspruch gegen seine Schlachtpläne, beschloss Mr. Dijulio, die Schweine an die *Daily Mail* zu verkaufen. »Das Interesse an ihnen überrascht mich«, bemerkte er. Die *Mail* hat bis jetzt für zwölf Jahre ihrer gemütlichen Pension gezahlt. Im fortgeschrittenen Alter von dreizehn Jahren wurde Butch schließlich eingeäschert. Sundance ist mittlerweile vierzehn und lebt immer noch gesund und munter auf der Ashford Rare Breeds Farm in Kent.

Der längste Rindertrieb

Beim längsten Rindertrieb in der Geschichte der Beziehung zwischen Mensch und Rindvieh benötigte Cree Mackenzie zwei Jahre, um neun Kühe in einen Pferch zu bekommen. Es begann 1992, als er seine Rinder zum Grasen nach Little Bernera brachte, einem winzigen Eiland vor der Isle of Lewis auf den Äußeren Hebriden.

Es war das perfekte Arrangement für Mr. Mackenzie und ein Riesenspaß für die Kühe. Aber dann kaufte er einen neuen, wilden Bullen, der sich als Unruhestifter entpuppte. »Er kam aus Oban«, sagte Mr. Mackenzie, was alles erklärte. »Er war eben kein Einheimischer und hatte keine Manieren.« Nach kurzer Zeit hatte er die ganze Herde aufgemischt. »Er provozierte eine Rebellion. Sie wurden alle wild, und keine wollte mehr machen, was man ihr sagte.«

Eines Tages beschloss er, sie für den Viehmarkt zusammenzutreiben. Natürlich würde dem keine Kuh, die noch ganz bei Trost ist, zustimmen, also flippten sie aus, durchbrachen zwei Meter hohe Zäune und trampelten sie nieder.

Zuerst beschäftigte Mr. Mackenzie vierundzwanzig Rindertreiber, um sie zusammenzutreiben, aber davon ließen sich die Kühe nicht beeindrucken. Die Treiber jagten die Tiere über die ganze Insel, aber die Kühe überlisteten sie schließlich, indem sie auf den See hinausschwammen, wo man sie nicht erreichen konnte. Nach mehreren Monaten hatte Mr. Mackenzie es satt, widerspenstige Färsen über die Äußeren Hebriden zu jagen, und gab eine Anzeige auf, in der er Freiwillige suchte, die auf der Insel kampieren und das Vertrauen der Kühe gewinnen sollten. Niemand schien sich für diesen Plan erwärmen zu können.

1993 witterte die Armee die Möglichkeit, eine Herausforderung zu meistern, und bot ihre Hilfe an. »Sie errichteten eine Palisade, befestigten ein Seil an dem Tor und beobachteten die Kühe durch Feldstecher. Die Kühe machten die Palisade platt, sodass sie erneut errichtet werden musste.« Nach zwei Jahren gelang es ihnen schließlich, eine Kuh mit Futter in diesen Pferch zu locken.

Da sahen die anderen acht Kühe ein, dass das Spiel vorbei war und es besser wäre, sich nicht mit dem Militär anzulegen. Und so schwammen sie über das Wasser und ergaben sich.

»Es war eine lange und harte Schinderei«, erklärte Mr. Mackenzie, »aber wenigstens brauchte ich sie zwei Jahre lang nicht zu füttern.«

12
SO IST DAS SPORTLERLEBEN

Untergehen beim Bootsrennen
Letzte Nachrichten aus dem hinteren Feld
Das am wenigsten aufregende Rennen
Die meisten Niederlagen im Boxring
Der schlechteste Golfer
Das gemeinste K. o.
Das längste Cricket-Match ohne einen Run
Der schlimmste Titelkampf im Schwergewicht
Das übelste Match auf der Rugby-Tour
Der unangemessenste Siegesjubel
Das schlechteste Fielding
Das erfolgloseste Rugby-Match
Der schlechteste olympische Schwimmwettkampf
Die schlechtesten Cricket-Schlagmänner
Das schlechteste olympische Bobrennen
Der schlechteste olympische Diskuswerfer
Das schlechteste olympische Skilanglaufrennen

Das schöne Spiel

Das schlechteste Weltmeisterschaftsspiel

Der schnellste Rauswurf eines Fußballmanagers

Der schlechteste Spieler der Premier League

Das erfolgloseste Freundschaftsspiel

Die erfolgloseste Auswechslung

Die erfolgloseste Schweigeminute

Quiz

Die schlechteste Fußballmannschaft Großbritanniens

»Es gibt Niederlagen,
die triumphaler sind als Siege.«
Michel de Montaigne

Untergehen beim Bootsrennen

Es ist lange fünfundachtzig Jahre her, dass 1912 das letzte Mal beide Boote beim faszinierenden Rennen zwischen Oxford und Cambridge untergegangen sind. Viele hatten die Hoffnung bereits aufgegeben, dass dies jemals wieder geschehen könnte. Jahr um Jahr ruderten die Teams von Cambridge und Oxford vorhersehbar die Themse hinauf und hinab, und zwar immer sicher auf der Wasseroberfläche. Dann jedoch wurden sie im Jahr 1997 eingeladen, gegen ein brasilianisches Boot anzutreten, zur ersten internationalen Ruderregatta überhaupt zwischen Oxford und Cambridge, die zudem auf einem Seitenarm des Amazonas ausgetragen wurde.

Wie sich zeigte, haben wir noch viel von dieser lebendigen Kultur zu lernen. Die Oxbridge-Teams pflügten wie der Teufel den Rio Negro hinab, als eine Flotte von besonders ungestümen Zuschauern in die Ruderbahnen segelte, um bessere Sicht zu haben. Sie ignorierten die mahnenden Lautsprecherdurchsagen, und etliche Speedboote, die mit Höchstgeschwindigkeit über den Fluss rauschten, produzierten perfekte Bedingungen für Rennruderer, als sie den Weg der Teams immer wieder kreuzten.

»Wir wurden von einer großen Welle getroffen. Die Sache war vom einen auf den anderen Moment vorbei«, beschrieb Charlie Humphreys die Ereignisse. Er war ein ruhmreiches Mitglied der historischen Oxford-Crew, der es gelang, diesen fünfundachtzig Jahre alten Fluch abzuschütteln, und die zuerst unterging. Cambridge soff fünf Minuten später ab. Verständlicherweise fanden die brasilianischen Zuschauer, die noch nie in ihrem Leben ein englisches Ruderregattarennen gesehen hatten, diese Art von sportiver Unterhaltung einfach fabelhaft und forderten, man sollte dieses Ereignis so bald wie möglich wiederholen.

Anschließend tanzten die Crews von Oxford und Cambridge zur Feier ihres Untergangs einen Samba, wie es nicht anders zu erwarten war.

Letzte Nachrichten aus dem hinteren Feld

Während andere sich vollkommen auf die Führenden eines Formel-1-Rennens konzentrieren, richten sich unsere Blicke naturgemäß auf das andere Ende, wo das Genie regiert, Rekorde im Überfluss aufgestellt werden und wirklich knochenharter Wettbewerb herrscht.

Marco Apicella zum Beispiel darf sich der kürzesten Formel-1-Rennfahrerkarriere der Geschichte rühmen. Er hätte es 1993 fast bis zur ersten Kurve des Italienischen Grand Prix geschafft, als er nach nur achthundert Metern von der Piste flog und beschloss, nie wieder dorthin zurückzukehren. Das Ganze dauerte nur Sekunden.

Al Pease dagegen ist der einzige Formel-1-Pilot, der disqualifiziert wurde, weil er zu langsam war. Er hat an drei kanadischen Grands Prix teilgenommen, wobei sein spektakulärster Auftritt 1967 war. Er beendete ihn dreiundvierzig Runden hinter dem Gewinner, also mehr als die halbe Renndistanz, und kam auf eine Durchschnittsgeschwindigkeit von 71 Kilometern pro Stunde.

Gleich am Anfang hatte er einen Rückstand von sechs Runden, weil sein Wagen nicht anspringen wollte. Nach ein paar Runden fiel der Motor aus, und die Batterie verlor Spannung. Also rannte er den gesamten, recht hügeligen Rennkurs bis zur Boxengasse, um sich dort eine neue Batterie zu holen. Dann lief er den ganzen Weg zurück und baute sie selbst ein.

Was den Erfindungsreichtum hinsichtlich Unfällen angeht, liegt Taki Inoue unangefochten an der Spitze. Zweifellos am beeindruckendsten war der Unfall im Jahr 1995, als sein Wagen sich überschlug, während er zur Boxengasse geschleppt wurde. Später wurde Taki Inoue von einem Streckenposten umgerannt, der heranstürmte, um das qualmende Fahrzeug zu löschen.

Während eines Rennens verbrachte er ebenso viel Zeit außerhalb der Rennstrecke wie darauf, war jedoch im abschließenden Grand Prix von Australien in jenem Jahr in absoluter Topform. Er schleuderte in eine Mauer, während er Schumacher im Rückspiegel beobachtete, weil der ihn überrunden wollte. Als er vom Magazin *F1 Racing* gebeten wurde, seine Karriere in der Formel 1 zu bewerten, antwortete er: »Zu viel geraucht, zu viel getrunken, fauler Mistkerl.«

Das am wenigsten aufregende Rennen

Bei der Vorbereitung für den Gemeindelauf während des Waterlooville Festivals 1994 in Hampshire wurde keine Mühe gescheut. Für die Registrierung hatte man einen besonderen Tisch aufgebaut, um alle Anmeldungen zu bewältigen und die hundertfünfzig Startnummern für die Hemden zu verteilen, die vorsorglich für dieses Ereignis gedruckt worden waren. Freiwillige Zeitmesser hatten ihre Stoppuhren bereits zur Hand genommen. Der Laufkurs rund um ein Erholungsgebiet war etwa 1,6 Kilometer lang und mit Farbe markiert und wurde von sechs Streckenposten beaufsichtigt. Die Sanitäter eines Krankenwagens des St.-Johns-Krankenhauses standen für den Notfall parat. Dutzende von Medaillen lagen für die Siegerehrung bereit.

Eine große Zuschauermenge hatte sich an der Strecke eingefunden, und die Aufregung hatte bereits einen fiebernden Höhepunkt erreicht, als sich herausstellte, dass nur eine einzige Person sich für dieses Rennen gemeldet hatte, der siebenjährige Michael Biddell, der in seiner Schulsportuniform antrat.

Begeistert von diesem Spektakel brüllte und jubelte die Menge und geriet förmlich vor Vergnügen in Ekstase, als dieser prachtvolle Junge sofort die Führung übernahm und sich völlig verausgabte, bis er schließlich als Erster oder, um es positiv zu betrachten, als Letzter ankam. »Auf den Medaillen ist keine Jahreszahl eingeprägt, also können wir sie nächstes Jahr wieder benutzen«, erklärte ein Mitglied des Organisationskomitees.

Die meisten Niederlagen im Boxring

Einer der besten Boxer auf unserem Forschungsfeld ist der unsterbliche Peter Buckley, der dreihundert hervorragende Boxkämpfe in seiner Karriere austrug und beeindruckende 256 davon verlor. Er trat häufig zu einem Kampf an, während er noch ein blaues Auge von der Auseinandersetzung davor hatte.

Ron Lewis schrieb im Jahr 2008 anerkennend in der *Sunday Times*, dass Buckley zu einem zuverlässigen Verlierer gereift sei. »Er hat sich ständig bereitgehalten, immer in der Lage, sofort einen Kampf irgendwo in diesem Land zu verlieren.« In seiner Karriere hat er gegen zweiundvierzig zukünftige Welt-, Europa-, Commonwealth- und britische Champions verloren.

»Meistens bekomme ich ein paar Stunden vor einem Kampf einen Anruf und sage für gewöhnlich zu. Wenn Sie einen Maurer anrufen und ihn bitten, eine Mauer zu bauen, braucht er auch keine drei Wochen Vorbereitungszeit«, meinte Buckley. Er wurde berühmt, als er einmal um 20 Uhr ein Angebot für einen Kampf noch am selben Abend akzeptierte.

»Boxen hat mir viel gegeben«, sagte er, als er sich aus dem aktiven Sport im Ring zurückzog. »Aber ich werde es trotzdem nicht vermissen, meinen Lebensunterhalt damit verdienen zu müssen, mir die Fresse polieren zu lassen.«

Die einzige andere Person mit einer noch besseren Bilanz ist der große amerikanische Faustkämpfer Reggie Strickland. Er verlor 276 Kämpfe in seiner Karriere, mehr als jeder andere Boxer. Und er bestritt auch mehr Kämpfe als jeder andere, nämlich 363. Erklärbar, weil er verständlicherweise ein sehr beliebter Gegner im Ring war.

Der schlechteste Golfer

Der unsterbliche Maurice Flitcroft wurde 1976 der schlechteste Golfspieler der Welt, als er die British Open Championships bestritt, ohne in seinem Leben jemals eine komplette Golfrunde gespielt zu haben. Er kam mit einem Set billiger Versandhausschläger an und benötigte 121 Schläge, um den Parcours zu beenden. Das ist der schlechteste Score in der Geschichte der Britisch Open. Als Konsequenz daraus wurde der große Mann für jeden Golfclub des Landes gesperrt.

Dadurch ermutigt beschloss er, Profi zu werden, aber die Schwierigkeit bestand darin, einen Platz zu finden, wo er üben konnte. Da ihn auch der Barrow Golf Club wegen etlicher Verstöße gegen die Kleiderordnung ablehnte, Verstöße, die sich häufig auf seinen mit Troddeln behängten Hut bezogen, stand er um vier Uhr morgens auf, um im Dunkeln auf ihrem Platz zu üben, während die anderen Mitglieder noch schliefen.

Da Mr. Flitcroft der unerschütterlichen Überzeugung war, dass er eines Tages die British Open gewinnen würde, schrieb er sich jedes Jahr unter stets anderem Pseudonym bei diesem Wettbewerb ein: als Gerald Hoppy, James Dean Jolly, Arnold Palm Tree und Graf Manfred von Hoffmanstal. Er legte sich auch eine bemerkenswerte Auswahl an Verkleidungen zu, nicht zuletzt einen großen Schnauzbart, den er mit Gemüsefarbe gefärbt hatte, und einen Jägerhut. Doch jedes Mal jagten ihn die Organisatoren vom Parcours, nachdem er durch einige Ehrfurcht gebietende Abschläge seine wahre Identität verraten hatte. Einmal beschäftigten sie sogar einen Experten für Handschriften, um seinen gefälschten Aufnahmeantrag zu entlarven.

1988 initiierte der Blythfield Country Club in Grand Rapids, Michigan, das Maurice-Flitcroft-Gastmitglied-Turnier. Mr. Flitcroft wurde extra eingeflogen, um an diesem Ereignis teilzunehmen. Nach seiner Ankunft erzählte er Mitgliedern des Clubs, dass dies das erste Mal seit der Explosion ihres Gasofens war, dass seine Ehefrau und er das Haus gemeinsam verlassen hätten.

Zum zweiundzwanzigsten Flitcroft-Turnier im Mai 2000 präsentierte dieser bemerkenswerte Club ein Grün mit einem Loch, das aufmunternde dreißig Zentimeter im Durchmesser aufwies.

Das gemeinste K. o.

Bei den nordamerikanischen Championships in Las Vegas zeigte 1982 der kubanische Schwergewichtsboxer Pedro Cardenas, wie wichtig das Überraschungsmoment bei einem Kontaktsport ist. Bei seinem Kampf gegen den Kanadier Willie DeWitt duckte er sich, hüpfte, wiegte sich hin und her und setzte schließlich einen linken Haken an, der jedoch seinen Widersacher verfehlte und stattdessen den Ringrichter Bert Lowes ausknockte.

Die erste Runde wurde mit einem Ersatzringrichter fortgesetzt. Er verfügte über den Vorteil, dass er erheblich kleiner war als Mr. Lowes und infolgedessen außerhalb der Reichweite des Kubaners blieb. Aber große Boxer sind flexibel, und Cardenas duckte sich, hüpfte, wiegte sich hin und her, und sein nächster linker Haken wurde nach unten abgelenkt und schaltete auch den zweiten Ringrichter aus. Da unser Mann in beeindruckender Form war, verzögerte sich die Fortsetzung des Kampfes, weil unter den Kandidaten ein allgemeiner Widerwille herrschte, die Funktion des Ringrichters zu übernehmen.

Nachdem der große Kubaner jedoch für diese Nacht seine Arbeit erledigt hatte, ging er in der zweiten Runde selbst zu Boden.

Das längste Cricket-Match ohne einen Run

Wir erwarten immer noch das perfekte Cricket-Match, in dem keine Seite überhaupt einen Run erzielt, aber bis es so weit ist, müssen wir uns mit dem glorreichen Match bescheiden, das im Juli 2004 zwischen Goldsborough und Dishforth in der Nidderdale and District League ausgetragen wurde.

Goldsborough war zuerst am Schlag und zeigte Dishforth, wo der Hammer hängt, als das ganze Team mit null Runs ausschied. Der Kapitän des gegnerischen Teams bewunderte ihr Auftreten. »Jeder Schlag, den sie taten, ging daneben.«

Goldsborough hatte seinen Teil beigetragen, und jetzt war Dishforth an der Reihe, den Schlagmann zu stellen. Die Aufregung erreichte ihren Höhepunkt, als ihre beiden ersten Schläger ausschieden, bevor sie einen einzigen Run landen konnten. Stand etwa das perfekte Ergebnis bevor?

Bedauerlicherweise folgte ein vollkommener Zusammenbruch, und Dan Bettles Hall, der für immer mit der Erinnerung daran wird leben müssen, gelang ein Run.

»Das ist besser als Shoppen am Samstag«, erklärte der Kapitän von Goldsborough dazu.

Der schlimmste Titelkampf im Schwergewicht

Während des Kampfes um den Weltmeistertitel im Schwergewicht gegen Lennox Lewis im Jahr 1997 brach Oliver McCall in Tränen aus und weigerte sich, zuzuschlagen. Eine sympathisch angemessene Reaktion. Es ist offen gesagt sogar verblüffend, dass so etwas nicht schon früher vorgekommen ist.

Lewis passte sich dem Geist der Situation an und schlug ebenfalls nicht mehr zu. Das Ergebnis war eine entzückende fünfte Runde, in der beide niemanden schlugen. Unglaublicherweise wurde Mr. McCall disqualifiziert. Ein Psychiater, der diesen ultimativen Faustkämpfer nach dem Kampf neunzig Minuten lang untersuchte, stellte fest: »Ich glaube, sein geistiger Zustand ist soweit in Ordnung.«

Die Fernsehkommentatoren waren ebenfalls in Topform. Minuten bevor unser Boxer in Tränen ausbrach, sagte einer von ihnen: »Ich sage dir, dieser McCall ist in sehr guter Verfassung.« Woraufhin sein Kollege antwortete: »Ich habe wirklich das Gefühl, dass dieser Kampf über die volle Länge gehen könnte.«

Das übelste Match auf der Rugby-Tour

Aufgrund eines Buchungsfehlers lief das Rugbyteam der Dorchester Gladiators, eine Seniorenmannschaft von über vierzigjährigen Veteranen, auf das Feld und musste feststellen, dass sie gegen den besten Club Rumäniens antraten, Steaua Bukarest, in dem neun internationale Stars mitspielten. Außerdem erfuhren sie, dass dieses Spiel live im rumänischen Fernsehen übertragen wurde und zudem vor Tausenden von Zuschauern stattfand, die irrtümlicherweise annahmen, die Gladiators wären ein britisches Top-Team.

»Zuerst hatten wir eine Todesangst«, sagte der Full-Back der Gladiators, Dave Seddon, der mit seinen fünfundvierzig Jahren einer der jüngeren Spieler war. »Wir hatten am Abend davor in einer Kneipe ein paar Bierchen gezischt und fühlten uns alle ein bisschen mitgenommen. Immerhin sind wir alle nicht mehr auf dem Zenit unserer Leistungsfähigkeit.«

Nigel Jones, ein dreiundvierzigjähriger Landvermesser, meinte dazu: »Wir fingen an, uns ernste Sorgen zu machen, als unsere Gastgeber uns fragten, ob wir am Abend vor dem Spiel noch trainieren wollten. Das ist nicht unser Stil. Wir hatten uns in der Bar vorbereitet und sind erst um vier Uhr morgens ins Hotel zurückgekommen. Das Match begann um elf.«

Als sie sahen, dass ihre Gegner fitte Athleten um die zwanzig waren, versuchten die Gladiators sie davon zu überzeugen, dass sie wirklich schrecklich schlecht wären, aber die Rumänen hielten das für den Versuch, sie zu manipulieren. »Sie glaubten uns einfach nicht«, sagte Mr. Jones. »Sie fingen an, sich wie echte Profis aufzuwärmen, während wir einfach herumstanden und rauchten, weil uns klar war, dass wir in echten Schwierigkeiten steckten.«

Das Match endete 61:17, weil die Rumänen es etwas

lockerer angehen ließen, als ihnen klar wurde, dass sie nicht Gefahr liefen, das Spiel zu verlieren. Die Höhepunkte wurden in den Fernsehnachrichten gezeigt.

Der unangemessenste Siegesjubel

In einem der großen Augenblicke des Pferderennsports bewies der irische Jockey Roger Loughran, wie wichtig es ist, etwas für die letzten Meter in Reserve zu behalten. Auf Central House lag er 2005 in Leopardstown im Paddy Power Dial bei einem Wettrennen nach zwei Meilen in Führung, und die Ziellinie war noch hundert Meter entfernt.

Die Lage war wirklich sehr ernst, doch obwohl ihm der Sieg ins Auge blickte, hatte er noch ein Ass im Ärmel. Er verwechselte ein aufrecht stehendes Birkenbündel mit der Ziellinie. Er stellte sich in die Steigbügel, stieß die geballte Faust siegestrunken in die Luft, winkte, grinste und grüßte die Menge mit der Gerte, als er von Hi Cloy und Fota Island überholt wurde, das Rennen verlor und nur Dritter wurde. »So was kann passieren«, bemerkte der Trainer des Pferdes.

Das schlechteste Fielding

Obwohl er Country-Cricket für Gloucestershire gespielt hatte, gelangen G. E. Hemingway seine größten Misserfolge erst Ende des neunzehnten Jahrhunderts, als er ein Single-Wicket-Match gegen seine Brüder bestritt.

Er half außerdem, das zweitschlechteste Fielding weltweit in einem Cricketspiel zu erzielen. Er schlug den Ball in ein Beet mit Brennnesseln, woraufhin sich die Feldspieler stritten, wer den Ball herausholen sollte. Während des Disputs erzielten die gegnerischen Schlagmänner 250 Runs.

Das schlechteste Fielding überhaupt wurde im Westen Australiens erreicht. Es ereignete sich 1894, als ein Schläger namens Cogg den Ball in einen Baum schlug. Der Schiedsrichter kam zu dem Urteil, dass der Ball noch im Spiel wäre, da er ja zu sehen war und den Boden nicht berührt hatte. Die Schläger rannten los. Die Feldspieler versuchten, auf den Baum zu klettern, um den Ball zu holen, aber die unteren Äste brachen, und sie stürzten zu Boden. Die Schläger liefen weiter. Man rief nach einer Axt, aber die Suche endete ergebnislos. Schließlich kam einer der Feldspieler mit einem Gewehr zurück, mit dem man den Baum zerschoss. An diesem Punkt hatten die Schläger vollkommen erschöpft aufgehört zu laufen. Sie hatten 286 Runs geschafft.

Das erfolgloseste Rugby-Match

Im Juni 2006 rasten siebzig russische Polizisten zu einem Amateur-Rugbyspiel in einen Außenbezirk von Rostow, wo sie beide Teams, den Schiedsrichter und alle Zuschauer verhafteten. Man hatte ihnen gesteckt, es gäbe eine Massenschlägerei zwischen rivalisierenden Hooligan-Banden, und sie sahen nichts, was dieser Einschätzung widersprochen hätte.

Die Organisatoren des Matches erklärten wiederholt, es wäre ein Spiel, das in weiten Teilen Westeuropas und auch darüber hinaus zum Vergnügen gespielt würde.

Verständlicherweise fiel es den Beamten schwer, das zu glauben, also sperrten sie alle Beteiligten in die Polizeistation von Rostow ein, wo also etwa einhundert Rugby-Enthusiasten etliche Stunden damit verbrachten, den Beamten die Regeln zu erklären. Man ließ sie nur unter der strikten Bedingung frei, dass sie in Zukunft die Behörden schriftlich oder mündlich informierten, bevor sie versuchten, dieses Spiel erneut zu spielen.

Der schlechteste olympische Schwimmwettkampf

Die Olympischen Spiele haben niemals ein schöneres Spektakel geboten als das, was Eric Moussambani lieferte, der bei den Olympischen Spielen von Sidney über 100 Meter Freistil an den Start ging, obwohl er erst im Januar zuvor mit dem Schwimmen begonnen hatte. Er vertrat Äquatorialguinea, wo er in den von Haien und Krokodilen verseuchten Gewässern trainiert hatte, weil der einzige Pool mit Touristen überfüllt war.

An diesem denkwürdigen Tag im September des Jahres 2000 hatte er zwar seinem Trainer bereits gesagt, er glaube, einhundert Meter wären ein bisschen weit, aber der Trainer bestand darauf. Es gab nur zwei weitere Konkurrenten in diesem Wettkampf, die beide ins Becken sprangen, bevor der Startschuss ertönt war, und disqualifiziert wurden. Mit dem Ergebnis, dass Eric zumindest eine Chance hatte, Erster zu werden.

In auffälligem Gegensatz zu den futuristischen Hochleistungsanzügen anderer Olympioniken trug Eric eine normale Badehose, deren Zugband nicht geschnürt war und sichtbar herunterbaumelte. Auf der ersten Bahn tauchte er nicht einmal den Kopf unter Wasser, doch dann versuchte er tapfer eine Rollwende.

Die Zuschauer witterten, dass sie Zeugen wahrer Größe wurden, und feuerten ihn ohrenbetäubend an, als er auf der Rückbahn unterzugehen drohte. Rettungsschwimmer standen bereit, um ihn aus dem Wasser zu ziehen, als seine Züge immer kürzer wurden und seine Beine immer tiefer sanken. Inspiriert von der donnernden Ovation jedoch schaffte er es bis zum Ende. »Ein Riesendank an die Zuschauer, ihr Jubel hat mich durchhalten lassen.«

Als er auf seine einzigartige Vorstellung zurückblickte, bemerkte er: »Was mir da widerfahren ist, war erheblich mehr wert als eine Goldmedaille. Ich werde die ganze Nacht herumhüpfen vor Freude und tanzen, um meinen persönlichen Triumph zu feiern.«

Als er später in das olympische Dorf zurückkehrte, hatte man ein Schild an seiner Tür befestigt, auf dem stand: »Hier wohnt Eric, der Schwimmer.«

Die schlechtesten Cricket-Schlagmänner

Cricket ist ein wundervoll erholsames Spiel, abgesehen vielleicht von dem unaufhörlichen Geräusch, mit dem der Schläger auf den Ball trifft, und dem Lärm, den die Leute machen, die auf und ab rennen, hin und her, den ganzen Tag lang, bis die Dunkelheit sie daran hindert. Drei Schlagmänner stehen dabei eine Stufe höher als der gesamte Rest.

John Howarth von Nottinghamshire hält den Rekord: Er hat in den meisten First-Class-Matches geschlagen, ohne je einen Run zu erzielen. Als Bowler hat er zwar neunzehn Wickets kassiert, aber das kümmert niemanden. In dreizehn Matches für Nottinghamshire hat er in sieben Innings keinen einzigen Run erzielt. Als er sich bereits zurückgezogen hatte, erkundigte er sich auf einer Statistik-Website, wer den Rekord hielt. Die Antwort lautete: »Sie selbst.«

Aus Gründen, die sich den komplizierten Regeln des Cricketspiels verdanken und die zu kompliziert wären, als dass man sie verstehen könnte, hält Seymour Clark den Rekord für die meisten Innings, in denen kein Run gelang (neun Innings in fünf Matches).

»Er war ein brillanter Wicket-Keeper, aber daran erinnert sich niemand«, notierte *Wisden Cricket Monthly* über den Spieler, der in den 30er-Jahren für Somerset antrat. »Aber alle erinnern sich an seine Schläge.« Er kaufte sich einen neuen Schläger, als er für sein Land nominiert wurde, aber er berührte den Ball nur sehr selten damit.

Selbst die gegnerischen Teams versuchten ihm zu helfen. Peter Smith, der gutmütige Spin-Bowler aus Essex, tat sein Bestes, um Mr. Clark die Chance auf einen Run zu geben. In dem Match gegen Somerset warf er absichtlich einen sehr weichen Ball, der zweimal aufsprang, bevor er den großen Schlagmann erreichte. »Ich konnte nicht widerstehen«, erinnerte der sich später, »und versuchte, dem Ball einen ungeheuerlichen Schlag zu versetzen.« Er schlug vorbei und war draußen.

Courtney Walsh ist ebenfalls ein Spieler von bleibender Bedeutung. Er hat einen glanzvollen Rekord von

43 Ducks* in Testspielen für die West Indies erzielt. Dazwischen allerdings schaffte er einen Durchschnitt von acht Runs pro Spiel, was den Glanz seiner Leistung ein wenig dämpfte.

Das schlechteste olympische Bobrennen

Bei der Winterolympiade 1988 blickte die Welt voll ehrfürchtiger Bewunderung auf Jamaika, das sein erstes Rennbob-Team entsandte, obwohl es auf Jamaika weder Eis noch Schnee noch Bobschlitten gibt und vor allem niemand auch nur den blassesten Schimmer hatte, wie man das alles in die richtige Beziehung zueinander brachte. Amerikas Fernsehkanäle schaufelten Sendeplatz frei, um über dieses bedeutende Ereignis angemessen zu berichten.

Die Jamaikaner wurden von zwei amerikanischen Besuchern dazu gedrängt, an den Spielen teilzunehmen, weil sie davon ausgingen, wenn sie ein Einkaufswagenrennen veranstalten können und mit sechzig Meilen pro Stunde in diesen Karren durch Kingston rasen, dass ein Bobrennen für die Jamaikaner doch ein Kinderspiel sein müsste.

Die größte Hoffnung setzte man in eine Anzeige, mit der man nach Sprintern suchte, die den Schlitten zumindest am Start schnell anschieben und dann hineinspringen konnten. Als sich nicht einmal eine einzige Person für diesen Job bewarb, zwangsverpflichtete man vier Sprinter der Armee, von denen einer Lieutenant Devon

* Fehlschläge, A. d. Ü.

Harris war. »Ich muss ja wohl nicht sagen, dass ich das für die lächerlichste Idee hielt, die der Menschheit jemals gekommen ist«, erklärte er.

Im Team waren ebenfalls Captain Dudley Stokes, der Reggae-Sänger Freddie Powell, der wahrscheinlich wegen seiner Werbewirksamkeit eingeladen wurde, sowie Dudleys Bruder Chris, der im allerletzten Moment verpflichtet wurde und nur eine Woche Zeit zu trainieren hatte, bevor die Olympischen Spiele begannen. Und selbst da mussten sie sich überschüssige Bobschlitten von anderen Nationen ausleihen, um überhaupt beim Wettkampf antreten zu können.

»Nachdem die Sache für uns mit einem Paukenschlag begonnen hatte, als wir die siebtschnellste Startzeit hinlegten, haben wir uns dann auch auf der Strecke spektakulär hingelegt, so wie es eben nur Jamaikaner hinkriegen«, erklärte Lieutenant Harris mit durchaus gerechtfertigtem Nationalstolz.

Nach ihrem Sturz stiegen sie aus und gingen, ihre Schlitten im Schlepptau, unter donnerndem Applaus und den bewundernden Blicken der Zuschauer in aller Welt zu Fuß über die Ziellinie. Ihr Auftritt brachte dem Bobrennsport eine internationale Beliebtheit ein, wie es weit erfahrenere Wettkämpfer niemals hätten schaffen können.

Der schlechteste olympische Diskuswerfer

Bei den Spielen 1896 in Athen stellte George Stewart Robertson den Weltrekord für den schlechtesten Wurf in der olympischen Geschichte auf. Bei der Abschlussfeier zitierte er eine Ode an die athletische Tüchtigkeit, die er selbst auf Altgriechisch abgefasst hatte. »Die griechische Antike war mein eigentliches akademisches Fachgebiet, also konnte ich ja wohl kaum der Versuchung widerstehen, es bei den Olympischen Spielen zu versuchen, hab ich recht?«, meinte er.

Sein Rekord für den schlechtesten Wurf betrug fünfundzwanzig Meter, was immer noch ziemlich weit zu sein scheint. Es ist erstaunlich, dass trotz aller Vorteile der modernen Ernährung und Motivationspsychologie die jungen Athleten von heute diesen Rekord immer noch nicht geknackt haben.

Das schlechteste olympische Skilanglaufrennen

Philip Boit war ein erfolgreicher Mittelstreckenläufer, der eine schreckliche Galerie von unendlichen Triumphen hingelegt hatte, die jedoch sein Interesse offenbar nicht allzu lange fesseln konnten. Im Jahr 1996 brauchte er eine neue Herausforderung und begann in seinem Heimatland Kenia mit Skilanglauf, obwohl es dort an großen, zusammenhängenden Schneeflächen mangelt.

Ohne jede Erfahrung also erntete dieser hervorragende Athlet weltweite Aufmerksamkeit und Zuspruch, als er beim Langlauf über zehn Kilometer bei den Olympischen Winterspielen von 1998 unschlagbarer 92. wurde. Die Medaillenverleihung wurde verschoben, bis Boit das Rennen beendet hatte, weil der Gewinner Bjørn Dæhlie ihn umarmen wollte. Das rührte unseren Skifahrer so sehr, dass er einen seiner Söhne Dæhlie Boit nannte.

»Ich war nicht enttäuscht«, sollte er später sagen. »Obwohl ich Letzter geworden bin, hat Bjørn Dæhlie meine Mühen belohnt.«

Doch der größte Skilangläufer aller Zeiten war der Mexikaner Roberto Alvarez. Bei den Winterspielen von Calgary, 1988, trat er im Rennen über fünfzig Kilometer an, obwohl er zuvor niemals eine weitere Strecke als zwanzig Kilometer bewältigt hatte. Er kam als 61. und Letzter an, fast eine Stunde hinter dem Läufer, der auf dem sechzigsten Platz gelandet war. Er brauchte so lange, dass die Organisatoren des Rennens einen Suchtrupp losschickten.

DAS SCHÖNE SPIEL

Das schlechteste Weltmeisterschaftsspiel

Das für unsere Ziele lohnenswerteste Spiel in der Geschichte der Weltmeisterschaften war ein Qualifikationsspiel zwischen Schottland und Estland am 9. Oktober 1996. Es trat nur eine Mannschaft an, weil die Esten gerade zu Mittag aßen, was schließlich auch vollkommen verständlich war. Das Mittagessen ist eine höchst bedeutsame Einrichtung. Wer unter uns wüsste seine Bedeutung nicht zu schätzen?

Unerklärlicherweise hatte sich Schottland über die riesige, sehr atmosphärische Flutlichtanlage beschwert, die man sich kurzzeitig von Finnland ausgeliehen hatte. Ganze Flecken des Spielfeldes waren in einen höchst attraktiven Dämmerschein getaucht. Es war eine faszinierende Landschaft aus Hell und Dunkel, mit kontrastierenden Flecken von Licht und Dunkelheit, in denen die Spieler verschwinden konnten – vor allem, wenn sie einen Eckstoß ausführten. Dann konnten sie, darin dem Geist von Hamlets Vater nicht unähnlich, urplötzlich zur allgemeinen Überraschung wieder auftauchen.

Daraufhin verlegte die FIFA den Anstoß von 18.45 Uhr auf 15.00 Uhr, vor allem, nachdem sich der schottische Teammanager darüber beschwert hatte, dass die Torhüter den Ball, wenn er von der linken Seite des Feldes kam, nicht sehen konnten. Diese technische Finesse konnte allerdings die Esten nicht wirklich überzeugen. Sie erwiderten, dass sie um 18.45 Uhr antreten würden, wie ursprünglich geplant, weil es erstens zu spät wäre, die ganzen Arrangements zu verändern und zweitens die Kartoffeln schon auf dem Herd stünden.

Um Punkt 15.00 Uhr pfiff der Schiedsrichter das Spiel an, und die Tartan-Armee von tausend mitgereisten schottischen Fans brüllte: »Macht sie fertig!« Billy Dodds hatte gerade den Anstoß ausgeführt und den Ball auf John Collins gepasst, als der Schiedsrichter erneut pfiff und nach drei Sekunden eine Partie beendete, die ein so flüssiges Fußballspiel zu werden versprochen hatte. Das Ergebnis lautete 0:0. Wahrscheinlich wäre es sogar noch besser gewesen, wenn Schottland verloren hätte.

Am 11. Februar 1997 wurde das Match wiederholt, das Ergebnis lautete erneut 0:0, was zeigte, dass die Anwesenheit einer zweiten Mannschaft nicht wirklich notwendig gewesen wäre.

Der schnellste Rauswurf eines Fußballmanagers

Den Rekord für die schnellste Entlassung eines Fußballmanagers hält Torquay United, die Leroy Rosenior nur zehn Minuten, nachdem sie seine Anstellung verkündet hatten, feuerten. In einem Artikel mit der Überschrift »Stabilität ist der Schlüssel« erklärte die Lokalzeitung, dass der neue Boss ausgesprochen optimistisch auf der Pressekonferenz gewesen sei, auf der man ihn im Mai 2007 vorstellte.

Flankiert vom Vorsitzenden und geschäftsführenden Direktor des Clubs sagte er: »Ich freue mich sehr und bin wirklich begeistert. Wir wollen für den Club vor allem und zuvorderst Stabilität gewährleisten.«

Zehn Minuten später erfuhr Mr. Rosenior, dass der Club während der Pressekonferenz den Besitzer gewechselt hatte und die neuen Inhaber ihre eigenen Leute mitbrachten.

Eine solche Exzellenz verpflichtet natürlich, sodass es nicht verwundert, dass Torquay auch den Rekord für das schnellste Eigentor in der Geschichte des Ligafußballs hält. Im Januar 1977 übersprang ihr brillanter Mittelfeldspieler Pat Kruse die gesamte Abwehr und brachte mit einer Blitzreaktion den Ball mit einem Kopfstoß im eigenen Tor unter – nach nur sechs Sekunden.

Der schlechteste Spieler der Premier League

Am 23. November 1996 hatten die Fans des Southampton Football Club das Glück, Ali Dia in seiner ganzen Pracht zu erleben. Weltweiten Bekundungen zufolge ist er der schlechteste Fußballspieler, der jemals in der Premier League gespielt hat.

Im Spiel gegen Leeds United wurde er in der zweiunddreißigsten Minute eingewechselt und in der fünfundsiebzigsten Minute wieder rausgenommen. Laut seinem Teamkameraden Matt LeTissier rannte er über das Feld wie »Bambi auf Eis«, was vielleicht eine Vorstellung davon vermittelt, wie niedlich das gewesen sein muss. In diesen nicht wiederholbaren Minuten zeigte er eine überragend unfähige Ballkontrolle, die als »erschütternd weit unter dem Profi-Standard« beschrieben wurde. Er stürzte sich sofort ins Getümmel und verfehlte sogar das freie Tor, als er plötzlich zwölf Meter davor auftauchte.

Southampton hatte ihn in der irrtümlichen Annahme verpflichtet, dass er für den berühmten französischen Club Paris St. Germain und für die Nationalmannschaft Senegals gespielt und in den letzten Wochen zweimal getroffen hätte. Später stellte sich heraus, dass er tatsächlich einmal als Ersatzspieler für die Blyth Spartans aufgelaufen war, ein Amateurteam, das ihn gern hatte ziehen lassen.

Das erfolgloseste Freundschaftsspiel

In einem der unfreundlichsten Freundschaftsspiele, über das jemals berichtet wurde, verloren am 2. Mai 1991 die Boca Juniors aus Argentinien 3:1 gegen den chilenischen Meister Colo Colo. Abgesehen von höhnischen Gesängen der Massen und persönlichen Beleidigungen stürmten einmal die Zuschauer das Spielfeld, es gab zwei Platzverweise und zudem eine gewaltige Prügelei, bei der Polizei, außer Rand und Band geratene Zuschauer und zwanzig der zweiundzwanzig Spieler mitmischten. Der Torhüter der Boca Juniors wurde von einem Polizeihund namens Ron gebissen, was die Fans von Colo so entzückte, dass sie ihm ein Denkmal setzten. Der Hund hat jetzt sogar seine eigene Facebook-Seite. Das Spiel endete mit der Verhaftung von zwei Fußballspielern und dem Trainer von Boca, die die Nacht im Gefängnis verbringen mussten.

Man beschloss, die ganze Angelegenheit zu begraben und wiedergutzumachen, und arrangierte ein Rückspiel, das man »Freundschaftscup« nannte und das im argentinischen Erholungsort Mar del Plata stattfand, im Februar 1992. Alles lief glatt, bis in der fünfzigsten Minute Bocas Antonio Apud gefoult wurde.

Abgesehen von höhnischen Gesängen der Massen und persönlichen Beleidigungen stürmten einmal die Zuschauer das Spielfeld, es gab zwei Platzverweise und zudem eine gewaltige Prügelei, bei der diesmal allerdings alle zweiundzwanzig Spieler mitmischten.

Die erfolgloseste Auswechslung

Nur wenige Auswechselspieler hatten mehr Wirkung auf ein Spiel als der schwedische Fußballspieler Andreas Johansson, der im Mai 2006 bei einem Spiel der Premier League von Wigan gegen Arsenal eingewechselt wurde.

Er stürmte auf den Platz, foulte einen gegnerischen Spieler, wurde sofort wieder vom Platz gestellt und verursachte einen Strafstoß, den Arsenal in ein Tor verwandelte, durch das sie nicht nur das Match, sondern die gesamte Meisterschaft für sich entschieden. Er war etwa sechzig Sekunden auf dem Platz gewesen und hatte dabei den Ball nicht einmal berührt. Hätte man einen Blick auf den Spielplan geworfen, hätte man ihn vollkommen übersehen.

Die erfolgloseste Schweigeminute

Der Fußballclub von Congleton Town veranstaltete im Februar 1993 für ihren ältesten Anhänger, Fred Cope, einen fantastischen Abschied. Im Programm fand sich eine bewegende Notiz, die Mr. Copes Tod im Alter von fünfundachtzig Jahren verkündete und beschrieb, wie er Congleton als Junge und als Mann die Treue gehalten hatte.

Die Spieler stellten sich auf dem Mittelkreis mit gesenktem Kopf für eine Schweigeminute auf. Mr. Cope nahm derweil wie gewöhnlich seinen Platz auf der Terrasse ein und erkundigte sich, was da vor sich gehe. Erst als man ihm das Programm zeigte, fand er es heraus.

»Die Spieler standen schon auf dem Platz, als wir sahen, wie Fred hereinkam«, erklärte der Pressesprecher von Congleton, Chris Phillips. Hastig wurde verkündet, dass die Schweigeminute eigentlich für Englands Fußballerlegende Bobby Moore gedacht war. »Man hat mir schon ein paar merkwürdige Blicke zugeworfen, als ich hereinkam«, gab Mr. Cope hinterher zu. Der Club entschuldigte sich bei Fred und verfrachtete ihn für den Rest des Spiels in einen Lehnstuhl.

QUIZ

Die schlechteste Fußballmannschaft Großbritanniens

Zeitungen schreiben immer wieder die eine oder andere Geschichte mit der Schlagzeile: »Ist das die schlechteste Mannschaft des Landes?« Also, wer ist wirklich die schlechteste Mannschaft?

In einem der umkämpftesten Bereiche unseres Themas können Sie jetzt aus den folgenden Vorschlägen auswählen. Jede dieser Mannschaften wurde mal von der jeweiligen Lokalpresse als die schlechteste Fußballmannschaft in ganz Großbritannien hochgejubelt.

1. East Stirlingshire, die fünf Jahre lang an letzter Stelle der untersten Fußballliga in Schottland standen, bis man ihnen die Torpfosten stahl und sie daraufhin Vorletzte wurden.
2. Madron FC aus Penzance, die in einer Spielzeit 227 Tore kassierten und unter anderem ein Spiel mit 55:0 verloren, was neuer britischer Rekord ist. »Allein heute habe ich Anrufe von drei Jungs gekriegt, die alle gegen uns spielen wollten«, gab ihr Manager zu Protokoll.
3. Die Beaumont Lions aus Leicester, die seit drei Jahren kein Spiel mehr gewonnen haben. Als man sie bat, ihren besten Verteidiger zu nennen, antworteten sie nur mit nervösem Gelächter.

4. Siliconix aus Swansea, die seit ihrer Gründung drei Jahre zuvor kein Spiel gewannen und in nur sieben Spielen 142 Tore kassierten. Ihr bestes Ergebnis war eine 11:1 Niederlage in einem Freundschaftsspiel, bei dem der gegnerische Torwart mit einem eingegipsten Bein spielte, weil er es sich gebrochen hatte.
5. Harraby Athletic, die ihr allererstes Spiel mit 19:0 verloren und dann mit weiteren neunzig Spielen in Folge auf der Verliererspur waren. Die Hauptaufgabe des Torhüters bestand darin, den Ball aus dem Netz zu fischen, was er vierhundert Mal in drei Spielzeiten tat. In dieser Zeit errangen sie nur einen Punkt und den deshalb, weil die gegnerische Mannschaft nicht auflief.
6. Die Stamford Arms, aus der Lowestoft Sunday League, die einzige Mannschaft, die eine Saison mit minus zwei Punkten beendete. Sie hatten immerhin ein Unentschieden geschafft, aber sie bekamen drei Punkte abgezogen, weil sie bei einem Spiel nicht einmal eine Mannschaft zusammenbekamen.
7. Arnos Town Juniors. Sie verloren fünfundvierzig Spiele und ließen in einer Saison beeindruckende 530 Gegentore zu. »Sie haben Herz, aber leider besitzen sie keinerlei Talent oder Können, was Fußball angeht«, erklärte ihr Manager Kevin Cooper. Er fügte hinzu, dass ihr »Torhüter nicht nur einer unserer besten Spieler« sei, sondern dass die Mannschaft auch sehr religiös sei. Das ist sehr wichtig. Man kann keine Resultate wie diese erzielen, wenn man seinen Glauben nicht praktiziert.

Also, für wen entscheiden Sie sich? Die Antwort lautet: Keine dieser Mannschaften wird den Titel davontragen.

Denn die schlechteste Mannschaft Großbritanniens ist Northend Thistle von der Isle of Arran, die seit sechzehn Jahren kein Spiel mehr gewonnen haben. Der letzte Sieg stammt aus dem Jahr 1992, aber es kann sich keiner mehr daran erinnern, wen sie damals schlugen. Ihr Kapitän, Matt Milne, meinte: »Wir kommen aus dem nördlichen Teil der Insel, und wir haben etwa zweihundert Leute, aus denen wir eine Mannschaft bilden können. Einhundertfünfzig von ihnen sind bereits in Rente. Wir haben drei Kerle im Team, die unter vierzig sind, und der Rest ist nach einer halben Stunde erledigt.«

Im August 2008 beendeten sie unter den aufmerksamen Kameras von Sky Sports ihre Rekordserie, als sie Southend United von der anderen Seite der Insel mit 5:4 bezwangen. Es war ein großer Moment für die Southender, denn sie hatten sich einst die Krone »Schlechteste Mannschaft von Schottland« aufgesetzt und haben jetzt gute Aussichten, ihren Titel zurückzuerobern. »Jetzt sind wir das schlechteste Team. Es ist offiziell«, erklärte ihr Kapitän Eddie Picken. »Wir haben eine lange Flaute beendet.«

13

MITHILFE MODERNSTER TECHNIK

Die erfolgloseste Anwendung eines Elektroschockers
Die schlimmsten Photoshop-Pannen
Der erfolgloseste Einsatz eines Navigationsgeräts
Die erfolgloseste Computerisierung
Das schlechteste Videospiel
Die erfolgloseste Internetrecherche
Die schlechtesten Spezialeffekte
Die unverständlichste Bedienungsanleitung
Die erfolgloseste Metallsuche
Der erfolgloseste Strand
Der erfolgloseste Versuch, Kontakt zu
Außerirdischen herzustellen

Neue Technologien: ihre kriminelle Verwendung
Das Beste aus CCTV machen
GPS: Anwendungen für Fortgeschrittene
Mobiltelefone: ein Schritt in die richtige Richtung

»Hast du am Anfang keinen Erfolg,
ist vielleicht das Scheitern dein Stil.«
Quentin Crisp

Die erfolgloseste Anwendung eines Elektroschockers

Ein Police Constable wurde im November 2006 zu einem handfesten häuslichen Streit zwischen einem Ehemann, seiner Frau und ihrem jugendlichen Sohn gerufen und versuchte zunächst, sie verbal zu beruhigen. Als sich das als fruchtlos erwies, beschloss er, den aufsässigen Ehemann mit seinem neuen Taser außer Gefecht zu setzen, einer Elektroschock-Pistole, in deren Verwendung er gerade frisch ausgebildet worden war.

Sein erster Schuss überrumpelte den Kater, der daraufhin immerhin unter Kontrolle war. Der zweite Schuss streckte den Teenager nieder. Ein dritter verfehlte ebenfalls sein Ziel. Als der Constable versuchte, die verschossenen Projektile einzusammeln, vergaß er, die fünf Sekunden bis zur völligen Entladung der Projektile zu warten und setzte sich selbst mit 50000 Volt außer Gefecht.

Nachdem er sich erholt und den Taser neu geladen hatte, feuerte er zwei weitere Schüsse ab. Beide gingen in die Decke. Daraufhin verzichtete er auf weitere Versuche mit der Taserpistole und griff zum guten alten Pfefferspray, um den Ehemann außer Gefecht zu setzen. Er sprühte jedoch knapp vorbei und erwischte stattdessen die einundzwanzigjährige Tochter, die gerade hereingestürmt kam, weil sie wissen wollte, was da eigentlich los war.

Konfrontiert mit einem derartigen Virtuosen blieb dem Ehemann nur die Kapitulation.

Die schlimmsten Photoshop-Pannen

Wenn man die Worte »Photoshop-Pannen« googelt, wird man mit Millionen von Suchergebnissen belohnt, die alle fröhliche Fotos zeigen, an denen herumgepfuscht wurde und die nach hilfreicher Verbesserung mit diesem exzellenten Programm veröffentlicht wurden.

Die gute Nachricht lautet, dass jetzt die Magazine voller Models mit einem Bein oder einer dritten Hand sind. Drei Hände sind sogar sehr verbreitet und, geben wir es zu, äußerst nützlich. In Bademoden-Katalogen kann eine solche Hand auf der Schulter eines Models ruhen und ihm nach einem harten Arbeitstag nicht zu unterschätzenden Trost spenden. Selbst bei dem Journalisten Max Hasting ruhte eine körperlose Hand besitzergreifend auf dem Tor seines einladenden Landhauses.

Es gibt Unmengen von kopflosen Basketballschiedsrichtern und jede Menge Rugbyschiedsrichter ohne Körper. Dank dieses neuen Prozesses ist es jetzt möglich, dass ein schwarzes Model, das voller Elan über eine Müslipackung springt, einen weißhäutigen Bauch hat. Selbst der Kosmos kann verbessert werden, wie zwei Sonnen in einer Möbelwerbung verdeutlichen.

Vor allem Berühmtheiten werden aufgepeppt. Dem französischen (Ex-)Präsidenten Nicolas Sarkozy verlieh man ein drittes Bein, der Sohn von Brad Pitt und Angelina Jolie hatte zwei Köpfe, und es gibt Fotos von einer dreihändigen Miley Cyrus. Christina Aguilera umklammert ihren Schoßhund mit Fingern, die wie eine faszinierende Alien-Klaue aussehen, Amy Winehouse wurde mit zehn Fingern an einer Hand gesichtet, und Penélope

Cruz hatte einen Hals, der fast dreißig Zentimeter lang war.

Die Wohlmeinenden machen sich Sorgen, dass mit Photoshop bearbeitete Aufnahmen leicht zu beeindruckenden jungen Frauen eine unrealistische Vorstellung davon geben könnten, wie sie aussehen sollten. Eine durchaus berechtigte Sorge.

Der erfolgloseste Einsatz eines Navigationsgeräts

Der amtierende Champion ist Necdet Bakimci, ein syrischer Lastwagenfahrer, der 2008 in Antakya in der Türkei losfuhr und sich mit Hilfe seines Navigationsgeräts schlimmer verirrt hat als jeder andere Mensch vor oder nach ihm. Statt zur südlichsten Spitze Spaniens zu fahren, endete er rekordwürdige 2600 Kilometer entfernt und steuerte seinen Zweiunddreißigtonner mit einer Ladung Luxuswagen in das Naturreservat Gibraltar Point bei Skegness. Ein Vogelbeobachter, den der Mann nach der Richtung zur Coral Road, Gibraltar, fragte, meinte, dass der Fahrer nicht »übermäßig aufgeregt« gewirkt hätte.

Die erfolgloseste Computerisierung

Im Jahr 1993 beschloss die französische Eisenbahn (SNCF) Sokrates zu kaufen, ein erstaunliches neues Computerprogramm, das versprach, der steigenden Zahl der Ticket-Reservierungen Herr zu werden, die von vierzig Millionen auf voraussichtlich einhundertvierzig Millionen ansteigen sollte, und das innerhalb eines Jahrzehnts.

Als Pionier auf dem Gebiet der billigeren Zugreisen verlangte dieses innovative Programm schon bald null Francs für ein Ticket von Paris nach Frankfurt. Außerdem nutzte es das gesamte Schienennetz aus und schickte regelmäßig leere Züge durch Frankreich.

Die Reisebüros mussten den komplexen Zielcode des Systems herausfinden, zum Beispiel »01B1NN! 460 ›FIN‹« und dann reisespezifische Reservierungsformeln eingeben, wie zum Beispiel »EW$FC AS QICS 45«. Das Erstaunliche daran war, wenn nur eine Zahl oder ein Symbol falsch eingegeben wurde, dann durften die Passagiere vollkommen neue und aufregende Teile von Frankreich entdecken. Ganz offensichtlich haben Computer aufgrund ihrer Chips und ihrer Drähte ein erheblich größeres Potenzial als der schlichte Homo sapiens es jemals haben wird, und dennoch bleibt uns eine entscheidende Rolle.

Das schlechteste Videospiel

Auf einem sehr stark umkämpften Markt wurde *ET: Der Extraterrestrische* als schlechtestes Computerspiel aller Zeiten empfohlen, und zwar von den Magazinen *PC World*, *Electronic Gaming Monthly* und *FHM*. Es war eine faszinierende Welt, in welcher der heiß geliebte Film-Alien in Gruben springen musste, die wie Nachttöpfchen aussahen, um darin die verstreuten Teile seines Telefons zusammenzusuchen. Um ihn wieder herauszuholen, musste man seinen Hals dehnen, bis er langsam, sehr, sehr langsam über den Rand krabbelte. Dann musste man ihm eine Nanosekunde Pause lassen, damit er aufhörte, sich zu dehnen, sonst fiel er wieder auf den Boden des Töpfchens zurück. Nach zwanzig Versuchen hatte man den Dreh raus.

Atari fabrizierte fünf Millionen Spiel-Cartridges. »Fast alle kamen zurück«, behauptete jedenfalls der CEO der Firma. Es ging sogar so weit, dass die Kinder sich weigerten, das Spiel kostenlos anzunehmen. Schließlich versenkte Atari die gesamten Cartridges auf einer Müllkippe in Mexiko, die zugeschüttet werden sollte, und begruben sie mit Zement.

Die erfolgloseste Internetrecherche

Das Internet ist ein faszinierendes Recherchewerkzeug, und die griechische Fußballmannschaft von Aris Thessaloniki nutzte das auch zur Gänze aus, als sie sich im Februar 2011 auf ein Spiel in der Europa League gegen Manchester City vorbereiteten, dem reichsten Fußballclub der Welt.

Sie suchten im World Wide Web nach einem Foto der teuren Mannschaft von City, um es in das offizielle Programm aufzunehmen. Die Herausgeber stießen auf eine *Wo ist Wally?*-Parodie, ohne den Unterschied zu bemerken.

Mithilfe seines milliardenschweren Besitzers kaufte der Club aus Manchester regelmäßig eine Ladung Fußballsuperstars. Folglich zeigte dieses Foto eine satirisch bearbeitete Mannschaft von siebenundsiebzig Spielern, statt der gesetzlich erlaubten fünfundzwanzig. Die Mannschaft saß in sieben gewaltigen Reihen da, darunter acht weltberühmte Torhüter und die größten Spieler auf dem Planeten, angefangen von Chelseas Drogba bis hin zu Real Madrids Kaká. Wally befand sich ebenfalls in dieser Auswahl, die Figur aus dem beliebten britischen Kinderbuch, deren Gewohnheit es ist, sich in großen Menschenansammlungen zu verstecken und dabei seinen typischen rot-weiß geringelten Pullover zu tragen, sodass das scharfe, junge Auge stundenlang damit beschäftigt sein kann, ihn zu finden. (Auf diesem Foto saß er in Reihe drei, neben Barcelonas Ibrahimovic.)

Die schlechtesten Spezialeffekte

Der 1953 vorgestellte Film *Robot Monster* wurde unmittelbar nach seiner Premiere von Kritikern als »zweifellos einer der schlechtesten Filme, die jemals gedreht wurden« gefeiert. Allerdings verdankt sich das fast ausschließlich seiner unschlagbaren Vielzahl von Spezialeffekten.

Die zentrale Roboterfigur, die 1978 bei den »Golden Turkey Awards« als das »lächerlichste Monster in der Geschichte der Leinwand« geehrt wurde, war ein Schauspieler in einem Gorillakostüm mit einem Taucherhelm. Das prachtvolle Ensemble wurde von speziell angeklebten Antennen gekrönt, die wie abgespreizte Kaninchenohren aussahen.

Die Geschichte handelt von zwei Wissenschaftlern, die man allerdings niemals sieht, die aber trotzdem in einer Rakete zu einer Raumstation entkommen können. Glücklicherweise dürfen wir die Station sehen, die aus einem Spielzeugflieger besteht, an dem eine Wunderkerze befestigt ist. Wenn sie explodiert, sieht man den Stock und eine behandschuhte Hand, die ihn hält.

Ebenso faszinierend ist der verschwenderische Einsatz von Seifenblasen. In so unendlich vielen Filmen gibt es erheblich zu wenig Seifenblasen, oder sie fehlen im Zweifelsfall sogar ganz, aber diesen Vorwurf kann man dem Film *Robot Monster* nun wirklich nicht machen.

Der Sponsor des Films war die N.A. Fisher Chemical Products Ltd., die zufälligerweise eine »Automatische-Milliarden-Seifenblasenmaschine« herstellt, die am Ende sogar extra im Nachspann aufgeführt wird. Diese ausgezeichnete Apparatur taucht in regelmäßigen Abständen auf und stößt eine Vielzahl von Seifenblasen aus. Der Grund dafür wird allerdings klugerweise niemals erklärt.

Die unverständlichste Bedienungsanleitung

Das immer höchst wachsame Journal des Instituts für *Scientific and Technical Communicators* hat vollkommen zu Recht die Aufmerksamkeit auf folgende rätselhafte Anleitung gelenkt, die einem Handbuch für Flugzeugelektronik entnommen wurde:

> *Das interne Führungssystem benutzt Abweichungen, um korrigierende Befehle zu erzeugen, um das Flugzeug von der Position, an der es sich befindet, zu der Position, an der es nicht ist, zu fliegen. Das Flugzeug erreicht die Position, an der es nicht war, also ist die Position, an der es war, die Position, an der es jetzt nicht mehr ist. Für den Fall, dass die Position, an der es jetzt ist, nicht dieselbe Position ist, wie die, an der es ursprünglich nicht war, wendet das System eine Variation an. (Variationen*

werden durch äußere Faktoren verursacht, und die Erörterung dieser Faktoren liegt außerhalb der Möglichkeiten dieser einfachen Erklärungen.)

Die erfolgloseste Metallsuche

Im Juli 1986 wurde in Bath ein hervorragender Feuerwehrmann engagiert, um Hydranten ausfindig zu machen, die aus Versehen überasphaltiert worden waren. Er benutzte dafür einen besonderen Metalldetektor und stieß auch fast augenblicklich auf einen Hydranten. Als man jedoch ein Loch in den Straßenbelag hackte, wurde nichts gefunden. Unermüdlicher öffentlicher Bediensteter, der er war, hatte er bereits sieben riesige Löcher in die Straße hacken lassen, allesamt an der falschen Stelle, bis er begriff, dass die Stahlkappen in seinen Schuhen das Gerät aktivierten.

Der erfolgloseste Strand

Wir Menschen beuten Mutter Natur für unseren eigenen Bedarf aus. Es heißt immer nur nehmen, nehmen, nehmen; überall, außer vielleicht in Burnham upon Crouch, wo man bereit zu sein scheint, ihr etwas zurückzugeben.

Die Bezirksversammlung erkannte 1994 die Notwendigkeit, eine Touristenattraktion zu erschaffen, und wies die nationale Flussbehörde an, einen künstlichen Vergnügungsstrand am West Quay der Flussmündung anzulegen. Das Ganze sollte von modernster Hightech zusammengehalten werden, was stählerne Bühnen einschloss.

Die gesamten dreihundert Tonnen Sand wurden mit der ersten Flut ins Meer gespült. »Man hat uns versichert, dass so etwas nicht passieren würde«, erklärte der Bürgermeister von Burnham.

Der erfolgloseste Versuch, Kontakt zu Außerirdischen herzustellen

Nach langem Warten ist es den Wissenschaftlern gelungen, Kontakt zu einem Alien herzustellen. Jahrelang hat das SETI-Institut, ein Institut zur Suche nach extraterrestrischer Intelligenz, in der ganzen Galaxis achthundert Sterne und Planeten nach Anzeichen für Leben abgesucht. Dann plötzlich fingen die Forscher in ihrem Teleskop im Outback von Australien ein Signal auf. »Es war ziemlich laut«, sagte Dr. Peter Backus.

Zuerst konnten sie es nicht glauben, aber dann passierte es jede Nacht zur selben Zeit. E.T. versuchte, Kontakt aufzunehmen. Die Freude war grenzenlos. Hier endlich gab es einen Beweis für neues Leben und eine neue Zivilisation »da draußen«.

Am 16. Januar 1996 informierte Dr. Backus die Amerikanische Astronomische Gesellschaft in Texas dann etwas genauer über diese bahnbrechende Entdeckung. »Es war ein Mikrowellenofen in der Küche«, erklärte er. »Wir fanden es auch ein bisschen merkwürdig, dass die Kontaktaufnahme immer nur zu den Mahlzeiten erfolgte.«

NEUE TECHNOLOGIEN: IHRE KRIMINELLE VERWENDUNG

Das Beste aus CCTV machen

Im April 1993 betrat Steve Driscoll das Sony Center in Cardiff mit der Absicht, einen Camcorder zu stehlen. Er betrachtete prüfend die Ausstellungsstücke an der Wand und entdeckte die Kamera, die er wollte. Was ihm nicht klar war: Es handelte sich um die Überwachungskamera des Geschäfts.

Er wartete, bis viele Kunden im Geschäft waren, was sehr nett von ihm war, dann sprang er mehrmals hoch, um die Kamera zu packen, und das vor einer höchst wohlwollenden und stetig wachsenden Menge. »Er starrte direkt in die Kameralinse«, erklärte Dean Clark, der Manager des Geschäfts. »Es war eine perfekte Aufnahme von ihm, besser als ein Passfoto. Er hätte genauso gut für ein Foto posieren und es zur Polizei schicken können, bevor er das Verbrechen beging.«

GPS: Anwendungen für Fortgeschrittene

Kurt Husfeldt war ziemlich verblüfft, als die Polizei 2007 an seine Tür klopfte, kaum dass er von einem Verbrechen, das er begangen hatte, nach Hause zurückgekommen war. »Er war erstaunt, dass wir ihn so schnell aufspüren konnten«, sagte ein Sprecher der Suffolk County Police.

Er war gerade in das Lagerhaus der Stadtverwaltung von Babylon in Lindenhurst, Staat New York, eingebrochen und hatte eine Kiste mit, wie er glaubte, Handys gestohlen. Es waren jedoch vierzehn GPS-Geräte, die der Polizei helfen sollten, Schneepflüge aufzuspüren, die in den Schneewehen verloren gegangen waren. Als er nach Hause kam, war Mr. Husfeldt so freundlich, eines der Geräte einzuschalten, um herauszufinden, wie es funktionierte. Die Polizei hatte das GPS-System angezapft und wurde so direkt zu ihm geführt.

Mobiltelefone: ein Schritt in die richtige Richtung

Im September 2001 hatte ein Dieb in Hastings eine Handtasche gestohlen und war ein kurzes Stück damit gelaufen, als ein Handy in der Tasche klingelte. Da er ein äußerst zuvorkommender Dieb war, blieb er stehen und nahm nicht nur das Gespräch an, sondern verriet Police Constable Jason Tuck am anderen Ende der Leitung auch noch seinen Standort.

»Hören Sie«, sagte PC Tuck, »behalten Sie das Geld, aber kann ich mir nicht die Tasche und das Telefon irgendwo abholen?«

»Ich lasse beides hier liegen«, erwiderte der Dieb. Als der Polizist ihn fragte, wo denn »hier« wäre, antwortete er: »Vor dem Kino.«

»Sie sind verhaftet«, sagte PC Tuck, der jetzt unmittelbar hinter ihm stand.

14

ES PASSIERT GENAU HIER UND JETZT

»Scheitern ist authentisch,
und weil es authentisch ist,
ist es echt und natürlich, und deshalb
ist es der reine Zustand des Seins.«
Douglas Coupland

Der schlimmste Themenpark

Endlich gibt es wieder einen Themenpark, der einen Besuch wert ist. Diejenigen, die es müde waren, immer gleiche Tage in genormten Themenparks zu verbringen, wurden im Jahr 2010 belohnt, als der Lapland New Forest in der Nähe von Bournemouth eröffnete.

Er versprach ein »Winterwunderland«, voller Tierattraktionen, mit einer Eisbahn, schneebedeckten Blockhütten, einer Szene von Christi Geburt, einem »magischen Lichttunnel«, einem Eisbären und mit der Zusicherung, dass jeder Besucher von Seamus dem Elfen zur Grotte von Santa Claus geführt würde. »Die Liebe zum Detail in unserem Themenpark wird Sie wirklich umhauen«, verkündete der Werbeprospekt. Er hatte nicht zu viel versprochen.

Vor den verblüfften Besuchern öffnete sich ein magischer Ausblick. Die Szenerie »sah aus wie ein Kriegsschauplatz«, sagten sie. Die Eisbahn bestand aus zwei großen Pfützen, weil der Kühlgenerator ausgefallen war. Der magische Tunnel waren Lichterketten, die von Bäumen herunterbaumelten, welche mit künstlichem Schnee bedeckt waren. Der Eisbär bestand aus Plastik. Die Szenerie von Christi Geburt war ein »amateurhaft gemaltes« Plakat, das Sanddünen, drei Kamele und einen Stern zeigte. Die Blockhütten waren grüne Gartenschuppen. Und die Tierattraktionen bestanden aus einer Handvoll Rentieren, einigen ziemlich abgemagerten Huskys, die in einem Zwinger eingesperrt waren und wie verrückt kläfften, sowie ein paar Hühnern. Von Seamus dem Elfen war nichts zu sehen. Dafür musste ein Kind getröstet werden, als es den Weihnachtsmann vor seiner Grotte überraschte, wo er eine Zigarette rauchte.

In anderen Themenparks laufen die Leute herum wie ruhiggestellte Zombies, ohne dass sie wirklich mit einbezogen werden oder eine Reaktion zeigen, doch das war hier anders. Im Nu hatten die Besucher eine höchst lebendige und lebhaft gestikulierende Menschenmenge gebildet, die sich vor dem Büro des Managers versammelte. Santa Claus wurde angegriffen, und einer der Elfen bekam eins hinter die spitzen Ohren und landete in einem Kinderwagen.

Viele von uns würden eine Menge Geld dafür bezahlen, dieses Fest der Unterhaltung sehen zu dürfen, aber es wurde leider nach nur einer Woche geschlossen, weil man dort völlig überzogene dreißig Pfund Eintritt verlangte. Nur sehr wenig in diesem Leben ist dreißig Pfund wert, das meiste nicht einmal das.

Die erfolgloseste Drogenrazzia

Die Polizei von Bradford war stets sehr wachsam in ihrem Kampf gegen Drogen, deshalb reagierte sie sehr schnell, als ein Polizeihubschrauber eine heiße Spur in der Nähe von Pam Hardcastles Haus in Bradford registrierte. Im Januar 2011 raste das Spezialkommando zum Schauplatz dieser angeblichen Cannabisfarm. Sechs Beamte stürmten mit einem Rammbock heran, während andere die Gegend auf der Suche nach Mrs. Hardcastle durchforsteten.

Die heiße Spur entpuppte sich als eine Garage, in der man eine Heizung und zwei junge Meerschweinchen fand, die ihrem zehnjährigen Sohn Jack gehörten. »Als ich die Garage aufmachte und sie Simon und Kenny sahen, sagten sie kein Wort«, erklärte Mrs. Hardcastle. »Sie hielten sich zwei Sekunden in der Garage auf und sind dann abgezogen.«

Meerschweinchen sind sarkastische Viecher und durchaus in der Lage, ein Drogenkartell aufzuziehen, aber es ist zumeist sehr schwierig, ihnen etwas anzuhängen.

Die schlimmste Ergebnisverkündung im Fernsehen

Normalerweise bekommt bei *Australia's Next Top Model* nur eine Person die Chance, eine wundervolle Verliererin zu sein, die von allen wegen ihrer Anmut und Würde bewundert wird, mit der sie die vernichtende Niederlage hinnimmt. Die Staffel des Jahres 2010 änderte das alles und weitete die Grenzen dessen, was in Talentshows dieser Art möglich ist, erheblich aus.

In der letzten Folge war die Zahl der Kandidatinnen auf zwei zusammengeschmolzen, und Australien hielt den Atem an. Würde Kelsey oder Amanda den großartigen Modelvertrag gewinnen?

»Und die Gewinnerin heißt …«, sagte die Moderatorin Sarah Murdoch. Es folgte die übliche Pause, die lang genug war, um Tee zu machen, Mom zu besuchen und den Treppenabsatz in blauer Wischtechnik zu streichen.

»Du bist es, Kelsey!«

Die Zuschauer flippten aus, und alle Blicke richteten sich auf die Verliererin.

»Ich möchte der Zweitplatzierten danken, sie war wirklich fantastisch«, sagte Kelsey zu Amanda. »Ich meine, sie ist doch unglaublich, oder nicht?«

»Vielen Dank«, erwiderte Amanda, die eine fast unmögliche Miene aus geduldiger Nachsicht und gleichmütigem Stoizismus zur Schau trug.

Kelsey begann jetzt den üblichen Katalog von Dank an alle und jeden herunterzuleiern. Plötzlich gab es ein Drama. Mrs. Murdoch lauschte den Anweisungen der Regie durch ihren Ohrhörer und wurde plötzlich unruhig. »Oh, mein Gott, ich habe keine Ahnung, was ich jetzt sagen soll. Ich fühle mich echt schlecht.«

Die Zuschauer wurden ruhig.

»Es tut mir so leid. Oh mein Gott.« Mrs. Murdoch schlug sich die Hand vor den Mund. »Es ist Amanda. Es tut mir so leid. Man hat mir die falsche Information durchgegeben.«

»Schon gut. Keine Sorge«, antwortete Kelsey, die ihre Chance sah, die Bühne okkupierte und sich im Scheinwerferlicht der souveränen Niederlage badete. »Es ist okay. Es ist halt einfach ein Fehler. Es ist schon gut.« Sie war fantastisch. Ehrlich gesagt, war es schwierig, sich für eine der beiden zu entscheiden.

Die erfolgloseste Buchveröffentlichung

Im April 2010 stampfte Penguin Australia siebentausend Exemplare von *The Pasta Bible* ein, in der ein Druckfehler den Lesern riet, bei einem Rezept für Tagliatelle mit Sardinen und Schinken »Salz und frisch gemahlenen schwarzen Penner« zu benutzen. Natürlich hatte es heißen sollen »schwarzen Pfeffer«. Doch schon sechs Monate später wurde diese Leistung pulverisiert, als HarperCollins achtzigtausend Exemplare von Jonathan Franzens neuem Roman *Freiheit* nicht in der redigierten Endfassung veröffentlichte, sondern stattdessen einen früheren, frischeren und spontanen ersten Entwurf.

Laut dem Autor war das Buch mit »Hunderten von Fehlern geschmückt, und zwar auf der Ebene von Worten, Sätzen und Tatsachen« sowie auch bezüglich »kleiner, aber bedeutender Veränderungen, was die Charakterisierung von Jessica und Lalitha anging«.

Eine »*Freiheit*-Rückruf-Hotline« wurde eingerichtet, damit die Leser ihre mit Fehlern gespickten Bücher gegen die korrigierte Version umtauschen konnten. Wenig überraschend beschloss eine große Zahl von Lesern, ihre fehlerhafte Erwerbung zu behalten. Ein Sprecher des Waterstone-Buchladens erklärte, sie hätten keine einzige Beschwerde wegen der falschen Exemplare erhalten. Stattdessen wäre die Nachfrage nach der fehlerhaften Version im Anschluss an die Verkündigung eben dieser Fehler explosionsartig angestiegen. »Es würde mich nicht überraschen, wenn viele Leute vorbeikämen, in der Hoffnung, noch eines zu erhaschen«, sagte der Sprecher.

Franzens vorheriger Bestseller trug übrigens den Titel *Die Korrekturen.*

Der übelste Straßenmusikant

Bryan Bryn wurde im Dezember 2010 als Großbritanniens unmusikalischster Straßenmusiker gefeiert. Er begann seine Karriere mit dem ihm von Gott gegebenen Vorteil, dass er einfach keine Töne unterscheiden konnte, aber er brachte noch weit mehr als das in seine Arbeit ein.

Mr. Bryn erntete schon sehr früh Anerkennung. »Er sollte aufhören zu versuchen, die Öffentlichkeit zu unterhalten«, rieten die Kritiker. Wie schon Vincent van Gogh wurde auch er nicht sofort von seinen Zeitgenossen verstanden.

Zweimal pro Woche reist er von seinem Heim in Ely, Cambridgeshire, zu den hellen Lichtern von Bury St. Edmunds, um sie mit seinen Seemannsliedern zu beeindrucken. Ausgestattet mit Hörgeräten in nicht nur einem, sondern beiden Ohren bezieht er seine übliche Position in der Nähe des Marktplatzes und begleitet sich mit einer singenden Säge. »Wenn er nicht der schlechteste Straßenmusiker der Welt ist, ist er zumindest dicht dran«, erklärt Paul Kempson, ein Bewohner von Bury St. Edmunds. »Alles, was er singt, klingt gleich, und man kann keines der Lieder erkennen.«

Tatsache ist, dass er wirklich nicht der Schlechteste ist. Diese Ehre gebührt dem verstorbenen großen Mushroom Mick, der diesen begehrten Titel in einer Leserumfrage der *News of the World* für sich ergattern konnte, nachdem der Parlamentsabgeordnete für Bath ihn beschuldigt hatte, mit seinem »nasalen, tonlosen Gemarmel« die Touristen aus dem Stadtzentrum zu vertreiben. Nachdem er zunächst Bath und später Totnes verzaubert hatte, verlagerte er seine Aktivitäten nach Glastonbury. Dort war er häufig vor der NatWest Bank anzutreffen, wo er »All Along the Watchtower« sang. Dieser große Künstler sah sich selbst, musikalisch gesehen, auf Augenhöhe mit Bob Dylan.

Die Kunst, sich zu verirren

Im November 2010 verließ John Marsden um acht Uhr dreißig am Morgen sein Haus in Bolton mit der Absicht, vierzehn Tage in einem Wohnwagen in der Nähe von Rhyl im Norden von Wales zu verbringen. Diese Reise hätte anderthalb Stunden dauern sollen, höchstens. Er reiste mit seinem Vauxhall Cavalier und war mit einem, wie er später beschrieb, »Buch mit Landkarten« bewaffnet.

Vierzehn Stunden später wurde er in der Nähe von Bangor gestoppt, nachdem er gut zehn Kilometer in der falschen Richtung auf einer vierspurigen Straße unterwegs gewesen war. Mr. Marsden gab zu Protokoll, er wäre Mitglied des Instituts für fortgeschrittene Autofahrer und im letzten Jahr nicht nur nach Kent und zurück gefahren, ohne dass es einen Zwischenfall gegeben hätte, sondern er hätte auch die griechische Insel Kos umrundet.

Er beschrieb seine Reise als »etwas verwischt« und meinte, er wäre überall herumgelaufen und hätte nach der Richtung gefragt, aber »jeder sagte etwas anderes«.

Es erfordert eine Menge fortgeschrittener Fahrkünste, eine Reise wie diese zu bewältigen, sodass er beschloss, sich auf dem Höhepunkt seines Könnens zurückzuziehen. »Ich habe einen entzückenden elektrischen Rollstuhl. In Zukunft werde ich damit fahren. Er schafft nur acht Meilen pro Stunde.« Hier bieten sich zweifellos eine Menge Möglichkeiten. Das ist kein Ende, sondern ein neuer Anfang.

Die langweiligste Konferenz

Sie wurde im Dezember 2011 im Dominion-Theater veranstaltet und war ausverkauft. Der Organisator James Ward eröffnete die Veranstaltung mit einem Vortrag über seine Krawattensammlung, die er in aller Ausführlichkeit vorstellte.

So stellte er zum Beispiel fest, dass er, Stand Juni 2010, fünfundfünfzig Krawatten besaß, von denen 45,5 Prozent einfarbig waren. Im Dezember war seine Krawattenkollektion um sechsunddreißig Prozent gewachsen, obwohl der Anteil der unifarbenen Krawatten um anderthalb Prozent gesunken war. »Krawatten werden allmählich bunter«, merkte er dazu an.

Seinem Vortrag folgte eine Milchverkostung, bei der ein Kenner fünf verschiedene Milchsorten in Weingläsern schwenkte, daran schnupperte und davon nippte und den Geschmack, die Qualität und die ideale Zubereitung jeder Milch kommentierte.

Einen besonders glühend erwarteten Programmpunkt steuerte Peter Fletcher bei, der über jeden seiner Nieser seit dem Jahr 2007 Buch geführt hatte. Mit der Hilfe von Grafiken und Schautafeln erläuterte Mr. Fletcher, dass er in den letzten 1249 Tagen 2267-mal geniest hatte. »Ich habe sogar geniest, während ich einen Nieser notierte«, erklärte er.

Nach einer dringend benötigten Pause wurde eine Tombola veranstaltet. Die Gewinner bekamen eine DVD mit dem Titel *Helvetica,* eine Dokumentation aus dem Jahr 2007 über Schrifttypen.

Die am schlechtesten getimte Polizeirazzia

An der Spitze seiner Männer legte der frisch ernannte Commissioner der Metropolitan Police, Sir Paul Stephenson, im März 2009 einen spektakulären Start hin. Er führte persönlich eine Elitetruppe seiner besten Beamten bei einer frühmorgendlichen Razzia an, um den Boss einer berüchtigten Einbrecherbande zu schnappen.

Bei dieser publicityträchtigen Operation stürmten achtzig Polizisten und Kriminalbeamte, einschließlich Sir Paul, mehrere Adressen in Surrey und Süd-London. Etliche der Mitglieder des Sonderkommandos waren mit Taser-Pistolen ausgestattet. Ein Polizeihubschrauber kreiste über ihnen, als die Beamten mit einem Rammbock die Eingangstür des obersten Bösewichts zertrümmerten, die ohnehin hätte ausgetauscht werden müssen.

Erst als sie im Haus waren, erfuhr Sir Paul, dass der Anführer der Bande nicht da war. Er war bereits im Gefängnis, da er fünf Stunden zuvor von der örtlichen Polizei festgenommen worden war, zusammen mit neun Mitgliedern seiner Bande. »Es war eine sehr professionelle Operation«, erklärte Sir Paul später.

Die schlimmsten Untertitel für Hörgeschädigte

Die Stimmerkennung durch Computer hat sich als großer Segen für die Untertitelung von Fernsehprogrammen herausgestellt. Vor diesem Quantensprung der Technologie hatte die BBC Stenografen beschäftigt, die Wörter phonetisch eintippten, wie sie gesprochen wurden.

Jetzt erkennen Computer die Worte. Das ist viel besser, vor allem, weil sie häufig Wörter benutzen, die ähnlich klingen wie die, welche tatsächlich gesprochen werden, aber aufregend andere Bedeutungen haben.

Während der Beerdigung der Königinmutter im Jahr 2002 zum Beispiel wurden die feierlichen Worte »Wir schweigen jetzt für die Königinmutter« von dem Computer mit den Worten »Wir geigen jetzt für die Königinmutter« wiedergegeben.

Im Januar 2011 erklärte ein ausschweifender Reporter während eines Beitrags über Schweinezucht im BBC-Frühstücksfernsehen dem Moderator im Studio, dass Schweine »es lieben, an allem zu knabbern, was in ihren Stall kommt, wie zum Beispiel unsere Wellies*«.

Der Computer ergriff natürlich sofort seine Chance und zog es vor zu hören, dass Schweine »es lieben, an allem zu knabbern, was in ihren Stall kommt, wie zum Beispiel unsere Willys.«

Als dieser Untertitel auftauchte, mit seiner wirklich entscheidenden neuen Erkenntnis über Schweinepsychologie, flippte das Internet förmlich aus. Der eigentliche

* Gummistiefel, A. d. Ü.

Bericht über Schweinezucht dagegen war vollkommen vergessen.

Die schlimmsten Commonwealth-Spiele

Normalerweise kann es sehr zeitaufwendig sein, wenn man sich vor irgendwelchen Spielen drücken will und dafür eine Krankschreibung vom Arzt benötigt. Die Organisatoren der Commonwealth-Spiele in Delhi jedoch trafen im Jahr 2010 bestimmte Vorkehrungen, um den ganzen Prozess erheblich zu beschleunigen.

Zuerst brach eine Brücke zusammen, die vom Parkplatz der Athleten zu ihren Unterkünften führte, ebenso wie die Anzeigetafel im Stadion und die Decke der Halle, in der die Gewichtheberwettkämpfe ausgetragen wurden. Mannschaftsbetreuer beurteilten die Zustände im Athletendorf als unzumutbar, weil die Toiletten verstopft waren. Sie befürchteten eine Überschwemmung.

Dann wurde eine Giftschlange auf dem Tennisplatz gefunden, es drohte eine Übertragung des Denguefiebers durch Moskitos, auf den Betten der Athleten wurden Abdrücke von großen Tatzen entdeckt, und die Schwimmer erkrankten am sogenannten Delhi-Bauch.

Speziell ausgebildete schwarzgesichtige Languren, hochintelligente Primaten, wurden herangeschafft, um Athleten und Besucher vor Angriffen des verbreiteten indischen Hutaffen zu schützen. Das passierte kurz vor dem Streik der Busfahrer und den technischen Problemen mit der Metro.

Da die Spiele nur noch eine Woche dauern sollten, sagte man vielen Athleten, dass sie selbst entscheiden könnten, ob sie weiter daran teilnehmen wollten oder nicht. Sich vor Spielen zu drücken war niemals einfacher.

15

KEIN RAUCH OHNE FEUER: GESCHICHTEN, DIE ICH NICHT ÜBERPRÜFEN KONNTE

»Wie ich schon sagte, es gibt nichts am Scheitern auszusetzen.«

Henry Kravis, amerikanischer Investor

Irgendwann kommt ein Punkt, an dem wir alle eine Pflicht, die wir eindeutig haben, aufgeben müssen. Ich habe diesen Punkt erreicht, als ich versucht habe, die folgenden Geschichten zu überprüfen, die sich allesamt jeglicher Recherche und Verifikation entzogen haben.

Die schlechteste Wettervorhersage

In den neunziger Jahren stellte ein Nachrichtenprogramm des Delhi TV seine abendlichen Wettervorhersagen ein, weil der Meteorologe immer falschlag. Eines Abends riet er den Zuschauern, sie sollten ihre Wollunterwäsche anziehen, und am nächsten Tag herrschten 39° Celsius. Am folgenden Abend versprach er mehr Sonne, und es fielen am nächsten Tag vier Zentimeter Schnee.

Schließlich fing er mitten in der Sendung an zu flennen, während er erklärte, dass dies verrückte Wetterbedingungen für den April wären. Der Sender blendete ihn aus.

Ein Nachrichtensprecher erklärte die Entscheidung, die Wettervorhersage abzusetzen. »Das Wetter ist zu kompliziert geworden, aber wir hoffen, dass wir im Mai wieder eine Vorhersage senden können, weil es dann immer glühend heiß ist, und damit müsste er eigentlich klarkommen.«

Der erfolgloseste Festumzug

Der Plan, mit einem Festumzug die wichtigsten historischen Ereignisse in einer Stadt in Essex zu feiern, wurde zurückgezogen, als sich herausstellte, dass es keine wichtigen historischen Ereignisse gab. Nach sechs Monaten Recherche durch einen speziell damit beauftragten Festzugskoordinator kam heraus, dass die einzigen bemerkenswerten Ereignisse in der achthundertjährigen Geschichte der Stadt eine Eisenbahnnebenstrecke im viktorianischen Zeitalter und eine kleinere Erhebung während des Bauernaufstands des Jahres 1381 gewesen waren, die beide keine dauerhafte Bedeutung gehabt hatten. Jedenfalls hielt man keines der beiden Ereignisse für interessant genug, um damit einen Umzug zu rechtfertigen.

Andere, aufregendere Orte haben immer irgendwelche Umzüge, bei denen es um die lärmigen und oft schlimmen Ereignisse geht, die Spuren in ihrer Geschichte hinterlassen haben. In dieser segensreich ruhigen Stadt dagegen votierte das Komitee schließlich für eine Gemeindeparade mit einer örtlichen Bauchtanztruppe unter dem Thema »Arabische Nächte«, was ungleich attraktiver war.

Der schlechteste Schiedsrichter

Der wichtigste Schiedsrichter in der Geschichte des Fußballs stellte sich selbst vom Platz, weil er so schlecht war.

Offenbar gerade in einer entscheidungsfreudigen Stimmung, hatte er bereits den falschen Spieler in einem

Senioren-Pokalspiel in Hampshire zwischen zwei Mannschaften aus Bournemouth des Feldes verwiesen. Als der bestrafte Spieler, Wayne Pigford, das Spielfeld verließ, lief sein ehrlicher Mitspieler zum Schiri und verriet ihm, dass er es höchstpersönlich gewesen wäre, der dem gegnerischen Torwart ins Gemächt getreten hätte, und keineswegs Mr. Pigford.

Der Schiedsrichter übernahm die volle Verantwortung für die Situation und erstaunte die Zuschauer, als er die Rote Karte zückte und sie sich selbst zeigte. Zehn Minuten vor dem Halbzeitpfiff verließ er das Spielfeld. Man muss ihm zugutehalten, dass er auf jede zur Schau gestellte Unschuldsbezeugung oder augenrollende Ungläubigkeit verzichtete, die eine solche Situation so schnell verunglimpfen kann.

»So etwas habe ich in meiner ganzen Zeit als Fußballer noch nie erlebt«, sagte ein Spieler. »Als er zum Tunnel ging, dachten wir alle, er wollte mit seinem Linienrichter reden, aber er ging einfach weiter.«

Der übelste Pub-Langweiler

Ein pensionierter Seebär gewann mühelos gegen 260 glühende Rivalen den Wettbewerb des Pub-Langweilers des Jahres, der 1994 von dem Magazin der Brauerei-Industrie organisiert wurde. »Es wurden etliche wirklich langweilige Leute nominiert«, erklärte der Organisator, »aber er war den anderen haushoch überlegen.«

Obwohl er es mit einem Kerl aus Ipswich zu tun bekam, der bis ins erschöpfendste Detail über seinen Gewächshausanbau reden konnte, blieben die Anhänger unseres Jungen aus Hayle in Cornwall zuversichtlich. »Es konnte kein anderer sein als er. Er plappert in einer Tour«, erklärte die Kellnerin aus seinem Lokal und warf den Fehdehandschuh.

Während er vollkommen selbstlos Zeit und Fachkenntnis opfert, läuft dieser bemerkenswerte Performancekünstler zu Hochform auf, wenn es um das Thema von örtlichen Busfahrplänen geht, um unzuverlässige Batterien für sein Hörgerät und um seine Zeit bei den Royal Marines. Er gewann den Wettbewerb mit überwältigender Mehrheit durch eine Tour-de-Force-Ansprache über den Mangel an Haltestellenhäuschen für Busse in Hayle.

Der erfolgloseste Dorfbank-Überfall

1987 erlebte eine Filiale der Barclays Bank einen Bankraub für Genießer. Während einer sehr geschäftigen Mittagspause wartete eine lange Schlange vor dem Schalter, als sich plötzlich ein Rentner unter der Absperrung hindurchduckte, eine Pistole über den Tresen hielt und das Geld verlangte, das in der Kasse war.

Der Kassierer wollte gerade der Instruktion seines Managers folgen, dem Mann etwas Geld geben und den Alarmknopf drücken, als ein zweiter Rentner hinter dem ersten auftauchte, ihn am Schlafittchen packte, »von wegen vordrängeln!« schrie und ihn aus der Bank und auf die Straße beförderte. »Es war eine ziemliche Erleichterung«, erklärte der Kassierer hinterher.

Das erfolgloseste Polizeiplakat

Im Januar 1988 stellte die Polizeiabteilung der australischen Eisenbahn ein neues Poster vor, das zeigte, wie jemand, den sie für einen potenziellen Schwarzfahrer hielten, sich der Schranke an der Haltestelle Calvary näherte. Das Plakat wurde zurückgezogen, als sich herausstellte, dass die Person auf dem Foto der Bürgermeister war.

Die erfolgloseste Demonstration

2001 stellte ein südafrikanischer Erfinder seine revolutionäre neue Maschine vor, einen Lendenschutz für Cricketspieler. Auf der Pressekonferenz sagte er, sein Gerät wäre mit einem System aus Sprungfedern ausgestattet, die die Wucht eines direkten Treffers durch einen der harten, schnellen Cricketbälle mindern würden.

Er selbst trug nur einen Unterleibschutz mit seinem Gerät, um Gelegenheit für Fotos zu bieten. »Wie Sie sehen können, passt es ausgezeichnet über die Lenden«, sagte er und führte aus, er hätte seine Erfindung selbst getestet, indem er sich mit einem Cricketschläger ins Gemächt geschlagen hätte. Er wäre jetzt bereit, sich einer Prüfung durch die Öffentlichkeit zu unterziehen, und lud seine Zuschauer ein, mit Cricketbällen nach ihm zu werfen.

Sichtlich angeschlagen wurde er ein paar Minuten später ins Krankenhaus gebracht und verkündete, dass es jetzt einen kurzen Aufschub gäbe, damit er Recherchen anstellen und Weiterentwicklungen vornehmen könne, bevor das Produkt schließlich in die kommerzielle Herstellung gehen würde.

Die erfolgloseste Ausstellung

Als die Zuschauer bei einem kanadischen Sandburgen-Wettbewerb sahen, dass der Gouverneur mit einem Hovercraft ankam, um die Ausstellung zu eröffnen, strömten sie begeistert an den Strand und zerstörten dabei die meisten Ausstellungsstücke.

Unter den Sandburgen, die vollkommen dem Erdboden gleichgemacht worden waren, befand sich auch ein Modell des kanadischen Parlamentsgebäudes. Es hatte siebenundzwanzig Stunden gedauert, es zu modellieren. Der Gewinner des Wettbewerbs war das einzige Modell, das noch intakt war: eine Nachbildung der psychiatrischen Anstalt von White Rock.

»Wir hatten keine Ahnung, dass der Gouverneur so populär ist«, erklärte der Organisator des Wettbewerbs.

Der schlechteste Angler

In der Welt des Fischens übertraf ein Mann alle anderen bei Weitem. In seinen vierzig Jahren enthusiastischen Angelsports hatte er nicht einen einzigen Fisch gefangen. Er war ein pfiffiger Kerl, machte bei zahllosen Wettbewerben mit und schreckte auch nicht davor zurück, lange Strecken zurückzulegen, um einen neuen und reichhaltig mit Fischen bestückten See zu finden. Er biss sofort an, auch wenn sonst nichts anbiss.

Vier Jahrzehnte lang genoss er die frische Luft, das

Wetter, den leise murmelnden Fluss, das gelegentliche Aufblitzen von Flossen im Schilf und den äußerst seltenen Kampf mit etwas am anderen Ende seiner Angelschnur. Dabei ließ er die Fische unbelästigt in den Flüssen von Großbritannien schwimmen.

Im stolzen Alter von siebzig Jahren reiste besagter Angler, angeblich ein Drechsler aus Staffordshire namens Mr. Golder, zu einem Angelsee in Devon, wo er einen sechs Pfund schweren Karpfen fing und alles vermasselte.

Der missglückteste Überfall auf ein Postamt

März 1988. Der stellvertretende Leiter eines Postamts in Yorkshire hatte gerade einige Kunden zu Ende bedient, als ein Mann hereinmarschierte, ein Gewehr unter seinem Mantel herauszog und Geld forderte. Bevor irgendetwas passieren konnte, kam ein anderer Mann herein. »Hallo, Russell«, begrüßte er den Posträuber. »Was machst du denn hier?«

Unser Räuber antwortete: »Halt den Mund und bleib, wo du bist, Henry Jones«, und richtete das Gewehr in seine Richtung, woraufhin der Mr. Jones Genannte, der in der Tat Mr. Jones war, in Ohnmacht fiel.

Mit dem Ruf »Du hast alles vermasselt!« warf der Mann das Schrotgewehr weg und rannte davon.

Die erfolgloseste Hexerei

Ein herausragender südafrikanischer Hexendoktor bot als besonderen Dienst an, Leute vor Gericht herauszupauken. Im Mai 1994 wurden drei seiner Klienten in Port Elizabeth wegen gemeinsamen Raubes vor Gericht gestellt, als unser Mann dort auftauchte, um die Sache zu regeln.

Er näherte sich dem Gericht mit zwei Hühnern, begann sofort, Zauber zu wirken, sang und fuchtelte mit dem Geflügel in Richtung Gerichtsgebäude. Die Beamten sahen ehrfürchtig zu, als die Hühner entkamen und er unaufhörlich braune Flüssigkeit trank, die Tierinnereien enthielt, bevor er das stinkende Gebräu auf die Türen des Gerichts spuckte.

Dann betrat er das Gebäude, schleuderte irgendein Pulver und Eingeweide auf die Richterbank und auf zwei Zeugen, die er offenbar verhexen sollte.

Sein traditionelles Ritual wurde abrupt unterbrochen, als die Gerichtsdiener ihn verhafteten. Der Richter verurteilte die Klienten unseres Helden zu insgesamt einhundert Jahren Gefängnis, was alle Zuschauer ein bisschen hart fanden. Die Hühner wurden konfisziert.

Der schlechteste Golfschlag

Im Oktober 1987 ging Matthieu Boya während seiner Mittagspause kurz nach draußen, um ein paar Golfschläge zu üben – direkt neben einer Luftwaffenbasis im afrikanischen Staat Benin.

Er slicte den Schlag perfekt, trieb den Ball über den

Zaun und traf einen vorbeifliegenden Vogel, der einmal hustete, kreischte und dann auf die Startbahn stürzte. Dort krachte er gegen die Scheibe eines Flugzeugs, das gerade starten wollte, was den Piloten irritierte, der auf die Bremsen trat und über die Startbahn rutschte. Er krachte gegen Benins vier Militärjets. Es waren ihre einzigen.

Mit einem einzigen Golfschlag hat dieser bedeutende Athlet also die gesamte Luftwaffe seines Landes ausgelöscht.

16

DIE KUNST FALSCHZULIEGEN

»Es gibt keinen Grund, aus dem irgendjemand einen Computer zu Hause haben wollen könnte.«
Ken Olsen, Digital Equipment Corp., 1977

»In der Zukunft werden Computer möglicherweise nur noch 1,5 Tonnen wiegen.«
Popular Mechanics *sagt den unaufhaltsamen Vormarsch der Technik voraus, 1949*

»Dieses sogenannte ›Telefon‹ hat einfach zu viele Mängel, um es ernsthaft als ein Mittel zur Kommunikation in Betracht zu ziehen. Dieser Apparat ist an sich von keinerlei Wert für uns.«
Western Union Memo, 1876

»Die Amerikaner brauchen das Telefon, wir nicht. Wir haben jede Menge Botenjungs.«
Sir William Preece, British Post Office, 1876

»Eine drahtlose Musikbox hat keinerlei vorstellbaren kommerziellen Nutzen. Wer würde für eine Botschaft zahlen, die an niemanden direkt geschickt wird?«
Die Geschäftspartner von David Sarnoff, dem Gründer von NBC, als Antwort auf sein Drängen in den 1920er-Jahren, ins Radio zu investieren

»Auch wenn das Fernsehen theoretisch und technisch vorstellbar sein mag, ist es kommerziell und finanziell eine Unmöglichkeit.«
Lee DeForest, Erfinder

»Wer zum Teufel will Schauspieler reden hören?«
H. M. Warner von Warner Brothers im Jahr 1927 über den Tonfilm

»Es wird noch Jahre dauern – und ich werde es nicht mehr erleben –, bevor eine Frau Premierministerin wird.«
Margaret Thatcher am 26. Oktober 1969

»Es gibt nicht den geringsten Hinweis darauf, dass Kernenergie jemals nutzbar sein wird. Denn das würde bedeuten, dass man das Atom willkürlich spalten kann.«
Albert Einstein, 1932

»Louis Pasteurs Theorie von Bakterien ist eine lächerliche Annahme.«
Pierre Pachet, Professor für Physiologie in Toulouse, 1872

»Der Unterleib, die Brust und das Gehirn werden für immer dem Eindringen des weisen und humanen Chirurgen verschlossen bleiben.«
Sir John Eric Erichsen, britischer Chirurg (1873 zum Leibarzt von Königin Victoria ernannt)

»Die Aktienkurse scheinen einen dauerhaften Höchststand erreicht zu haben.«
Professor Irving Fisher, Yale University, 1929, kurz vor dem Wall-Street-Crash

»Also gingen wir zu Atari und sagten: ›Hey, wir haben da dieses erstaunliche Gerät, das wir sogar mit einigen von euren Teilen gebaut haben. Was haltet ihr davon, uns finanziell zu unterstützen? Oder wir geben es euch einfach. Wir wollen es einfach nur machen. Bezahlt unser Gehalt, dann arbeiten wir für euch.‹ Und sie sagten: ›Nein.‹ Dann gingen wir zu Hewlett-Packard, die uns sagten: ›Hey, wir brauchen euch nicht. Ihr habt ja noch nicht mal das College absolviert.‹«
Steve Jobs, Gründer von Apple Computer Inc., zu seinen Versuchen, Atari und Hewlett-Packard für seinen und Steve Wozniaks Personal Computer zu interessieren

»Die Bombe wird niemals losgehen. Ich spreche als Experte für Sprengstoffe.«
Admiral William Leahy über das U. S.-Atombomben-Projekt

»Dieser Charles Lindbergh wird es niemals schaffen. Er ist dem Untergang geweiht.«
Harry Guggenheim, Millionär und Flugbegeisterter, kurz bevor Lindbergh seinen erfolgreichen Alleinflug über den Atlantik beendete

»Im Juni ist es damit wieder vorbei.«
Das Urteil des Variety-*Magazins über Rock'n'Roll, 1955*

»Die Beatles sind nicht einfach nur furchtbar. Ich würde es für ein Sakrileg halten, nicht zu sagen, dass sie gotterbärmlich sind. Sie sind so unglaublich schrecklich, so entsetzlich unmusikalisch, so dogmatisch unempfänglich für die Magie der Kunst, dass sie als die gekrönten Häupter der Anti-Musik gelten können, so wie die Papst-Doppelgänger als ›Gegen-Päpste‹ in die Geschichte eingingen.«
William F. Buckley, Journalist, 1964

»Der Sänger muss gehen; die BBC wird ihn nicht mögen.«
Der erste Manager der Rolling Stones, Eric Easton, zu seinem Partner, nachdem er die Show von Mick Jagger gesehen hatte

»Das Pferd wird bleiben, das Automobil jedoch ist nur eine Neuheit. Das ist eine Tatsache.«
Der Präsident der Michigan Savings Bank, der Henry Fords Anwalt im Jahr 1903 riet, nicht in die Ford Motor Company zu investieren

»Das Fernsehen wird nicht überleben, weil die Leute es schon bald müde sein werden, jede Nacht in eine Sperrholzkiste zu starren.«
Darryl Zanuck, Filmproduzent, 20th Century Fox, 1946

»Atombetriebene Staubsauger werden vermutlich in zehn Jahren eine Realität sein.«
Alex Lewyt, Präsident der Lewyt-Corp-Staubsauger-Company 1955 in der New York Times

»Das größte Nicht-Talent, mit dem ich je gearbeitet habe.«
Ein Boss von Decca, der Buddy Holly ablehnte

»Ich gebe den Rolling Stones noch etwa zwei Jahre.«
Mick Jagger, 1964

»Kann nicht schauspielern. Kann nicht singen. Wenig Haare. Kann ein bisschen tanzen.«
Das Urteil einer Filmgesellschaft über Fred Astaire nach Probeaufnahmen, 1928

»An Ihrem Zahn fehlt ein Stück, Ihr Adamsapfel steht zu weit heraus, und Sie reden zu langsam.«
Der Mitarbeiter einer Filmfirma, als er Clint Eastwood 1959 ablehnte

»Reagan hat nicht das Aussehen eines Präsidenten.«
Ein Produzent, der Ronald Reagan als Schauspieler für die Rolle des Präsidenten in einem Film von 1964 ablehnte

»Sie sollten besser wieder Lastwagen fahren.«
Ein Konzertmanager, der Elvis Presley 1954 feuerte

»Vergessen Sie es. Kein Film über den Bürgerkrieg hat jemals auch nur einen Cent eingespielt.«
Ein MGM-Vorstand, der sich gegen eine Investition in Vom Winde verweht *aussprach*

»Sie sollten sich besser zur Sekretärin ausbilden lassen oder heiraten.«
Eine Modelagentur, die Marylin Monroe 1944 ablehnte

»Dieser Song über den Regenbogen ist nicht gut. Schmeißen Sie ihn raus.«
Ein MGM-Memo nach der ersten Vorführung von Der Zauberer von Oz

»Wir sind bereit, das Manuskript zurückzuschicken.«
Der Verleger, der Jane Austens Roman Northanger Abbey *ablehnte*

»Mach was anderes.«
Berufsberater in der Gosforth-Highschool zum jungen Alan Shearer, als er sagte, dass er professioneller Fußballspieler werden wollte; Shearer wurde dreiundsechzig Mal in das Nationalteam von England berufen und erzielte 1996 die höchste Transfersumme

»Wenn du weiter dieses Zeug spielst, wirst du es nicht weit bringen.«
Derselbe Berufsberater an der Gosforth-Highschool zu Marc Knopfler, der weitermachte und mit seinen weltweiten Hits mit den Dire Straits fünfzig Millionen Pfund verdiente

»Ich habe staunend vor Bewunderung zugesehen, während er über die Bühne schlenderte und so tat, als wüsste er genau, wohin er ging. Ich habe spontan applaudiert, als er bis auf dreißig Zentimeter an den Orchestergraben herantrat, ohne auch nur ein Zeichen von Angst zu zeigen. Am Ende dieses Aktes hatte ich Tränen in den Augen, wenn ich nur an seine Courage dachte.«

Der Theaterkritiker Kenneth Tynan in einer Kritik in den 1960er-Jahren über den Sänger Frank Ifield im Londoner Palladium-Theater; er erlag der fälschlichen Annahme, der Sänger sei blind

EPILOG

Interviewer: »Warum haben Sie einen Film über den schlechtesten Fußballer in Brasilien gemacht, Mauro Shampoo, und nicht über die besten, Pelé oder Ronaldo?«

Leonardo Cunha Lima: »Mauros Geschichte hatte etwas, was ich besonders interessant finde – einen Sinn für die Ironie des Lebens. Das hier ist ein Film über einen Mann, der die ansonsten katastrophale Tatsache seines Scheiterns zu etwas Positivem wendet. Er hat sein Ziel in einer vollkommen unerwarteten, umgekehrten Art und Weise erreicht.

Immerhin werden die meisten Brasilianer wohl eher Leute wie Mauro Shampoo, und nur einige wenige werden jemals den Ruhm von Ronaldo erreichen. Deshalb ist Mauro das perfekte Vorbild für ein Scheitern in Würde und Stolz. Aber trotzdem hat er Erfolg in den Dingen, die im Leben wirklich zählen: Er hat eine liebevolle Familie, hat sein eigenes Geschäft, und er genießt Respekt in seiner Gemeinde. Was kann sich ein Mann mehr wünschen?

In mir steckt ein Idealist, der die Aufrechterhaltung des Mythos vom Gewinner in einem Land mit Millionen von Verlierern als ein kleines ethisches Verbrechen ansieht.«

Kicking and Screening Film Festival, New York, 2010

»Sie können mir nicht vorwerfen,
dass ich den Erfolg hasse,
wenn er all das verändert,
was ich am meisten liebe.«
Noel Coward, Design for Living

»Das Scheitern ist ihm zu Kopf gestiegen.«
Wilson Mizner

DANKSAGUNG

Ich möchte Herdis Lien, der Kuratorin des Svalbard-Museums, für ihr Expertenwissen über erfolglose Polarexpeditionen danken; Maria Tønnesen danke ich für ihre Übersetzungen norwegischer Zeitungen; Ken McCoy, alias Professor Albert Crapper, danke ich dafür, dass er alles zugegeben hat; Jennifer Hall für ihre Dienste im Bereich des Gartenbaus und für die Details der *Beadnells alternative Blumenausstellung*; Jeremy Willis, weil er bestätigt hat, dass ein Helikopter mit einer Kurbel nach dem Gespräch über Schule notwendig war; Michael Ford und seiner Website www.bigredbook.info für Informationen über Eamonn Andrews; ich danke dem Meister der Verkleidung, PC Dean Cunnington, der klarstellen will, dass es noch früh am Morgen war und er schließlich in das Gebäude hereingekommen ist; dem Büro der Historiker des Repräsentantenhauses, Washington; dem Rare Breeds Centre, Ashford, Kent; und Penguin Books für die Erlaubnis, aus den Meisterwerken *Bollocks to Alton Towers* und *Far from the Sodding Crowd* zitieren zu dürfen.

Ich möchte weiterhin Bill Addis für seine kritische Durchsicht des Manuskripts und die vielen hilfreichen Vorschläge danken; meinem Sohn Nicholas danke ich für seine gewissenhafte Recherche; meiner Tochter Eleanor für ihre ausführlichen Gedanken zur ersten Manuskriptfassung; meinem Sohn Jonathan für seine guten Witze, meistens auf meine Kosten; und meiner Frau Siân danke ich für alles, nicht zuletzt für ihre endlosen Gänge zur British Library, dafür, dass sie mein chaotisches Ablagesystem organisiert hat, mich beköstigt hat, die Helden unserer Zeit aufgespürt hat, sogar Eulenexperten und einen verkleideten Polizisten (siehe oben), und dafür, dass sie ausführlich nicht nur über die ausufernde Saga des Eurovision Song Contest nachgelesen hat, sondern auch über die Geschichte der Rugbyliga in Liverpool, wozu sie wahrhaftig nicht verpflichtet gewesen wäre.

Schließlich möchte ich jedem danken, der in diesem Buch erwähnt wird, weil sie alle in unseren erfolgsorientierten Zeiten wie Leuchtfeuer der geistigen Gesundheit und Gutmütigkeit strahlen.